日《にち》月《げつ》

〜詩人高橋新二とその時代〜

関根　宏幸

歴史春秋社

高橋新二

日月

〜詩人高橋新二とその時代〜

目次

第一章　霊山

霊山《りょうぜん》は福島県の阿武隈山地の北部に位置する、標高八二五メートルの山である。阿武隈山地を境にして、東の太平洋側が浜通り、西側が中通りと称される。

奇岩の連なる岩山であり、岩を伝いながら頂上まで登ると、晴れた日には太平洋も見晴らすことができる。秋になれば岩の間の木々が美しく色付き、紅葉の名所としても知られている。

霊山は平安時代に比叡山延暦寺の座主であった円仁（慈覚大師）によって開かれ、天台宗の拠点として栄えた。南北朝時代には北畠顕家が霊山城を築き、陸奥太守であった義良親王を多賀国府から移し南朝方の拠点としたという歴史を持つ。

明治期、霊山から西の裾野にかけては、霊山村、石戸村、掛田町（明治三十一年までは掛田村）、小国村の四つの町村があった。昭和三十年の合併により霊山町が誕生し、役場は地理的にも経済的にも町の中心であった掛田に置かれた。平成十八年には伊達町、保原町、梁川町、月舘町と合併し、伊達市の一部となり現在に至っている。

高橋新二は幼少期を、霊山の麓の掛田町で、朝な夕なに霊山を仰いで育った。長じて郷里を離れてからはこの地で暮らすことはなかったが、霊山は新二の原点であり、生涯心のふるさとであり続けた。

奇岩の連なる霊山

◇　◇　◇　◇　◇　◇　◇

高橋新二は明治三十九年二月二十三日、掛田町新町十三番地で、父高橋新之助、母カクの長男として生を受けた。

父新之助は明治七年柱沢村生まれ。新之助の父の名は三浦丑松。戸籍には母の名前は記載されていない。明治三十年に高橋カクと結婚し、高橋家に婿養子に入る。

母カクは、高橋兵之助、ヤスの長女として明治十年に誕生している。

高橋家は新町に店を構え、主に乾物を扱う商いを行っていた。

当時の掛田町の町並の様子を『霊山町史』から引いてみる。

掛田の町は館（古城山）の根古屋（城や館の麓にできた集落）としての古い成

新二の生家があった、現在の新町近辺

因もあった。字北町、字中町、字新町、字金子町と続く町並みは、金子町のなかで道路が鍵の手に二度曲がり中町、北町では道路の中央に水路が通され、典型的な宿場の景観をみせている。字岡、字西裏など北町、中町、新町の西側にも町屋が拡っていた。北町、中町などの中世以来の古い町には大きな町人が軒を並べ、新町、金子町などに身代の小さな町人が住み、市街地の機能分化にともなって西裏などに長屋、借家が並び、遊飲、歓楽の町並みが形成されていったと推定される。

明治から大正期にかけての掛田町は、生糸の生産・取引などを中心に現在の掛田の状況からは想像もつかない程の賑わいを見せていた。明治十二年には、第一回開催の横浜に続く第二回全国蚕糸業共進会の開催地となり、外国人も来訪した。前掲の『霊山町史』には次のように書かれている。

（前略）この地方の中心掛田村は四通八達の交通の要所に位置し、行政上は梁川、保原にその一、二を譲るとしても物資の集散等からすれば、他の追随を許さない活況を呈していたことは明治七年の第五区区長堀清以の上申書の左の一節でも明らかなところである。

（前略）前顕ノ通リ人民ノ輻輳シテ、実地ノ景況川俣、月舘、保原、梁川ノ比ニアラス、動モスレ

バ福島、二本松ノ右ニ出ルノ勢ナリ

『霊山町史』の「文化」の部は新一自らが最晩年に執筆しており、掛田町の賑わいの様子を生き生きとした筆致で描いている。少し長くなるが、明治末期から大正にかけての町の状況がよく判る資料なので抜き書きしてみたい。

明治の終り、……霊山郷掛田地区には電燈がきらめき（四十三年）、軽便軌道が通り（四十四年）、大石の日下蚕館には自動車が訪れ（四十五年）といったパノラム的変化は、重厚な明治へさ、よ、な、ら、をつげる文化前線の刻み、いよいよ大正（一九一二）へ入っていく。

（中略）

掛田地区は大正元年に電話開通、二年に映画上映を開始し、日本の生糸生産高は世界一、霊山郷蚕糸界も好景気に煽られ、次々と産業―実業の新機構を生んだ。間もなく襲った大正七年の米騒動、つづいて九年のパニック―生糸の大暴落が霊山郷経済を揺さぶる頃までに、株式会社設立だけでも十一社に上ったし、その他合名合資の諸会社が数多出現した。

その中には製糸業とは別系列な、製紙・商事・電気・牛乳の会社、とりわけ芸妓会社まで出現したのには驚く。

会社出現につれて会社族―サラリーマンが登場してきて、町に新しい生活様相を生みはじめる。

（中略）

ソフトやカンカン帽に、ネクタイ結んだ洋服姿。女子も耳、隠、し、だの大、正、ま、げ、だのと新型髪。口にする歌でさえ所謂大正節・大陸節といった大正スタイルなるものが、誰はばからず一様に流行した。この解放的なものが大正デモクラシーだった。

（中略）

菅野仁太郎（明治十八年生）は掛田の西裏岡に適地を得て、やがて観衆数百を迎え入れられる菅仁座を開場し、昭和五十年まで維持した。そこは演劇・映画の興業場でもあり、政談演説から郷土芸能にいたるまでの集いに利用された。

（中略）

白木屋は高級旅館、鈴木屋は庶民旅館と評判された。掛田地区にはもう二軒旅館があり、小国にも二軒、大石と大波にも各一軒ずつ旅館があったが、霊山郷での宿泊客の八十パーセントは掛田地区に泊った。

（中略）

白木屋にはビリヤード設備があったし、大正十五年には早々とラジオを受信していた。

（中略）

車は文化の先駆けとみてよい。明治四十四年に自転車二台が小国村にあったという記録については前にも紹介したが、各地区に数台ずつだったのが迅速に増加し、大正三年には福島の富田自転車店が掛田新町に支店を出して来た。

（中略）

自転車を追ってオートバイの姿も見え始める。富田自転車店主はインデアン号なる重量ものを運転し、それが刺激となって、大正十二年に石田の遠藤保隆（掛田製糸工場主・後ち石田町長）はハーレーダビットソンなるサイドカーを駆って自宅から工場へ通勤した。

（中略）

レコードは大正初期にひものや酒店（店主―熊倉喜三郎）が店頭放送したのが始まり。また、このひものやの二階で子供幻燈会の第一回集会も行った。

大いに流行した楽器はヴァイオリン・大正琴・ハーモニカだった。

（中略）

以上の楽器は歌と共にあった。流行歌全盛の時代となる。製糸場でさえ能率化を図って歌いながらの操業を奨めたのだから、糸姫たちも「篭の鳥」の苦労を忘れ、大いに大正節・桑摘歌などを歌いまくったから、製糸場からの歌声は辺りに響き広がった。操業終って帰る娘や、宿舎からの夜遊び女たちも道々所々、戯れ歌った。近在の若者たちも夜遊びに出て来た。待ちた橋だの、御指南橋だの、追っかけ橋だのと、桜川の橋に風俗名がつかるようになった浮々しい時期である。

　町へはいろんな旅芸人や行商人が毎日のように出入りし、それは何処の集落地にも見られたものだが、かえって土地の人の物売姿の方が珍らしかった。赤ケットの唐辛子屋や、唐丸篭を天秤に吊った鶏屋。猟銃を担いだ鉄砲打ち、D字形の大鋸を背にした木挽たちも、朝夕通った。

　さて、浮々しい時期のピークは、大正七年掛田製糸株式会社が設立された頃である。その他にも会社はぞくぞくと設立されたが、それは景気の余勢であって、大正九年第一回メーデーが上野で実行された年の九月から、生糸の大暴落が始まった。

◇　◇　◇　◇　◇　◇　◇　◇　◇　◇　◇　◇　◇　◇　◇　◇　◇

このような活気のある世相の中で、新二は幼少期を過ごした。

町は桜川の小さな扇状地に形成されていた。周囲は自然豊かな丘陵地が連なり、比較的平坦な土地には桑畑が造られていた。

新二は自然の中で仲間達と遊び回った。初夏になると、口のまわりが真っ黒になるのも構わず、桑畑で桑の実をほおばった。

新二の第一詩集『桑の實』に収められた「訪海の對話」から、少年期の四季の思い出が書かれた部分を引用する。

木立が萌える春がある。
僕は毎日山に行った。
指を立てた様な縞笹
掌を拡げた様なもみぢ
疲れると　土堤の叢に僕の姿は隠れる
なよやかな　若葉一枚で
草笛の音は其の叢から春を着飾つて躍り出る
峯を登り　谷を下り
真向ひの赤い鳥居を潜る。
こん　こん　狐の鳴く里は
下駄を蹴上て遊びたい様な山の暮れは

白土の道の上にも直き逼る。
目の下の山の懐からは炊煙が紫色の空まで揚つた。

山の緑はしんしんで
川の流れはさえざえだ
此れが夏だ。
草深道を歩いて行くと
ころり　と蟬の脱殻《ぬけがら》が萱から轉げ落ちる。
そうした時　はつ　と思ふて見やつた僕の
眼について來るものは
常に　無二無三に遮斷する乾いた道の蟻の群れだ
頬杖で飽きもせず蟬の鳴く音を聞き乍ら
蟻の生活を眺めた頃は
如何なに僕は一日を
樂しく暮した事であらう。

血の様な赤蜻蛉が空に滿たされる秋。
谷峡の畑から盗んでおいた小麥を
臼歯でついて　とりもちを作る。

少時の後
長竿を擔いだ僕の姿は
竹で編まれた桓の蔭を　ちら　ちら　させて
胡瓜のて、の未だ取れていない畑に向ふ。

蜻蛉の代りに雪虫が　闇間を抜ける様になると
もう晩秋か　若い冬だ。
野も　山も　すつかり紅《あか》に色を染めて
昨日も來たといふ時雨が
今日も　人々の愁を深く掘り下げる。
どんぐりの殻は無念そうな大口で
高い梢に長恨を残す。
澁紙で出來たつ、づ、らから取出した
袷を綿入に着換へて
僕は　眷戸の板戸に肩据えて
毎日空を見上て居た。
急に吹き曲げられる雨の爲に
僕は度々　眷戸に板挟みとなる。
雨が元に直ると

板戸に残した雨線を數へる。
そうしては
風が強いとか　弱いとか　と
野良の人を案じたり
今夜もやつて來る木枯を案じたりして又空を見上る。
灰色の空も見えなくなると
暗い家には灯《ひ》がかゝる。
一家族が炬燵で昔の物語り
そりや寂しい冬の日の　美しい日課の一つである。

　新二の家の近くには、高橋家の菩提寺である三乗院があった。この三乗院も新二にとって格好の遊び場であった。三乗院の裏の小高い丘に造られた墓地を上がっていくと、掛田の街を挟んで茶臼山が正面に見えた。

　新二は茶臼山にもよく登った。山に登ると掛田の街並みが一望できた。遥か遠くの蒸気機関車の汽笛や、夕暮れ時には三乗院の鐘の音も聞こえた。

　茶臼山は標高二二五・二メートルの小高い山で、かつて懸田城という山城があったことから、「館山」や「古城山」と呼ばれる

町から望む茶臼山。左の建物が三乗院

こともある。春先には山全体がピンク色で覆われる桜の名所としても知られており、町のシンボルでもあった。

新二らが発行した『丘陵詩人』の大正十五年六月号に、長谷川金次郎が「掛田の櫻」という随筆を載せている。茶臼山での花見の情景をよく表している作品であり、『霊山町史』にもその全文が掲載されている。同じく『霊山町史』に掲載されている、大塚五朗著『京都風土記』の中の「京のさくら」の抜粋と合わせて紹介する。

掛田の櫻

長谷川　金次郎

小国　にごり水　石田は清水
　可愛い掛田は色の水
掛田金子町　竹箒いらぬ
　くされ　お女郎の　裾で掃く

これが掛田の民謡である。くされお女郎が居た譯ではない。色の水が湧く譯でもない。あまり外界に接觸しない孤獨な町として色戀の浮名を櫻川に流した一種の情緒を歌つたもの。山また山に蔽われた田舎町の人情は、その昔養蚕地としても貫出した経歴がある。

谷津山越せば花の山、茶臼山公園はいま花の眞盛り、陽氣よりも情味ある三弦の音、山より出でて山に入る。呑めや騒げで人は一ぱい。二十二日は製糸場のお花見、數多の工女さんは盛装の出でたち、假裝の思付も笑止と驚異の的で、それに嫁探し的な……若者の人だかりである。

山を登れば花月亭「いらつしやい」の聲も花のお女中、ここにも宴會の幕はおとされ、鬮の五本松の謡が樽の太鼓で大にぎはい。

一段登れば、山形屋、末廣、萬屋、吉野屋出店が觀音堂を圍つて大人氣、いまの中に金の本尊様も飛出すかの上景氣。

また一段登る。ここが掛田金子町が眼に入る所、御酒魚御持參の組は若草の上にはや安來踊りの眞最中。

松杉の並木を過ぎて頂上に辿る。一町歩程の平地、その周圍は二三日遅れの櫻木垣を成す生え振り。騒々しい臺所を脱れて、年中の憂さを晴らさんと主婦聯は白酒の匂にホンノリと顔赤らめてゐる。

全山の櫻樹は約四百株、いづれも古木で枝振も古雅である。爛漫と咲きほこつた枝と枝の隙間から、靈山、半田山、刈田嶽などの白衣姿が顔を出すのも面白い。

京のさくら

大塚　五朗

（前略）さうさうあなたもあの時は一緒だつたと思ひますが、東北の或る小さな町に住んでゐて、今から思へば誠に若氣の至り、一つ前代未聞の花見をやつて町の連中をあつといはせてやらうと、いささか無頼を氣取る仲間で、假裝行列をした擧句あの××山の櫻に何百本といふ裸蝋燭をともした事がありましたね。町の人も驚いたでせうが、枝毎にともされた蝋燭の灯にうちゆらぐ花の明るさを、酔の醒めゆくはかなさで眺めた美しさは、實際耐まらないものがあつたのです。蓋しあんな素的な花見をした者はおよそ外には無いだらうと今でも自慢話の一つにしてゐるのですが……。

◇　◇　◇　◇　◇　◇　◇　◇　◇　◇　◇　◇　◇　◇　◇　◇

新二の母カクはお茶を好んだ。湯煙のたつ茶呑を膝元に置いて座っている母の姿が印象的で、後年新二はその姿をよく思い浮かべた。また煙草も好きで、炉端で煙草を吸っている姿もしばしば見られた。母は蚕物買入れも行っており、川俣町で仕入れを終えて夕方に大風呂敷を背負って帰ってくると、途中まで迎えに出ていた新二に、必ずといって良い程懐中から何かしらお土産を取り出して渡してくれるのだった。新二にはそれがとても楽しみだった。

父は婿養子であることの屈託もあったものか、夜になるとしばしば外に飲みに出た。新二は母に頼まれて、嫌々ながらも飲み屋に父を迎えに行ったことも何度かあった。昭和三十七年に新二が私家版として取りまとめた『母の土』には次のようにある。

土間の土に腰をつけて、私は母の言付けを聞きません。というのは、料理屋でお酒を飲んでいる父を迎えに行ってくれ、というのでしたから。

酒を飲んでいるからといって、父を嫌ったのではなく、そうした不案内なとこへ行くのが承知できないのです。

道路の街灯にはまだ小さな電球が取り付けられているばかりであり、真っ暗な掛田の町を、酔った父を引っ張り家まで歩いた。夜空を見上げると、満天に輝く星が美しかった。

新二には、明治三十年生まれで九歳年上の長女リエと、明治三十三年生まれで四歳年上の二女マンの二人の姉がいた。

新二の下には明治四十一年生まれの三女キン、明治四十四年生まれの四女シマ、大正二年生まれの二男、大正四年生まれの三男永治、大正五年生まれの五女トク、大正九年生まれの四男徳重がいたが、これらの兄弟姉妹のうち成人を迎えることができたのは、リエ、マン、新二、トクの四人のみであった。

三女キンは大正十二年、十五歳の誕生日を三日後に控え死去する。『桑の實』の中の「低徊病」という作品に、次のような文章がある。

私は　明日にも知れぬ妹に尋ねた事があります。
　死んでいく事は寂しいだらう。　と
短かい十六年の命に　最早別れて行かうと爲て居た妹の答は
　それよりも　病の方が寂しかつた、　とでありました。
病の寂滅は死よりも甚だしい
ただ　死んで行く人達が考へる様に死は最上の寂滅ではない様です。

四女シマと二男は出生後すぐ死亡したためか戸籍に名前が出てこない。二男は名前も付けられなかったようで、墓石にも孩子（嬰児の意）としか刻まれていない。

三男永治も生後三か月足らずで死去している。

四男徳重は幼い時から病弱で、小学校も大半欠席していた。徳重が欲しがっていた革靴が手に入った時、その革靴を見せに叔父の家まで新二が徳重をおぶって行った回想が『母の土』の中に出てくる。

病身の弟（徳重）を背負って、私は北町の叔父の家へ行くところです。夕日が、寺角の火の見にはね返っておりました。そろそろ、日暮れとなる時分です。

弟のやせた足には、新しい革靴が光っていました。「革靴がほしい……」と母へねだったものだから、母は東京か福島の、私の姉たちへ頼んで送ってもらったのです。

丈夫になれる見込みもない弟に、その革靴をはかせて、叔父たちに見てもらって、徳重を喜ばせてくれ、と母が言うのでした。

革靴をはいた弟の頬は、たしかに、紅をさしたように生き生きとしたのを、私は覚えています。母も非常によろこんで、門口まで見送ってくれました。

その徳重は昭和三年、小学三年時に死去する。

この頃は、尋常小学校卒業後さらに上級の学校に進学する者はまだ数える程しかいない時代であったが、高橋家はいわゆる「教育一家」であり、『霊山町史』にも、「教育一家」として何人かの名前と共に高橋新之助の名前が挙げられている。

長女リエはお茶の水女子大学の前身である東京女子高等師範学校に進学したし、二女マンは西ケ原の東京高等蚕糸学校に、新二は早稲田大学に、また四女トクは音羽の洋裁学校に、それぞれ進学している。この時代の、しかも掛田という片田舎にあって、子供らを皆東京の高等学校に進学させるというのは破格のことであった。

◇　◇　◇　◇　◇　◇　◇　◇　◇　◇　◇　◇　◇　◇　◇

少年期に新二が学んだ学舎は掛田尋常・高等小学校であるが、新二は病弱で学校も欠席しがちな子供であった。

この頃掛田地区では文化活動も活発であり、小学校の教師の中にも文学活動を行っている者が少なからずいた。

長姉リエ

大正三年二月に星レイという若い女性教師が掛田尋常小学校に着任する。平成二年六月の『霊山史談』に発表した「霊山郷文化回想とその略年」の中で、新二は「掛田小、私が一、二年頃の担任は星という艶かな若い女の方で、児童たちは名は知らず星先生星先生と甘えたものです」と書いている。

星は結婚して木口レイという名前になるが、若い頃から短歌を作り、生涯歌作に努めた人であった。もちろん当時の新二はそんなことは知らない。

大正六年五月には、福島県師範学校を卒業し東京女子高等師範学校に進学する前の長姉リエが掛田尋常小学校に赴任する。リエも短歌を作っており、大正十三年には石上常五郎の遺稿集『紺青』を、高階梨宇子のペンネームで編集している。

明治二十一年生まれで、掛田きっての知識人であった石上とリエの関係ははっきりとは判らないが、『紺青』に収められた石上の日記の中にR（R子）というイニシャルの女性への恋情が記されており、『霊山町史』の中でも新二が敢て「高階梨宇子悲しみの編集」と書いていることから、Rというのがリエだとすれば、二人の間には九歳の年の差を越えた何らかのロマンスがあったのかもしれない。

大正九年三月に掛田尋常小学校に着任した大塚五朗は、掛田における文化活動の中心的人物で、大塚銀秋という名前で作歌を行ったり、「掛田文化協会」を設立したりした。後には前掲の『京都風土記』などいくつかの著書を上梓する。

学校の教師は、この時代の花形の職業でもあった。

また、明治二十二年に開設された蚕種検査所が、明治四十四年に蚕業取締所掛田支所と名前を変えた頃には、そこで働く女性も数を増やしていた。新二の姉マンも東京高等蚕糸学校の講習科生に選ばれ掛田を離れるまでは、蚕業取締所の蚕種検査員として勤めていた。

これらの女性教師や女性吏員達は袴姿だったため、「袴族女性」と呼ばれ、庶民から憧れの目で見られるエリートであった。少年だった新二の目にも、彼女らの凛々しく颯爽とした姿はまぶしく映った。

◇　◇　◇　◇　◇　◇　◇　◇　◇　◇　◇　◇　◇　◇　◇　◇

小学校を卒業した新二は少年期を過ぎ、多感な年頃になっていた。

新二が福島県師範学校に入学するのは十七歳の時であり、高等小学校卒業後数年間の空白期間があることになる。この間の状況についてはよく判らないが、病弱であり、また福島県師範学校時代に結核を患っていたことを考えると、この頃から既に療養生活を送っていたのではないかとも推測される。

いずれにしても、新二の詩作はこの頃から始まる。生まれ育った掛田地区の活発な文化活動に触発されたこともあろうし、姉達の文学趣味に影響を受けたこともあろうと思う。従来の定型詩から口語による自由詩が広まりつつある時期でもあり、新二は自由詩の創作に夢中になった。

福島県師範学校入学の前後の時期、新二は『地に涙して』という個人誌を出している。『地に涙して』は現存が確認できず、内容も不明であるが、おそらく手書きの詩をガリ版で刷って、知人や友人に配ったものであろうと思われる。

以後七十余年に亘り詩を書き続けていく、詩人高橋新二の始動である。

◇　◇　◇　◇　◇　◇　◇　◇　◇　◇　◇　◇　◇　◇　◇　◇

新二の父新之助が四十七歳の若さで死去するのは大正十一年五月、新二が十六歳の時である。新二は『母の土』で書いている。

私の父は役場の二階で会議最中に倒れたのです。その夜は、母の青い横顔を気にとめながら、死のせまった父の枕辺に、私も座っておりましたが、付近の田で鳴き騒いでいる蛙の声が洪水のようでした。

子供を失った時にはカクは泣き悲しんだが、夫の死に際しては気丈にも人前で涙を見せることはなかった。

四十四歳で寡婦となったカクはこれ以降、女手一つで商売を切り盛りしながら、子供達を育てていくことになる。

第二章　『桑の實』と新二の初恋

高橋新二は、恋多き詩人であった。いつも恋心を胸に秘め、それを原動力として、心が溢れるままに綴ったような詩が、とりわけ初期の作品には多く見られる。年を経て、創作の対象を自然へと移していっても、生涯、新二の胸の中には、若い感性と清新な恋情が息づいていた。

新二の初恋がいつだったのかは正確にはよく判らない。しかし、新二の十八歳時の恋愛は、彼の人生の初期における重要な体験であり、以後の新二の作品にも多くの影響を与えていることは間違いないように思われる。

昭和四年に新二が刊行した第二詩集『鬱悒の山を行く』に、「長洲の濱」というロマンチックな詩が収録されている。

詩の全文を引用する。

長洲の濱

今宵、雨が降つて來たのである。

雨が降れば僕は極《き》まつたやうに長洲《ながす》の濱《はま》を思ふのだ。

だがあの濱を二度と僕は訪ねまい。慨く様に終日波がのしかゝるあの濱を二度と僕は訪ねまい。棕櫚が立ち風が渡るあの濱を二度と僕は訪ねまい。岸壁が赤く潤み、その眞下で岩の背が高まつたり落ちたり、朝はその向ふを魚舟が南の海へと落てゆき、夕は鷗が彼方の海から舞戻り、赤陽一ぱい受けた農夫は小さな耕土から鍬を外し僕を蠱惑せずにおかぬ彼《あ》の濱を二度と僕は訪ねまい。

こんな夜には、砂州一つ隔てた浦には一つの舟が浮んでゐよう。漁村の灯が遙になり、磯の松風が募る邊り、主は艫を放すであらう。そこにはシヅシヅ砂丘が始まり、月見の草が濡れ輝いて居るである。

そこ悲しき思ひは胸に滿ち、主も今はない他の一つ影を如何なに慨いてゐるであらう。

―暗く夜が更け竹籟寂びて―。

うねうねと白道が山を下り、流《いい》れ木一つ轉がる彼《あ》の濱を二度と僕は訪ねまい。そして二度と僕の影をあの主の上に落すまい。


大正十四年七月の『福島民報』に連載した随筆「赤い鉛筆」でも、新二はこの詩から、「雨が降れば僕は極まつた様に長洲の濱を思ふのだ。だがあの濱を二度と僕は訪ねまい。概磯に終日波がのしかゝるあの濱を二度と」という部分を、若干表現を変えながら引用している。

詩の舞台は、長い砂州の続く相馬の松川浦であると思われるが、「主」とは誰なのか、ここでどんな出来事があったのか、長い間判らなかった。

◇　◇　◇　◇　◇　◇　◇　◇　◇　◇　◇　◇　◇　◇

大正十二年、新二は福島県師範学校に入学する。掛田の実家を離れ、福島の寄宿舎に入るが、この頃新二は病気に罹患する。

当時は、結核が国民病といわれる程猛威をふるった時代であった。『福師創立六十年』には、「大正三年、生徒中呼吸器疾患が多いので寄宿舎改築迄の応急手当として寄宿舎の一部と教室を交換して衛生上の考慮をした」という文章が見られる。新二が結核であったかどうか、本人の著作には具体的な病名は出てこないが、前掲の「赤い鉛筆」に、「僕は血を下した」と書いていることから、結核であったことは間違いないであろうと思われる。

河北新報社福島総局の編による『隈畔より吾峰へ～福島大学教育学部物語』には、寄宿舎は日が当たらず、薄暗かったことや、学校と寄宿舎が近すぎ、息抜きができなかったことなど、精神的うっ屈も結核が蔓延した一因ではないかと書かれている。

この時代流行したもう一つの病気に「神経衰弱」があり、新二が神経衰弱を患っていた可能性もある。現在ではこの病名が使われることはないが、不安感、抑うつ状態に襲われる一種の精神疾患であり、知識階級の人に多く発症が見られたことから、当時はこの病気にかかることがあたかも知識人の証であるような様相を呈した感もあった。

話は少しそれるが、宮城県の定義《じょうぎ》如来の近くに定義温泉という一軒宿の湯治場がある。この温泉は精神疾患の治療に効能のある温泉とのふれこみで、精神病患者の湯治のみを受け入れ、一般の宿泊者は完全にシャットアウトしている温泉だった。東日本大震災以降閉鎖されているとのことであるが、新二はこの温泉にも訪れたことがある。大正十五年八月、『福島民報』にタカ・シンジ名義で連載された「八月・幻想韻詞～或は定義山の娘に寄する」（後に「定義山の娘」というタイトルで『鬱悒の山を行く』に収録）という小説には、定義山の温泉宿に投宿した主人公が、宿の娘の案内でこの定義温泉を訪れる場面が出てくる。

　次ぎの日。山越へて狂人の湯へ娘さんの供をした。湯壺のなかに意志を失喪させた白い人形が、わめいたりうなつたりして浮いて居た。

余程閉鎖的な温泉だったようで、後年、漫画家のつげ義春も、この温泉に宿泊した時の体験を『つげ義春とぼく』の中で書いている。つげ夫妻は何とか一夜の宿を頼み込み、宿泊することができたが、どうにも寒くて、階段脇の押入れから勝手に布団を持ち出し被っていたところ、お相撲さんのように大きなおかみさんに見つかり、物凄い剣幕で怒られる。謝っても、「謝ってすむことではない」と言われ、「謝まっても許してもらえないのならどうすればよいのだろう」と困惑する話が書かれている。つげは『枯野の宿』という漫画の中にも、この時のエピソードを挿入している。

話を戻す。肺結核も神経衰弱も、当時は効果的な薬もなく、治療方法も確立されておらず、せいぜい空気のきれいな土地で療養する、いわゆる転地療法が主流とされていた。前述の定義山の温泉への逗留も転地療養であったと思われるし、昭和二年二月の『福島民報』にタカ・シンジ名義で四回に亘り連載した「異端の詩人～河内勝次郎の事」には、大正十二年十月に鳴子温泉で療養中の新二を、詩友の河内勝次郎が訪ねてきたことが書かれている。

また、大正十四年四月の『福島民報』に掲載した「無数な衛星に違なからう」には、「一九二四年は私に取つて難苦と孤寂の年であつた。一學期の終りからの病が、どうしても家では収まらなくなり、海を訪はねばならなかつた」、「思ひば島の明け暮れは、只健康を少し許り呼返して呉れただけであつたのだ」との文章がある。

この「島」というのがどこの島であるのかについても、また長い間の疑問であった。

◇　◇　◇　◇　◇　◇　◇　◇　◇　◇　◇　◇　◇　◇　◇　◇　◇

福島師範時代の新二。『桑の實』にもこの写真が載せられている

これらの疑問が解き明かされたのは、詩集『桑の實』によってである。

『桑の實』は大正十三年、新二が十八歳の時に、奈良の麗日詩社から発行された新二の第一詩集である。後年、若書きであったことを気にしてか、新二本人も破棄し、現存しているものはないと思われていた、いわば「幻の詩集」であった。『福島県史』文化編・詩の部にも、「現在、『静かなる歎き』（正田文治）『桑の実』は入手できないが、大谷忠一郎の『砂原を歩む』は残っている」と、本人が記述している。

この幻の詩集の所在が判り、読むことにより、ようやく長年の疑問が解決したのだった。

「島」はやはり相馬の松川浦であり、「長洲の濱」の背景は、この「島」を舞台にした新二の恋物語だった。この恋愛体験を記した作品のタイトルは「訪海の對話」という。


「訪海の對話」の中身に触れる前に、この当時の松川浦の状況を説明しておきたい。

松川浦は、長洲と呼ばれる南北に延びる砂州により太平洋と隔てられた、南北が約七キロメートル、東西が最大約一・五キロメートルの、長方形に近い潟湖である。砂州の北端が接する陸地には水茎山という小高い山があり、鵜ノ尾岬が太平洋に突き出している。もともとは、水茎山のある松川浦の北辺（現在の松川浦大橋のある部分）は陸と地続きとなっており、鵜ノ尾岬の南側の砂州の北端辺りに、飛鳥湊と呼ばれる海水の出入り口があった。しかしながら、この浦口は、台風や潮流の変化などによりたびたび砂で埋まってしまい、周辺に水害をもたらしたことから、明治四十一年に、松川浦北辺の岸壁の一部を開削し新たな浦口を造り、現在の状態となった。この開削部には当初木橋が架けられたが、大正二年の暴風雨で流され、以後は舟による通行となっていた。

つまり、この水茎山のある地区は、長洲で陸地と続いてはいるものの、実質的には舟で渡るしかない「島」だったのである。

この島には、半農半漁で生計を立てている人々が暮らし、四十戸程度の集落を形成していた。集落の名前は「松川集落」といった。この松川集落が、「訪海の對話」の舞台となる。

松川集落は、太平洋戦争の際、軍用地として接収され、住民も集団移転し、完全に消滅した。東日本大震災前は集落内の旧道が遊歩道として整備され、遊歩道を歩くと、僅かに「分教所跡」の標識が立っているのを見ることができた。

◇ ◇ ◇ ◇ ◇ ◇ ◇ ◇ ◇ ◇ ◇ ◇ ◇ ◇ ◇

さて、肝心の「訪海の對話」であるが、散文詩の形で書かれた、二十二ページ、全九章からなる比較的長い作品である。最初の章のタイトルは「僕と別れるのが辛いと言っておふみが泣いた日」である。一部引用する。

其日も海は荒れて居た。
碧硝子をひしやげた様な海の面には
白紙の吹き飛ぶ様な咆え浪が
岸へ　岸へ　と追巻られる。
（中略）
おふみも又泣いて居た
泣いて済むなら苦労は要らぬ
おふみ　泣くのは止めて呉れ
露は互の命に毒だ
縁があつたら又逢わう

物語はこのような、定型詩的なリズムを持った文章で、過去に遡っていく。
新二は、福島県師範学校の二年に在学中であった大正十三年の一学期の終わり頃、病状が重くなり、松川集落での転地療養生活に入る。寄宿先の知人が新二とどのような関係であったのかは不明であるが、その知人には妹がおり、名前を「ふみ」といった。
ふみは漁村で育った娘で、健康的に日焼けした「優しくとも気丈な」少女であった。ふみは、「草履穿きで……細いしごきをもぢりに締め……手拭を被った」姿で、毎日舟を漕ぎ対岸の桑畑に農作業に出掛けていく。一方、新二は山で生まれ師範学校に通う病弱な青年であり、通常であれば接点もなかったであろう全く対照的な二人であった。
新二はふみに、海の娘の知らない山の生活を語って聞かせる。「木立が萌える春」、「山の緑りはしんしんで川の流れはさえざえ」な夏、「血のような赤蜻蛉が空に満たされる秋」、「雪虫が闇間を抜ける」冬……。

若かった時分の山の印象を　僕が語り終わる頃
おふみの瞳は輝いて居た。

二人は、いつしか惹かれ合っていく。

波が包んだ風の態《さま》は　眼を潮泡《なは》で驚かしたけれど

風が包んだ浪の音は　耳を叫喚で驚かした
柵に倚つた儘　海の彼方を見やつて居るおふみに
僕の肩を持つて行つた。
（中略）
消えた明星に取り憑《つ》かれたとかで
其日一日　おふみは沈み切つて居た。
僕の唇のぬくさを　おふみの唇に移した事を憂いる。
今朝《けさ》の事であつたが。

ところが、新二は、島の青年達からしばしばいやがらせを受けることになっていく。そもそも若者の少ない集落で、突然現れた余所者に村の娘をさらわれていくという状況は、村の青年達にとっては我慢できないことであったろうことは容易に想像できる。

此晩も　何時かの様に青年達から僕は貝等を投げつけられた。
僕も又　負けん気になつて奴等の舟に石等をほうつてやつた。
（中略）
十時頃　僕の二階に
二つ　三つ　小石が投げ入れられて来た。
「誰だ！」

僕は本気で叫んだ。
然し憎む気にはなれなかつた
—面にあつては　何にも語れない程
　内気な彼等を知つていたから—。

昭和二十二年、新二は『福島民報』に「チャンホランの幽霊」というタイトルの小説を連載する。主人公の青年が、自分の出生の秘密を求めて旅する恋人のリリと共に、チャンホランの海辺の村を訪れ、一軒の宿に投宿するが、宿の娘マヤ（実はリリの異母妹）も次第に主人公の青年に心を寄せていく、といった筋書の小説である。作中に、主人公が逗留している宿に、夜中、主人公を妬んだ村の若者が小石を投げ付けてくる場面が出てくる。

　その時パラパラッとひさし越しに数個の石と花が飛んで来た。
—チャンホランの石霊と常春藤花の花霊だ。石が当れば悪運で花が当れば善運だ。昔はそう言つたものですがリリさんやマヤへの青年達のしつとの悪戯ですヨ。さて何がだれに当りましたかナ。—
　老人は青年達の悪戯を怒りもしなかつた。

この場面は明らかに、松川浦での体験がもとになっているものと思われる。

「訪海の對話」に話を戻すと、新二は遂に、ふみの兄から帰宅を促されることになる。

　島に生れたものは
　島で終るのが此処の習慣だ。
　貴方は其れを知らないで他人の縄張りを荒らした。
　で　青年達は怒つてるのだ。
　事が斯ふなつては黙つて居られない。
　済まない事だが帰へつて頂きたい
　私として　そう言ふのが最善の道だと信じる。
　妹に昨夜　其の事を話したら泣いてしまつた。
　今迄　妹を可愛がつて下さつたのは嬉しい
　然し　どうにもならない話。――と
　おふみの兄は　事の顛末を打明けて呉れた。
　僕は一言返事した
　「明日　立ちませう。」

　こうして、新二は島を去り、新二の十八歳の恋は終わりを告げる。盆の入りを翌日に控えた雨の日だった。

焚き罩められる煙雨のなかに一切合切が静まり返る朝
高いせいの木から吹き落される雫に僕は旅愁の数々を秘めて
島から離れて行かうと爲て居た。
浜傳ひに渡し場へ行く道の白さにも
人家の間の棕櫚の上にも
叩いて慰める様な時雨が　淡く　濃く
低い空から落ちて居た。

（中略）

島の娘　おふみよ
僕はもう帰る。
おふみ　お前が島の一隅に立つて暮れ盆の海に泣いている時
僕は山の懐で
如何にか憂鬱な日を送つて居る事だらう。

以上が「訪海の對話」の内容である。確かに若書きの作品ではあるが、若くなくては書くことのできない、初恋と別れの甘さや切なさが余すことなく綴られた、抒情溢れる作品に仕上がっているように思う。

『桑の實』には、「訪海の對話」以外にも、ふみとの恋愛を主題としたと思われる詩が載っているので、そのうちの一編を紹介しておく。

人間は孤独である

腹に孕まれた遠い昔からして
君と　僕との違があり
生れ出た時にしても
君には海風が待つて居たし
僕には山風が待つて居た。

胸に轟く春海に　君の心が乱される時
軽く緑に吹く風で　僕の心は浮付《うわつ》いて來《く》る。

君は幼い時の朝
はんらんと気の躍る強い太陽を見たらうが
夕べ　ちらちら落ちてゆく　木立の夕陽《ひ》は僕にある。

君の生命は海笹に
乗せて波間に消えるのだし
僕の生命は白萩に
鳴く蟋蟀に死んでゆくのさ。

昭和二十八年、鵜ノ尾岬に、鵜ノ尾埼灯台が建設される。平成七年には、松川浦大橋が完成する。

新二は「長洲の濱」で、「二度と僕は訪ねまい」と書いたが、その後何度かこの地を訪れている。昭和三十四年から『福島民報』に連載した「シルエット詩」には、「相馬の磯部」と「鵜ノ尾岬灯台」の二作が入っており、また、昭和四十七年八月に同じく『福島民報』に連載した連作エッセイ「季節の第三秘境」では、磯部の茶屋ケ岬を訪れている。

昭和五十二年五月、『観光福島』に発表した一編の詩がある。新二、七十一歳の時の作品である。

春往秋来（五）

幼《おさな》日《ひ》も青春も
あの海と浦に夢かけたまま
今となった。
足跡のついた砂洲《さす》へ

松川集落のあった島と、平成29年に再開通した松川浦大橋

人影の消えた水辺へ
その日を捨ててから
何日《なんにち》になったか?
幾年になったか?
いや、三十年が経ったろう。
あの波と風の音、
あの鳥と人の声。
海は楽しかったか?
浦は悲しかったか?
相聞歌のような　人と水だった。

後年、新二がこの地を再訪した時には、松川集落は遥か昔に、影も形もなく消え去っており、集落跡には、一面の野原が広がっているばかりだった。

青く輝く太平洋は、白い波がひっきりなしに寄せては引き、悠久の時を刻んでいる。砂州を隔てた松川浦は、鏡のような穏やかな水面を見せていた。

長い年月を経て、再びこの情景に望んだ時、新二は何を思ったのか、今では知るすべもない。

第三章　丘陵に集う青春群像

新二は、掛田から梁川までの約九キロの道のりを自転車を急がせていた。大正十四年の初夏のことである。

梁川までは保原経由で軽便鉄道が走っていたが、隣の町村位の距離であれば、徒歩やようやく普及してきた自転車を利用する人が多かった。

梁川の大友文樹の自宅に通うのはこれでもう何回目かになる。凹凸のある砂利道をスピードを出して走ると尻が痛くなったが、大友と自由詩や文学についていつものように時間を忘れて談ずることを考えると、胸が躍り、自然にペダルを漕ぐ足が速くなった。

◇　◇　◇　◇　◇　◇　◇　◇　◇　◇　◇　◇　◇

大友文樹《おおともぶんじ》（本名文治）は新二より六歳年長の明治三十三年生まれ。仙台商業学校を卒業後台湾銀行東京支店に就職したが、病気のため退職し故郷に戻り、この当時は梁川尋常小学校の教員となっていた。仙台商業学校在学中から詩作を始め、既に新聞の文芸欄などにしばしば詩や評論を発表している、県内では自由詩の先駆者とも言うべき存在であった。

後に、新二は県詩壇の開祖として、県中の祓川光義、県南の大谷忠一郎、会津の渡部信義、浜通りの草野心平と並べて県北の大友文樹の名を挙げている。

新二は相馬松川浦での転地療養を終え掛田に戻ってきた大正十三年の暮れ、処女詩集『桑の實』を出版した。

『桑の實』は、四六判二百七ページのガリ版刷りの詩集で、奈良市の麗日詩社から頒価一円二十銭で刊行された。新二の住所は福島県師範学校となっており、詰襟姿の新二の写真も挿み込まれている。印刷人兼発行人の清水信義は明治三十三年生まれで、清水信の名前で短歌を作っている歌人だった。会津若松市の鉄工所で勤務していたことがあったことから新二とも知己の間柄であり、新二の詩集の発行を引き受けたものである。

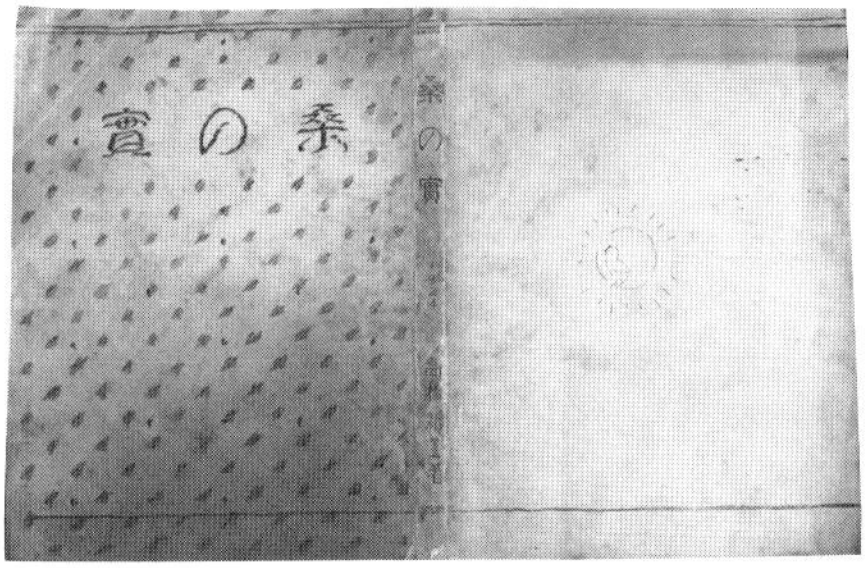

第一詩集『桑の實』

この頃新二は大友とはまだ一面識もなかったが、『桑の實』の出版案内と『桑の實』を購入して欲しい旨の手紙を大友に送り付けていた。しかし当然のことながら、全く未知の人間からの手紙に対し、大友からは何の音沙汰もなかった。

その後しばらくして転機が訪れる。偶然知人から『桑の實』を借り受けて読んだ大友が、その内容に感銘し、新二を称讃する記事を新聞に載せてくれたのだった。記事は「展望の中に～福陽詩話會へ」と題し、『福島民報』の大正十四年三月十九日から四回に亘り掲載された。一部引用する。

氏が地に涙して、と銘されて作品を發表されてゐたことは知らないけれど、詩集『桑の實』を出版するから買つてくれといふ便りを受けた時、私は、一面識も亦その一句すらも見たことのない人のものは買ふ氣ない、これはそこいらの自稱自讃詩集のへなちよこであらうとたかをくゝつて其まま省みずにゐたのであつた。

（中略）

そのままにして過ごした今年になつて私にとつて意外な人から高橋氏の話が出て、その詩集が懇切にも私の許に貸てくれられて、初めて氏の作品に觸れたのであるが私は氏がまだ詩作生活が淺いといふこと、並に氏はまだずつとその作品の感情より若い人であるといふことを知つて、作品の一つ一つを趁ふた時、一度にぐつと私の心境をついて來る一脈のはつらつたる姿がうかんで來たのである。私は、實際に譯もなく嬉しい氣持ちにうたれはじめて一氣にその詩集を讀了した、そして、これは意外だ。これは巧い。これはと驚異に而もある頼母しい喜悦に心が踊るのであった。同時に知らぬ事とはいひ、舊臘、あの出版案内の便りを初めて受けた時に抱いた私の卑睨視した感情を、甚だしく慚愧に反省しはじめたのである。

この記事をきっかけに新二は大友の知遇を得ることができ、以後しばしば自転車を駆って大友の自宅を訪ねることになる。

後年のこととなるが、大友が昭和三十四年になって出版した詩集『梁園春秋』の跋文を新二が書き、その中で新二は大友に対する感謝の気持ちを次のように記している。

ことごとに梁園を訪ね、少年の日から教えをこいつづけた私にとって、氏は詩の故郷として生涯のものとなった。

私の頭に花をかざし、私の足下に草を敷いて、気まぐれな私のために、いつも惜しむことなく、梁園に詩筵を設けて下さった。

（中略）

大友は第二次世界大戦後は東邦銀行に勤務しながら詩作を続けたが、詩壇における名声と長い詩歴にもかかわらず、『梁園春秋』が生前刊行した唯一の詩集となった。大友没後の昭和六十一年、大友の遺族により編まれた遺稿詩集『流砂』に新二は序文を寄せ、五十年に及ぶ親交にピリオドを打つことになる。

◇　◇　◇　◇　◇　◇　◇　◇　◇　◇　◇　◇　◇　◇　◇

新二は『桑の實』の刊行と並行して、もう一つの企画を進めていた。

それは、本格的な自由詩による詩誌の発行である。

新二は、福島から中央詩壇で名を馳せるような詩人が輩出されないのは、自作の詩を発表できる良い場がないことが理由の一つだと考えていた。有名、無名にかかわらず優れた作品であれば掲載するという開かれた詩誌の刊行。新二が生涯を通して訴え続けた地方詩壇と詩誌の創造に向けた活動は、この時代から萌芽を見せていた。

新二は新しい詩誌の発行に向けて、文学仲間の河内勝次郎、長谷川金次郎、川手孝悌らと打合せを重ねた。

当面この四人が同人となること、自由詩に定評のある詩人を委員に据えること、などが決められた。発行人には長谷川金次郎がなり、編集人は新二が務めることになった。

良い作品であれば誰の作品であっても掲載するというのが基本方針であったが、やはり一定の条件は設けるべきだということで、「丘陵詩人連盟」という組織を設置し、委員、同人、この詩人連盟加入者からの寄稿は自由とすることにした。

詩誌の体裁についても、内容に相応しくこれまでにない斬新なものとするため、活版印刷にすることとした。これには、川手が印刷会社に勤めていたことが大いに力となった。

肝心の詩誌の名前は新二が胸の中でずっと温めていたもので、小高い山の連坦する掛田の風景からとって『丘陵詩人』とすることに決定した。大正十四年十月に『福島民報』に掲載した「愛する詩人諸君へ」で新二は次のように書く。

『丘陵』という文字が素的ではないか。
私は幼時山野で育つた。山野といふもの、忘れ難ひ所はあの圓な肩にある。丘陵を限る線にある。
私は限りなく丘陵を愛でたい。

同じくこの「愛する詩人諸君へ」で、新二は『丘陵詩人』の発刊を宣言し、県内の詩人達に奮起を呼び掛けている。

限定的な話だが、どうして福陽には詩人は生れなからう。隣縣の宮城邊りには中央詩壇で見得を切れる人が多々あるのに。

此れは要するに福陽にはよいはね板がないからだ。——といふ理由の一つとして私は丘陵詩人を刊行する。

　愛する詩人諸君よ、競ふて此のはね板を使用せられよ！そして第一義なる飛躍を試みられよ！


大正十四年十一月、満を持して『丘陵詩人』の創刊号は発行された。

『丘陵詩人』は、当時まだガリ版刷りの粗末な同人誌しかなかった中で、大判の県内初の活版印刷の詩誌となった。頒価は十銭（「價は敷島の三分の二に過ぎず」と記されている）だった。

「夜十二時」と題した表紙絵も新二が描いた。火のついた煙草とグラスを置いた机の前に座るのは詩人であろうか、幾何学模様のように抽象化された図案である。ちなみに、大正十五年九月号からは遠藤正三が表紙絵を描くことになる。

巻頭を飾る詩は、大友文樹の「秋雨抒情」。一連目のみを引用する。

秋雨抒情
大友　文樹

しめやかにうるほひて　しかも切實な
ものを　にほはせる
空をよぶ雨。
山脈《やまなみ》にたちこめし　ふかき雲霧よ

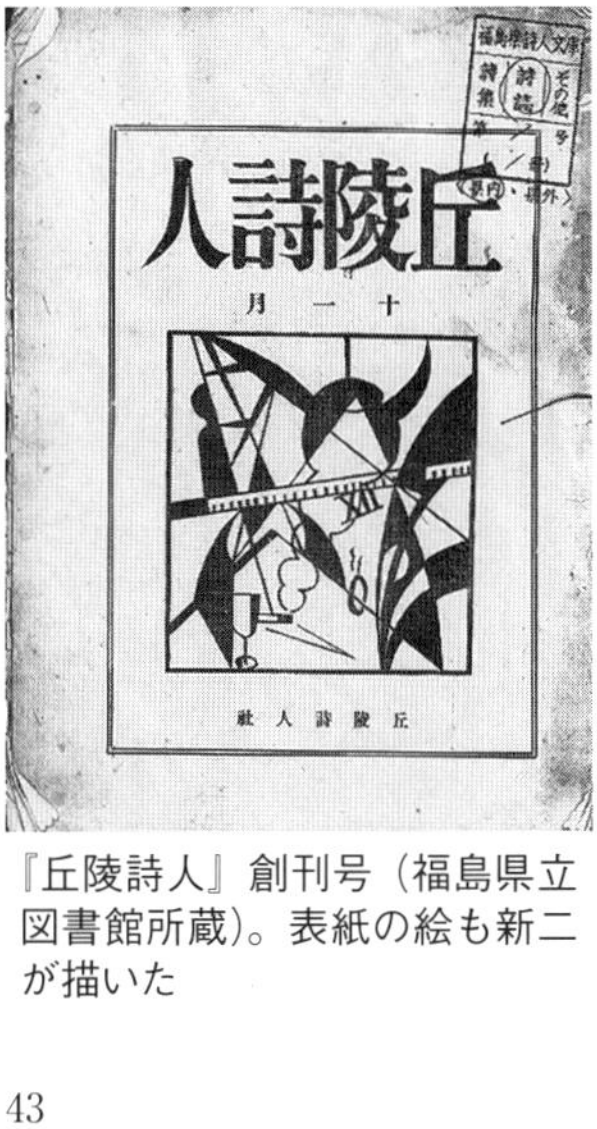

『丘陵詩人』創刊号（福島県立図書館所蔵）。表紙の絵も新二が描いた

かくまで濃緑《こみどり》のあせゆく彩色《いろどり》をけぶして
　うつろひてめぐるとは
すでに季節の息吹《いぶ》きをふりかけふりかけ
さては、夏やせにおとろへしものへ
あやしくも慰問をおくりたるものか。
（後略）

大友は先輩格であることもあって同人にはならなかったが、翌年から佐藤利雄と共に委員として参画し、以後しばしば作品を寄稿していく。

創刊号では、ほかには川手孝悌、村山富美雄、河内勝次郎が詩を書き、長谷川金次郎、遠藤正三、古市清之助らが散文を執筆した。

新二は、本文十二ページ中五ページを使い、八編の詩を掲載している。「病む」、「高原に立てば」、「六月の農夫」、「憂鬱症」、「十月の男部屋」、「私の一生」、「ほんに一瞬《とき》の語り草」、「病」の八編であり、うち五編は『桑の實』からの再録であった。

◇　◇　◇　◇　◇　◇　◇　◇　◇　◇　◇　◇　◇　◇

『丘陵詩人』は現在入手することは困難であるが、新二の第二詩集『鬱悒の山を行く』の巻末に掲載作品などが記録されているので、創刊から終刊までのおおよその推移を把握することができる。

創刊号は、福島市内の西沢書店と古今堂書店で販売し、十日間で売り切れた。第二号となる十二月号は僅か四日間で売り切れ、第三号（大正十五年一月号）は二週間で売り切れた。第五号（大正十五年四月号）から前記の二書店に加え、秋田、山形、岩手、福島の大書店でも販売を始める。第七号（大正十五年六月号）は一週間で売り切れ、翌第八号（大正十五年七月号）からは売り捌き店が東北六県全てに亘る。第十一号（昭和二年一月号）はさらに東京の南天堂書房にまで販路を拡大した。

『丘陵詩人』はよく売れた。大正十五年十月十日の『福島民報』に掲載された「年刊詩集「詩民時代」其他」にも、新二が古今堂の店主から、「私の處へは、毎月七八十冊宛配つて呉れませんか。掛田の社へ貴方から交渉してみて下さい」と、『丘陵詩人』の配本を懇願される話が書かれている。現在に至るまで詩の本が飛躍的に売れたという事象はあまり聞くことがない。物珍しさも手伝ったのだろうが、何よりも若者達の清新な詩が大正時代の自由を謳歌する風潮にマッチしたのではないかと推測される。

同人は、創刊当初の長谷川金次郎、川手孝悌、河内勝次郎、高橋新二に加え、萓野弥三郎、佐藤晴二、佐久間利秋、森きみ子、斎藤勝治、土屋昇、渡辺常水などが順次加わり数を増やしていった。

編集人は新二が第七号まで担当し、第八号から河内勝次郎にバトンタッチした。さらに第十号（大正十五年十二月号）からは佐久間利秋が編集人となっている。

同人、委員以外にも、大谷忠一郎（白河）、祓川光義（安積）、野村俊夫（福島）など県内第一線の詩人達が執筆した。また県外からも、石川善助（仙台）、竹中郁（東京）、中田信子（山形）、渡辺琥一（波光、仙台）、宍戸儀一（石巻）などの寄稿が相次ぎ、まさに県詩壇創生期の黄金時代を牽引するに相応しい詩誌となっていった。

この時期の新二の代表的な詩の一つとして、『丘陵詩人』第三号に発表した「秋　山國の侘しさよ」を挙げておく。詩集『鬱悒の山を行く』にも収録される詩である。

秋　山國の侘しさよ

汚れてひるがへるもの
田である　山である
いろどりかへりて眺め空しく
ひた波打ちて水に浮ぶ
岸に見えて　ぼうけるは
雨風にほふられた　草木のふんぷんであらう

（空には夕雲がねじれる）

山の彼方　不思議な空間から
今は村の太鼓のぶらぶらも響いて來ない

◇◇◇◇◇◇◇◇◇◇◇◇◇◇◇◇◇

同人達のプロフィールについては不明な部分も多いが、『霊山町史』などから判る範囲で抜き書きしてみる。

『丘陵詩人』の発行人となった長谷川金次郎は、明治三十六年生まれ。新二よりも三歳年長で『丘陵詩人』発刊当時二十二歳。十七歳の時に石巻から掛田に移住し、大正末期に掛田町内に文化堂書店を開店していた。「小説・雑文を次々に発表し精力的な霊山郷文芸ふるさと作りの先駆であった」（『霊山町史』）、後には「町会議員や商工会設立の総代もやり、反面演芸界にも功績を重ね、後年には福島こけし会の名誉会長に推された」（同前）とある。『丘陵詩人』にも、「掛田の櫻」など散文を中心に発表した。

河内勝次郎は明治三十九年、掛田生まれ。新二とは同い年であったこともあり、とりわけ仲が良かったようで、新二の随筆などにもよく名前が登場する。昭和二年二月の『福島民報』に、新二は「異端の詩人～河内勝次郎の事」と題した散文を四回に亘り連載し、会津若松連隊に入営の決まった河内について書いている。一部引用する。

勝次郎は年がら年中貧乏人
勝次郎は（中略）脊丈の高い、どちらかといふと随分みつしりした體を持つております。

浅黒い顔の上では、眞つ黒い髪が坊主になつたり又ごしやごしやと生えたりして居ました。

二重瞼が彼れから來る氣分を緩和に致します。

シンジの二倍程もある肩は小さい掛田の街を所狭しとゆれて行きます。

勝次郎は勇者でありました。

続けて、河内は仙台の学校に進学するが女性問題で退学となり、その後上京するも二十歳の時掛田に帰郷したことが記されている。

シンジはその頃から勝次郎と極親密な間柄になりました。
テニスを手が折れる位やりました。
氣が遠くなる程女も感じてみました。
夏になると、氷屋で詩をハナしたり、氷水も飲みました。
長谷川さんとは、三人で毎日表の夏を眺めました。
それから冬になると夜が長くなりました。夜は私の家で語りました。
何時でも、朝の四時頃歸つて行きました。

『丘陵詩人』第五号に発表した河内の詩。

追懐　焦燥

河内　勝次郎

過ぎては懐しいものばかり
遙けき憶え出の數々よ

彼方、防波堤に陽は轉び
波路眞つ白く、夕である。
森の都は春らんまん花の傘蓋ですぎてゆき
雑音消ゆるも春夕の慌たゞしき眺めかな
嶽は蕭々、山脊越して日は暮れて煙る並木を監獄馬車が通つてゐる。

川手孝悌は岩手県宮古町生まれ。福島市の木村印刷所に勤めながら詩を作っていた。『丘陵詩人』の印刷も木村印刷所が一手に引き受けた。大正十五年六月に岩手に帰郷するが、それ以降も『丘陵詩人』に自作詩を送り続けた。
創刊号に載せた川手の詩。

月

川手　孝悌

澄んだ夜空へ
寮の消燈ラツパが　震え乍ら落ちて行つた。
今し　友との歓談が

柔らかく二つに切れて終ひ――
（月はぽつかり浮び出て）
風車の如く故郷の事どもが思はれる。

菅野弥三郎、下小国生まれ。社会主義研究会で社会運動を活発に行った。
第十一号に載せた菅野の詩。

蜩《せみ》　　菅野　弥三郎

蜩が雨に啼いてゐる
土色に
ぬれた落葉松《からまつ》の幹で啼いてゐる

せつかちな蜩の聲
せつかちな　山峡の夕べ
雨降つてゐる。

佐藤晴二（清寿）、明治四十年掛田生まれ。口語文による短歌の革新を目指し、県立蚕業学校在学中に植木芳文らと『萌芽』を刊行、大正十五年からは短歌誌『赫土』で活躍。昭和三年には短歌誌『土・水・光』を主宰した。「意志固い知能人であったから、後年は広く産業界に活動したし、郷土の町会議員や農協の責任者にも推された」（『霊山町史』）。後の霊山町長佐藤健一の父。

大河原直衛、明治四十年小国生まれ。佐藤晴二とは県立蚕業学校の同級生で、佐藤らと共に口語短歌の創作に励む。社会主義活動にも興味を持ち、後には町議会議員などを務める。

斎藤勝治、明治四十二年大石生まれ。仙台逓信講習所卒業後梁川郵便局に勤務。文芸誌『春陽』や詩誌『渡船』を主宰。その後日本郵船の電信係として船員になる。

土屋昇、明治四十二年生まれ。斎藤勝治と同時期に梁川郵便局に勤務し、斎藤と共に詩誌『渡船』を立ち上げる。後には社会主義活動に身を投じていく。

渡辺常水、明治二十七年生まれ。掛田で新聞店「万歳堂」を営む。掛田文化協会で活動し、昭和三十四年には霊山俳句吟社の会長となり、句誌『霊山』を発行する。「幼少年期を除いて七十余年の長年月、飽くことなく絶えることなく、そして生れ故郷から離れることなく、句を吟じ短歌を詠い琵琶さえ弾じた」（『霊山町史』）。

佐久間利秋は明治四十二年信夫郡水保村生まれ。福島県師範学校では新二の後輩だった。師範学校卒業後は小学校の教員となり、後に県教員組合中央執行委員長を経て県議会議員を三期務める。『北方詩人』の刊行にも大きな役割を果たし、仲間達が筆を折っていく中で生涯詩を書き続けた。

森きみ子については、詳しくは章を改めて書くこととする。明治三十八年小手川村御代田生まれ。新二より三か月程早く誕生した。第十号から同人となるが、前年の第三号に「秋空はもつと上にある」という詩を発表している。後に新二の妻になるキミである。

『丘陵詩人』の同人達。前列左から菅野弥三郎、河内勝次郎、高橋新二、大友文樹、長谷川金次郎、後列左から土屋昇、斎藤勝治、大河原直衛、村山富美雄

『丘陵詩人』に関わった詩人達は皆若かった。誰もが青雲の志を持ち、中央詩壇何者ぞという気概に満ち満ちていた。『丘陵詩人』が好評で売れ行きが良かったことも、彼らの自負心を大きく煽った。

大正十五年の春に撮影された彼らの集合写真が残っている。前列には新二を中心に河内勝次郎、大友文樹、菅野弥三郎、長谷川金次郎が座り、後列に斎藤勝治、大河原直衛、土屋昇、村山富美雄が立っている写真である。村山以外は皆着物姿である。若々しい顔立ちではあるが、皆一国一城の主であるかのような顔付きでカメラのレンズをにらんでいるように見える。

『丘陵詩人』創刊号の巻末で、新二は高らかに布告を行っている。

布　告

吾等は今や北日本詩壇の為に天下へ戦ひを宣す

もちろん『丘陵詩人』に掲載された作品が優れた作品ばかりであった筈はなく、『丘陵詩人』の内実がこの布告に値するものとなったか否かについては異論もあると思う。しかし、まだ自由詩が一般の人に十分に認知されていなかった時代に、自由詩を世間に浸透させ、その後の自由詩と詩壇の一つの流れを作ったという『丘陵詩人』の意義は、決して小さくないものと思われる。

◇　◇　◇　◇　◇　◇　◇　◇　◇　◇　◇　◇　◇　◇　◇　◇

毎号売り切れとなる程評判を取り、県文学史の一つの時代として呼称される『丘陵詩人』であったが、新二が福島県師範学校を卒業し福島を離れることにより、終刊となる。昭和二年二月発行の通巻第十二号が終刊号となった。

昭和二年三月十五日の『福島民報』で、長谷川金次郎は『丘陵詩人』を次のように振り返っている。

丘陵詩人はい丶雑誌であつた。文藝同人雑誌であれ程活氣がありよく賣れた雑誌はないだろう。十八軒の全國書店からの返品は僅か三分か四分で、廣告を見てからの注文者は何時も品切れの返事さへ受取れなかつた。これは確に高橋新二君の働きであつた。同時に新二君許りでない私達二三の同人が何も忘れて雑誌の爲に惚れ込んでやつて來た爲だとも云へる。

感傷の詩人、高橋新二。その詩人氣質がある場合種々なる問題をひき起し、約三年の月日のうちに幾多の變遷があつた事も事實であつた。併し彼のやる仕事は嫉妬され羨望され反抗され、異端視される度毎、彼獨特の詩性が鮮魚のやうに跳躍して雑誌を、自身を、よりよく生かして行つた。

長谷川金次郎、大友文樹、渡辺寛の三人は『丘陵詩人』の終刊間もない四月に、その後継誌として、表紙に「丘陵詩人改題」と記した文芸誌『文藝人』を刊行する。前掲の同じ記事の中に、長谷川は『文藝人』の創刊を予告する記事を載せ、「私は、この丘陵詩人の終刊を見るに偲びなくこれを改題し新陣容を整えて發刊する事になつた」と書いたが、この『文藝人』は長くは続かなかった。

『丘陵詩人』は、自由主義的な思潮が隆盛を極めた大正デモクラシーの申し子のように誕生し、大正デモクラシーの終焉と共に終刊となった。自由な空気の中で若者達の熱い血がほとばしり、疾風のように時代を駆け抜けた詩誌であった。

時代は大正から昭和へと移り、昭和恐慌を経て軍国主義の台頭による暗い時代が近付きつつあった。

第四章　福島師範の時代

『丘陵詩人』の時代は、新二が福島県師範学校で学んでいた時代でもある。

福島県師範学校（『福師創立六十年』〈昭和57年、第一書房〉より）

福島大学教育学部の前身となる福島県師範学校は、明治七年設立の福島小学教則講習所を起源とし、明治三十一年に設立された。

四年制の本科第一部のほかに、中学校卒生を対象とした本科第二部と高等小学校卒生を対象とした二年制の予備科が置かれた。本科第一部、第二部共に東組、中組、西組の三学級が設置され、新二は本科一部の西組に編入された。『福師創立六十年』を見ると、新二が入学した大正十二年の本科第一部の入学生のうち昭和二年に卒業した生徒の数は、百六名となっている。

同じ西組には遠藤正三がいた。遠藤は画家を目指していたが、新二に誘われ『丘陵詩人』に散文などを寄せるほか、大正十五年九月号からは『丘陵詩人』の表紙絵を描いていくことになる。

この時の校長は羽田貞義。後の第八十代総理大臣羽田孜の祖父に当たる。
この四月には「校訓四ケ條」も制定されている。

校訓四ケ條

一、心身を錬磨し天賦の性能を完うすること。

一、質實剛健を旨とし勤勉進取の氣象を振起すること。

一、規律禮讓を重んじ協同自治の精神を涵養すること。

一、常に人の師長たらんことを期し高尚なる品性を樹立すること。

また、新二入学時の大正十二年には大きな改革がなされた。四月には男女分離式が挙行され、女子部は福島県女子師範学校となった。さらに同年七月には、校舎が舟場町から腰浜町に移転する。現在、福島東高等学校と福島大学附属中学校が立っている場所である。

男子寄宿舎は大正五年より既にこの場所に移っており、校舎の移転に伴い一棟が増築され全部で四棟となった。さらに付属小学校も同一敷地内に建てられ、全ての建物が渡り廊下で繋がっていた。

『福師創立六十年』には、寄宿舎の概況が記されている。

現在の寄宿舎は建築は木造洋式、内部の備付は純日本式で生徒室數五十二、外に實業補習學校、教員養成所生徒室數三、計五十五室で、各室二十四疊、一室に六乃至七名の生徒を收容して居る。舍生數は本校三百八十八名、外に養成所二十名、計四百八名に達する。

舎室は四舎より成立し、一舎二名づつ計八名の舎監が指導教育の任に當る。外に養成所舎監二名あつて、舎監室こそ違ひ、其教育方針、衣食住の規律起居等凡て全く同一で内容實質より見て純然たる一體である。

別に炊事場、浴室、洗面所、理髪室及食堂を一棟とし更に病室、診斷室、静養室、消毒室、齒科治療室を別棟とし之れに物置等を合併すれば敷地六千百坪、建坪一千四百三十四坪と云ふ實に廣大なものである。

全寮制であったが、学校周辺の地区から入学する生徒に関しては例外的に通学が認められることになっていた。新二は実家が掛田であることから、当然のこととして入寮し、教官や舎監の指導の下四年間の寮生活を送ることとなった。

しかし新二の著作の中には、この師範学校での学生生活について具体的に書かれたものは殆ど見当たらない。

一、二年時は病気のためしばしば学校を休んでいたこともあるだろうし、前出の『福師創立六十年』に「本科一部生にあつては（中略）其學習狀態漸次良好に進みつゝあるが而も師範教育の共通欽陥たる小成に安んずる傾向なしと言ふことの出來ないことは頗る遺憾とする所である」と書かれているように、年上の文学青年達とも付き合っていた新二にとって、進取の気性に乏しい同級生達はどうにも子供に見えて、話が合わないこともあったであろう。

また、大正十四年に陸軍現役将校学校配属令が公布され、全国の学校に現役将校が配属されることになるが、福島県師範学校においては明治期から既に教練（兵式体操）が導入されており、鳴原重次予備役中尉がその教官を務めていた。毎週の正課のほかに、銃剣、背嚢での機動実習も行われ、夏場には若松連隊に一週間程度入営させられ、実弾射撃などの訓練も行われた。

自由な生活を愛する新二には、そもそも規則に縛られた集団生活が性に合わないものであったし、軍事教練などは全く意に染まないものであった。

そして何よりも、新二は学業よりも文筆活動で忙しかった。

この頃のことについては、僅かながら昭和五十七年十月発行の『雑誌霊山』に、「軍事教練の或る回想」というタイトルで記述がある。

（前略）軍教を好む筈がなく、また雑多な科目を並べ教える師範制度に反感を覚え始め、好きな科目以外には精を出さず、学校に無断で、新聞執筆したし、作品を出版したし、また度々遠地に旅とシャレ込んだり、従って軍教の出席率が最低となったから、おそらく私は要注意生徒として睨まれたこと慥かで、同情してくれた先生の口からも教官会議の裏を聞かされていました。

◇　◇　◇　◇　◇　◇　◇　◇　◇　◇　◇　◇　◇　◇

一か月から二か月おきに発行される『丘陵詩人』の編集作業と打合せに新二は忙殺されていた。やるべきことは山積しており、深夜まで机に向かうことも多かった。

こうした中、新二は中央の詩誌への投稿も行っていた。全国的に閉鎖的な詩誌が多く、誰にでも門戸を開き発表の場を提供してくれる詩誌を探すのには苦労もあった。

最初は、『桑の實』の発行人であった清水信義（清水信）の紹介もあり、藝術と自由社から刊行されていた『藝術と自由』に詩を発表した。大正十四年十一月号に、「月」、「七月の農夫」、「山嶽」の三篇の詩が掲載された。しかし『藝術と自由』は短歌誌であったことから、継続して詩を投稿していくことには違和感もあった。

『日本詩人』は大正十年に新潮社から発行された詩話會の機関誌である。会員以外にも新人の発掘に力を入れ、有名・無名を問わず良い作品ならば掲載するという方針で定評のある詩誌であった。この『日本詩人』の大正十五年二月号の新人集に新二の作品が掲載される。掲載された作品は、前年の『丘陵詩人』創刊号で発表した「病む」である。「病む」はこの時期の新二の代表作ともいえる詩である。

病む

あんねよ　あんねよと
少年は姉を呼んで居た。
朝《あした》　空氣はしみわたり
秋刀魚《さんま》の様に　松林を光線が走つて行つた。
愁思　日に日に彼れを痛めてか
岡に面しては　嗄れ聲を限り續けて居る

ぱつと　鴉が空へ落ち
音のあり　音のあり

あゝあ
明日《あす》は如何《どん》な韻《ひび》きが來るのだらう

『丘陵詩人』掲載時には「彼れ聲」となっていたところ、『日本詩人』では「嗄れ聲」と修正されている。また後年この詩を『鬱悒の山を行く』に収録した際には、「嗄れ」の文字を削除している。

『日本詩人』は残念なことに、新二の詩が載った年の十一月号で終刊となってしまう。新二は次の作品発表の場として『詩神』を選ぶ。

『詩神』は広島の詩人で資産家でもあった田中清一（田中喜四郎）が大正十四年に聚芳閣から発行していた詩誌である。「一人一人どんなに主義なり思想なり異なつてゐやうとそれは全然問題外」（『詩神』創刊号）であるという方針を掲げ、全国から投稿詩を募るとともに新人発掘にも力を入れていた。

新二は『詩神』の同人となり、同誌に次々と作品を発表していく。大正十五年には、三月号に「田舎の一日は終わつた」、五月号に「春二月」、八月号に「秋　山國の侘しさよ」、十二月号に「不吉な美しい夢」を、昭和二年は、二月号に「土人形」、三月号に「還道」、七月号に「月に向かつてないてゐる」、「御堂」、「植物」、「河岸で幾度も虹に出逢つた」、十二月号に「藐姑射鶺鴒篇〜或は、滅びゆく牧歌」を、昭和三年は、二月号に「夜明」、「月と水」、六月号に「暮春譜」、「鳴子」、「松〜千泉・新島両氏への音信」を寄稿している。これらの作品の殆どは、後に『鬱悒の山を行く』に収録された。

この『詩神』も昭和六年十二月には終刊となる。

詩誌の話をもう少し続けると、この頃福島県内では、終刊となった『丘陵詩人』の後を追うように、県文学史の一時代を画す詩誌が発刊されている。新二が福島県師範学校を卒業した昭和二年の九月に創刊された『北方詩人』である。

『北方詩人』は祓川光義、大谷忠一郎らによって創刊された。その後『山形詩人』との合併など変遷を重ねながら第五次まで続き、昭和三十七年に終刊となる。宮沢賢治、高村光太郎、草野心平なども作品を寄稿した、昭和前期を代表する詩誌となった。

この『北方詩人』創刊号に、新二は「夕べ君へ送るの詩」という作品を掲載している。前年に発表された三好達治の「乳母車」へのオマージュともいえる詩である。

夕べ君へ送るの詩

手車を押せ。
此の赤い夕空のなかで、君の母は泣いて居る。
その上、君の母は聲を立てぬ代りに涙を一つぱい落してゐる。

私の心のとどめなさよ

空の深い紅さの切なさよ
君は遠い國の丘の上で砂を空へ揚けてゐるだらう。
新しき月日のために　新しきいのちの爲に

されば、私は君の母へ此の手車を押そう
　地のはてへ　空のはてへ
　庭の花の一番ちいさい程のものになるまでを。
されば、私は君の母へ此の手車を押そう
　つぶつてゐる君の母の眼が開くまで。
　そして、何時か私の眼にもあつい涙のかかるまで

君は、母と日暮れの空を如何なにさぶしんでゐるだらう
あの、生れ來ぬ前の空が
あの、永遠へ續く空が
聽て人間の目を通り心へ下るのだが、
君は、母と日暮れの空を如何なにさぶしんでゐるだらう

夕べ——
君は母と、地を抑へる時

蟬は空で現實の脊を叩いて鳴く。
君はそうした夕暮れ、あの暗い沼へ
空にめがけて揚げる砂を再び見付けに行くだらう。

手車を押せ　慨きの手車を押せ
夕べさぶしいが――それでも温かい記憶を乗せてゐる此の一つの手車は
私と君等を赤く燃えて居るあの高原の上で夕雲と一緒にするだらう

◇　◇　◇　◇　◇　◇　◇　◇　◇　◇　◇　◇　◇　◇　◇

新二はまた、地元新聞にも精力的に作品を発表した。

当時の新聞は『福島民報』が政友会、『福島民友』が憲政会と、政党の機関紙としての性格が強く、ことごとに対立・競争しながらしのぎを削っていたが、両紙共に文芸欄は花盛りであり、県内の文学活動の興隆に大いに寄与していた。

大正十四年頃の『福島民報』を見てみると、朝刊、夕刊共に全四ページの体裁であり、朝刊の一面は全面広告、四面も半分以上が広告。夕刊も四面の半分以上は広告に割いており、実質二～三ページの少ない紙面の中で、文芸欄は夕刊三面の半分近くを充てるという力の入れようである。新聞の文芸欄は担当者の力の入れ方次第で欄の大きさが決まるようなところがあったが、当時の『福島民報』の担当者であった渡辺寛は芸術全般に見識と理解のある人物だった。

新二は、大友文樹を通じて福島民報社の渡辺寛や同紙への主力寄稿者である佐藤利雄の知遇を得たこともあり、『福島民報』の文芸欄に、次々と詩、散文、随筆などを発表していく。随筆には「タカ・シンジ」というペンネームを使うこともあった。

渡辺寛は明治三十四年秋田市生まれ。福島民報社に在籍しながら自らも紙上に小説や戯曲などを発表していた。次第に美術評論を中心に活動を行っていくようになり、後には渡辺到源という名前を使用する。福島民報社では編集局長などを務めるが昭和十五年に退社し、昭和二十年には『福島週刊時事』を創刊、昭和三十二年には新二と共に『北陽芸術』を刊行するなど精力的に活動を行い、福島県美術家連盟会長などの要職を歴任する。

また、明治三十六年生まれの佐藤利雄は「砂糖と塩」、「灯の島京二（狂二）」などのペンネームを使いながら、抒情的な詩を発表していた。大友文樹が著した『福島文芸家名鑑』には、「佐藤利雄の純情と若き日の悩みは、かれの詩文に思ふ存分の才の閃めきをもってあらはされ、正に詩聖の名に恥かしからぬものであった」とある。新二も佐藤を「熱の詩人」と呼び、『鬱悒の山を行く』では「灯の島京二よ」と題した詩を献じている。

一方の『福島民友』には野村俊夫がいた。野村（本名鈴木喜八）は明治三十七年生まれ。野村も『福島民友』の文化欄を担当しながら詩や小説などを発表していたが、昭和六年には幼なじみの古関裕而の勧めで福島民友新聞社を退社し上京、コロムビア専属の作詞家となり、「暁に祈る」など数々のヒット曲を生み出していくことになる。

『到源文集』の著者略歴の中で、渡辺到源は次のように書いている。

当時の地方紙は文芸記事を「閑文字」と称し紙面の埋め草扱いにしていたが私は上司を説き、東北に魁け、これを常設（毎日掲載）の「学芸欄」とし、発表の場のない文学青年や学究に開放。一方対抗紙として犬猿の間柄だった福島民友社文芸担当記者野村俊夫と語り文化に関する限り仲良く行こうと、両社学芸部共催で（中略）講演会をひらいたり、（中略）公演会を催したり、福島毎日社も加え福島演劇研究会を設立した。

それらの活動のため県下の文芸運動は大いに隆まり他県を圧した。

当時の新聞は文学作品の数少ない発表の場として機能し、文学青年達の活動を盛り上げたが、新聞としてはまだ未成熟な部分も多かった。記事を読んでみても、個人のプライバシーへの配慮などは殆ど見られず、ゴシップ的な記事も散見される。この時期に書かれた新二の随筆にしても、新聞社側の編集などは殆どなかったのであろうか、抽象的、暗喩的な表現が多く、また自分や仲間達にしか分からないような内容が記されていたり、今読んでみると意味不明な記述も多い。

◇　◇　◇　◇　◇　◇　◇　◇　◇　◇　◇　◇　◇　◇　◇　◇　◇

新二はやることなすことが順風満帆で恐いもの知らずの状態であったが、いささか増長気味にもなっていた。大正十四年七月の『福島民報』に連載した「赤い鉛筆」では、会津の詩誌『路上』を「三號雑誌」と貶めている。

以前《ママ》として下手な詩品が並んでゐるのである、これは心から路上を思ふもの、誰しも發する嘆聲だ。

三號雜誌として、立派でなくてもい丶のである。あれだけの頁を持つ以上一號雜誌として光つて頂きたい。

これはさすがに書き過ぎであったろう。翌月の『福島民報』に載った「高橋新二君に與ふ」において、歌人の佐藤汀花からたしなめられることになる。

高橋君

『赤い鉛筆』といふ一篇が縣下何万の讀者にどんな印象を與へられたか。未だ生まれたばかりの稚鳥でありながら、その聲が少し良いと賞められたばかりに、あの誇張した物の言い振りは一體どうしたのだ。

（中略）

『思ひ上ることは悪いことだ』
それは鋭敏な感覺を持つ詩人の前には、あまりにはつきりした言葉であるかも知れない。けれども、僕は我が母校より出でたる天才詩人のために、かく言はねばならぬ。
高橋君
僕はペンを取つて表現することの拙いことは、この通りだ。然し誠意それこそは、誰にも劣らないと思ふ。
僕のこの一篇を再讀されて、若し君の心に只一線のひらめきでもあれば僕は大に滿足に思ふ。
お丶高橋君よ。

夏の大空は明るく輝いてゐる。大いに精進してくれ給ひ。
僕は鶴首して君の第二詩集の生る日を待つてゐる。

福島県師範学校の先輩でもある佐藤からの諫言は、さすがに新二にもこたえた。後日新二は『路上』に「水際」という詩を寄稿していることからすると、その後『路上』側とは何らかの手打ちがあったものと想像される。

しかし新二の意気は一向に衰えることなく、ますます盛んであった。

◇◇◇◇◇◇◇◇◇◇◇◇◇◇

この頃文芸講演会と称されるイベントが各地で開催され、娯楽の少なかった時代、大いに活況を呈していた。

新二は詩の朗読会を行っている。大正十五年六月十九日の『福島民報』には、同月十五日に福島県師範学校の講堂で自作詩朗読会を開催し、「山に若く生きてあり」、「春」、「月」、「病む」などの詩を朗読したとの記事が掲載されている。約七百人の会衆が集まり盛会だった。また同年十二月八日の同紙にも、十一月三十日に朗読会を開き、「湯の町の娘」、「山嶽」、「田舎の一日は終つた」、「水際」、「秋　山國の侘しさよ」などを朗読したとある。

新二はもともと人前に出ることを苦にしない性格で、朗誦にもいささかの自信があり、大勢の会衆を前にして朗々と自作の詩を詠い上げた。

掛田で『丘陵詩人』に集う若者達の活動があったように、この時期福島市内においても、文学青年達の活発な活動があった。

『福島県史』によれば、豊田町に住んでいた詩人の高橋徳太郎の家は「だんご屋」と呼ばれていた駄菓子屋であり、ここが当時の文学青年達のたまり場となって毎晩のように文学論を戦わせていた、とある。ここに集った青年は、佐藤利雄、高橋長助、枯田浄（米村不可死）、星純一郎、村山富美雄、相楽恭夫、野村俊夫、渡辺三樹男などであり、彼らもしばしば地元新聞などに作品を発表していた。

こうした活動を通じて、詩人達の交流の輪も次第に広がっていくことになる。

◇　◇　◇　◇　◇　◇　◇　◇　◇　◇　◇　◇　◇　◇　◇

福島市の文学青年の中で新二と深く交友を持った人物を二人挙げておく。

福島県立福島高等学校の前身である福島中学校に渡辺三樹男がいた。渡辺は明治四十四年福島市生まれ。福島中学校時代に詩誌『無弦弓』を主宰する。福島中学校卒業後東京外国語学校（現東京外国語大学）露語科に進み、後に毎日新聞のモスクワ特派員として活躍する。昭和三十九年の会津若松市長選挙に立候補した際には、新二が応援演説に駆け付けている。昭和四十二年には文芸誌『季刊北東』を創刊し、この『季刊北東』に新二も「笑嘲詩」を連載していくことになる。

福島大学経済学部の前身である福島高等商業学校には会田毅がいた。会田は明治四十年新潟県生まれ。福島高等商業学校卒業間際の昭和三年二月に、詩集『手をもがれてゐる塑像』を上梓する。卒業後上京し、『北方詩人』にプロレタリア詩論などを発表した後、東京商科大学（現一橋大学）に進み、詩誌『新興詩学の旗の下に』を主宰する。東京商科大学卒業後は婦女界社に入社し、北町一郎というペンネームで一転ユーモア小説を書き一躍世間に名を馳せることになる。福島時代に北町に家を構えていたことから「北町」というペンネームにしたとの記述が『福島県史』にはある。

また、渡辺の送別会と会田の詩集出版記念会が、福島市上町で合同で開催されたとの記録も残されている。

ちなみに、福島商業学校には、明治四十二年生まれの古関裕而がいた。後にコロムビア専属の作曲家として一世を風靡する古関であるが、この当時新二との接点はなかった。昭和四十二年に伊達町立伊達中学校の校歌を新二が作詞した際に古関が作曲を担当したのが人生における唯一の交錯となる。

◇　◇　◇　◇　◇　◇　◇　◇　◇　◇　◇　◇　◇　◇

福島県師範学校の生活は文学活動に明け暮れた四年間であった。入学当時は病弱で学校を休んでばかりいたが、いつの間にか体もすっかり健康体になっていた。四年間はあっという間に過ぎ、気が付けば卒業の時期が迫っていた。

卒業後は教師の道を歩むこととしており、最初の赴任地は伊達郡茂庭村の茂庭小学校であることが通告されていた。実家の掛田も山に囲まれた町であったが、茂庭は掛田とは比べものにならない程の山奥であった。

昭和二年三月十八日の『福島民報』には、『文藝人』同人の発起により新二の送別会を開催する旨の告知が出され、三月二十三日の同紙には送別会の模様が書かれている。

新二の送別会は、三月二十日の午後六時から福島駅近くの中央亭ホテルで開催された。

出席者は、大友文樹、佐藤利雄、野村俊夫、渡辺寛、長谷川金次郎、佐久間利秋、村山富美雄、小林金太郎、高橋徳太郎など二十数名で、季節はずれの風雪のため、市外からの出席予定者は急きょ欠席となった。

冒頭、新二が自作詩の「泥人形」を朗誦し、その後出席者一人一人が新二の印象についてスピーチを行った。新二もこれに応えて出席者一人一人に対する印象を述べて挨拶に代えるという趣向であった。

盛会のうちに午後十時、送別会は散会となった。

◇◇◇◇◇◇◇◇◇◇◇◇◇◇

翌三月二十一日の朝、新二は本町の交差点に立っていた。一旦掛田の実家に戻るため、福島停車場に向かう途中であった。もともと酒には弱くあまり飲めない質であったが、昨夜は自分の送別会ということもあり、そこそこ飲んだ。頭の芯が少し痛んだ。

新二が立っているのは、駅前通りと万世大路（現在の国道十三号線）が交差する四つ角で、市内でも最も賑やかな場所であり、「本町の四つ角を制する者は福島を制する」とも言われていた。明治三十一年にデパートの前身ともいうべき福島勧工場がこの場所に建てられ、開業当時程の活況はなくなっているもののそれなりの賑わいを見せていた。

十月には、勧工場のはす向かいの場所、福島警察署が信夫郡役所跡地に移転し空き地となっている土地に、福島ビルヂングが竣工する予定となっていた。福島ビルヂングは鉄筋コンクリート三階建の市内随一の高さの建物となり、県下初のエレベーターというものが設置されると聞いていた。

掛田も活気のある町であったが、やはり福島は都会であった。新二は四年間の福島での生活を思い起こしていた。文学活動に明け暮れた四年間だったが、都会の歓楽と憂愁も存分に味わった。町の北部に位置する信夫山も散策したし、市民が愛着を持って隈畔《わいはん》と呼んでいる阿武隈川のほとりでも遊んだ。

福島師範卒業の年、隈畔で撮影。板倉神社と阿武隈川に架かる舟橋が後ろに見える

都会を離れ、今までとは全く違う山奥での教師生活が始まる。これまでの華々しいともいえる生活と別れることには未練もあったし不安もあった。新二には今一つ現実感がなかった。しかし自ら『丘陵詩人』にも幕を引いた今、次の新たなステージへと進む必要があった。そしてまた、どうしても叶えたい夢もあった。

福島停車場の遥か彼方の吾妻山には残雪が白く残り、くっきりと姿を見せていた。新二は大きく一つ深呼吸をして、駅に向かって歩き出した。

第五章　摺上の源流にて

茂庭村は、宮城県と山形県に隣接した福島県の最北部に位置し、人口二千数百人の山奥の村である。集落に沿って摺上川が、深い峡谷や滝など風光明媚な光景を見せながら流れていた。

茂庭村は伊達郡に属していたが、昭和三十年信夫郡飯坂町が新設されると、その一部となり、昭和三十九年には福島市に編入され現在に至っている。

当時、福島から飯坂温泉までのルートは、飯坂電車株式会社の運行する飯坂線と、福島電気鉄道株式会社が運行し、伊達の長岡を経由する路面電車の二路線があった。昭和二年には、飯坂線が福島電気鉄道株式会社に吸収合併され、それぞれ、飯坂西線、飯坂東線と称するようになった。

茂庭は、飯坂温泉からさらに十キロも奥で、今でこそ福島の市街地から車で一時間もかからずに行くことができるが、当時は、飯坂温泉からの交通手段は馬車か徒歩しかなかった。道路も、摺上川を崖下に見下ろす、馬車一台しか通れないような箇所もある狭い山道だった。冬ともなれば積雪は一メートルを超え、殆ど陸の孤島状態となった。

福島県師範学校を卒業した新二が茂庭尋常・高等小学校の教員として赴任するのは、昭和二年四月のことである。

◇　◇　◇　◇　◇　◇　◇　◇　◇　◇　◇　◇　◇　◇　◇　◇

新緑の季節が訪れ、四月の着任時にはまだ日陰の至るところに残っていた雪も殆ど消えていた。若葉に萌える山が狭い集落の周囲を囲んでおり、空気までが緑に染まっているように見えた。摺上川の清流の音が聞こえると、胸の中にも清冽な水が流れていくような感覚を覚えた。

新二は下宿先の旭屋旅館から茂庭小学校へ出勤する途中であった。朝の空気はまだ冷たかったが、掛田の実家に残してきたキミのことを考えると胸が温かくなった。

新二は師範学校の卒業を前に、森キミとの結婚生活に入っていた。婚姻届はまだ役所には提出していなかったが、新婚早々妻を実家に残しての単身赴任だった。

茂庭遠景（『茂庭小学校百年のあゆみ』より）

昭和二十六年頃の茂庭小学校
（『茂庭小学校百年のあゆみ』より）

茂庭小学校は集落の中心部である中茂庭にあり、茂庭小学校を中心として摺上川の下流地区には滝野分教場、上流地区には梨平分教場が置かれていた。また、梨平分教場のさらに上流の地区には名号季節分校が設置されていた。

校舎は明治四十四年に建てられた木造平屋の建物だった。

生徒達は純朴で、元気に満ち溢れていた。

ＮＨＫのラジオドラマ「君の名は」に続いて、昭和二十六年一月から翌二十七年三月まで放送された「さくらんぼ大将」はこの茂庭が舞台となっている。菊田一夫が脚本を書き、古関裕而が音楽を担当した。「つぶらな眼、まるまつちい頬つぺた、活達な姿かたち、四方にはねまわる手足」（『さくらんぼ大将』序）と描かれた主人公六郎太の姿は、まさに茂庭小学校の生徒達の姿を写しているといって良いであろう。

『創立百周年記念～茂庭小学校百年のあゆみ』の年表によれば、大正十一年に初めて福島への修学旅行が実施され、その頃から、ひもぐつ、だるまぐつなどのゴムぐつが履かれ、かばんも使用し始められた、とある。また、大正十四年には初めて茂庭地区にラジオが入り、昭和三年頃からゴム長ぐつ、ランドセルも使用されるようになる、と書かれている。

この記念誌には、昭和四年度卒業の高木澤子氏の「懐しい思い出」と題した回顧録も載っており、当時の学校の状況がよく判るので、一部引用させていただく。

（前略）教室と廊下の境の障子を、ちょっとした不注意で破りよく叱られたものです。

入学式のようすなどの記憶は全然ありませんが、母の織ってくれた縞のアンサンブルに赤いズックの下げ鞄、上ばきは赤い緒のついた草履を履いていたように思います。高学年には、教科書を風呂敷に包んで背負ったり腰に結びつけたり、又幼い弟や妹をおんぶして通学する人もいたのです。

服装といえば男の先生は洋服、女の先生は和服で紺の袴をはいておられました。体操もそのままだったのです。勿論生徒の私達も和服でした。運動会などには、メリヤスの下着（肌色、ピンク、きれいな稿）に葡萄茶の袴を短かく折ってはきました。紺のスカートをはくようになったのは、ずっと後でした。

（中略）学校にはミシンどころか、理科実験、家庭科実習の設備などがないので、割烹実習などには鍋、コンロ、食器まで持ち寄って教わったのです。炭火で煮焼きをしましたが、この炭火は教室の暖房にも使用されました。

授業内容は、修身、国語、算術、理科、国史、地理に加え、唱歌、体操、裁縫などの科目であったが、特に低学年においては国語の授業の占める時間が多かった。

国語の授業の合間に、新二は教科書に載っていない詩や物語を読んで聞かせることもあった。新二の声は朗々と教室に響き、そんな時、生徒達は目を輝かせて聞き入っていた。唱歌の時間には、新二が数日かけて作った自作の校歌を生徒達に歌わせることもあった。

茂庭から新二の実家までは気軽に帰れるという地理的条件にはなく、新二は休日も茂庭の下宿で過ごすことが多かった。そうした時には、新二は生徒達を連れて近くの山や川を歩き回った。当然生徒達の方が地元を熟知しており、むしろ新二が生徒達に連れられて、といった方が正確だったかもしれない。山には辛夷や万作の花が咲き、川では小魚が泳ぎ河鹿が鳴いていた。

自然豊かな環境での生活は楽しく、心が洗われるようであったが、街での華やかな暮らしや文学仲間達との交遊を思い出すと、自分がただ一人取り残されたような寂しさも覚えるのだった。

昭和三年四月に『福島民報』に掲載した「暮春賦」で、新二は次のように書いている。

一九二七年は私に數々の憶ひ出を殘して行つた。ヴルレーヌが世隠れ教師をやつたやうに、私も山奥で子供の一隊と一年を過ごした。名實共に世と絶縁された事の嬉しさ。木では一匹の猿になり、水では一尾の魚と化した。金もなく、女もなく、只待つものは、蓑を着て遠くの町から上つて來る所謂手紙屋さんの姿であった。手紙屋さんは、そのズック鞄に何時でも懐しの戀人を入れて來た。分厚い立派な詩集『北方の曲』も其の鞄から投られた戀人の一人であつたのだ。

新二は、大谷忠一郎から送られてきた詩集『北方の曲』を恋人のように胸に抱いた。都会や文学仲間達と繋がる唯一の細い糸が郵便であった。

◇　◇　◇　◇　◇　◇　◇　◇　◇　◇　◇　◇　◇　◇

新二には、どうしても捨て去ることのできない一つの夢があった。それは、上京し早稲田大学に進学する夢であった。

関東大震災が発災したのは、新二が福島県師範学校に入学した大正十二年九月一日のことである。早稲田大学のあった山の手は、下町と比べればまだ被害は小さかった。早稲田大学においては、応用化学科実験室から出火した火災は初期消火の成功により延焼を防ぐことができたものの、煉瓦造りの大講堂が全壊したほか、校舎の屋根瓦が落ち外壁が損壊するなど少なからぬ被害を受けていた。しかし昭和二年のこの時期には、震災による被害も概ね復旧を終えていた。

この当時、早稲田大学に入学するためには、大学予科である早稲田高等学院で一定期間予備教育を受けることが必要であった。この学院は、中学校四年修了者を対象とし文科と理科を教育する三年制の第一早稲田高等学院と、中学校卒業程度の者を対象として文科のみを教育する二年制の第二早稲田高等学院からなっていた。

取りあえず教師になってはみたものの、このまま辺地の一教師として埋もれてしまうことには抵抗があった。明確な目標があった訳ではないが、東京に出てもっと自分の力を試してみたかった。

掛田の実家はもともと子供の教育には理解がある家で、新二の姉リエも掛田小学校の教員になった後に、東京女子高等師範学校（現お茶の水女子大学）に進学させている。新二の早稲田行きにも母は反対しないだろうが、女の細腕一本で商売を切り盛りしている母にこれ以上の苦労を掛けることには気が引ける思いがあった。また、上京するとすれば、妻キミともこれからさらに六年間の別居生活を続けることになる。果たしてキミに耐えられるのだろうかという不安もあった。

しかし新二には、一つのことを思い立つと矢も楯もたまらなくなり、もうそのことしか見えなくなってしまうようなところがあった。後年、県を退職する際にも、あと半年在籍すれば恩給の受給資格ができるので、せめてそれまで退職を待ってくれという家族の説得にも耳を貸さず、辞めてしまったという出来事がある。この時も同じであった。

茂庭小学校には着任したばかりであるが、早稲田に進学するとすれば、そろそろ色々な準備を始めなければならない時期に来ていた。

◇　◇　◇　◇　◇　◇　◇　◇　◇　◇　◇　◇　◇　◇　◇

六月のある日、友人の村山富美雄と水島洋が突然新二のもとを訪ねてくる。

昭和二年七月に『福島民報』に連載された「山・谷・空の白花」はこの時のいきさつを、村山、水島、新二がリレー方式で執筆した随筆である。当時の茂庭の状況や新二の生活などが生き生きと描かれているので、所々引用しながらあらすじを追ってみたい。

最初は村山富美雄の執筆から始まる。

村山はダダイズムの詩を書く詩人で、『丘陵詩人』にもしばしば作品を寄稿していた。社会運動にも深く関わりを持っており、仲間達からは「ダダ」という愛称で呼ばれることもあった。

村山は、茂庭行が決まってから新二の下宿に辿り着くまでの経緯を書いている。

> 六月廿日、午前十一時半。
> 突然、水島君が、僕の家に訪ねて呉れた。
> そして茂庭の仙境に籠る、高橋君を訪問しないかと云ふ。
> （中略）
> とに角、僕は喜んで、水島君の誘ひに同意したのである。

村山、水島の二人は長岡を経由する路面電車に乗って、飯坂温泉の十綱駅まで行く。ここから茂庭までは歩きである。

> 僕達は、輕く、昼飯を済まして湯野村を發足した。愈々茂庭行程中の難關――三里の徒歩旅行は、はぢまつた。だら〴〵坂道三里の行程は、歩かぬ先から、汗、だくだくである。

福島停車場を出発した路面電車（『写真でつづる福島交通七十年の歩み』より）

飯坂街の絶景を左に眺めながら摺上畔を上へ上へと辿る。

（中略）

街道随一の冷水と稱へられる、『高清水』に咽喉を、うるほして僕達は、又歩きだした。湯野村を離る、事二里餘。僕も疲れたが、水島君も疲れたらしい。樹蔭に休むことが数多くなつて來た。

（中略）

僕達の、行手に、當つて、何十丈とも、知れない、土砂岩が轟然として、突ツ立つて居た。それが路のすぐ脇である。路巾は、七八尺位で、馬車が、やうやく通れる位しかない。その下は—、覗けば、目も、くらやむ許りの、斷崖絶壁である。摺上の上流が、斷崖の下を、ゆう〳〵として流れて居る。

斷崖を見下ろす道を抜け集落に入ると、二人は村の子供に出会う。

この邊迄來れば、もう、高橋君に逢つたも同然である。道傍に遊んでゐた子供に『高橋先生を、知つてゐるかね』と聞けば、すこぶる、眞面目に『ハイ、知つてゐるんで、あります……』と明確に答ひた。そして宿迄、親切に教へてくれた。

二人は茂庭の自然の美しさに目を奪われる。

僕達は高橋君の事などは忘れてしばし　傍然として、四邊の風景に見惚れてゐた。
雜木林には　鶯が　歌つてゐる。

黒雲が　高山の　頂きから飛出た
山國は　雷が　近いと聞いてゐた。
ローマンスが高原のやうに隠れてゐるのであらう。何處を向いても山　山　山である。
山には栗の花が　今　盛りである。

二人はようやく新二の下宿先である旭屋旅館に着く。

意を通じると　宿の娘さん（僕の直感）が高橋君を連れて來て呉れた。
（中略）
僕と水島君は　同時に　頭をポックリ下た　そして同時に訊いた。
『今のガールは　どなたですか？』
『あれは　この宿の　お嫁さんですよ……』
そして高橋君の明かるい笑ひ聲が室一ぱいにぱあーッと散つた。

次に続けて書くのが水島洋である。
水島に関しては文献などにもあまり名前が出てこないが、『無弦弓』の同人であり、新聞にも散文などを発表していたようである。昭和二年八月の『福島民友』に「此れは雑文だが」という文章を載せており、その中で「兄（新二）と始《ママ》めて會つたのは、僕が高橋長助氏と福陽藝術を持つて、福師寄宿舎に訪た時でした」と書いている。

村山と水島も旭屋旅館に投宿し、新二と語り明かしたり、近隣を散策したりしながら、六月二十日から二十四日までの間茂庭に滞在する。水島はこの間の出来事を書いている。

旭屋旅館の朝。

濃霧のなかゝら、冷たい谿川の流れが利鎌のやうに聞えてくる。

（高橋先生）

窓の下から若い女性の聲だ。

階下へ下りていつた高橋君が、間もなくニコニコして部屋へあがつてきた、手には朝霧から剪られたばかりの菖蒲の花を持つて、

（きれいだね）

（隣家の娘さんがね、毎朝きつと何か持つてきてくれるんです）

高橋君の机上で、空色の一輪挿しは、毎朝毎朝、露や霧に濡れたままの新鮮な草花を飾るのです――いきいきとした黎盟の瞳を持つた草花は、生物有機化學の勉強に疲れた主人公の頭脳をどんなにすがすがしく洗つてくれることか。

二時間後――

高橋君は學校へ。

村山君と私はプロムナアド。

ある日は三人で、近くの蓮華滝に向かう。

午後二時――

（なんだか、あなたがたが急に歸つてしまつたやうな氣がして駈けて來ましたよ）

荒い動悸をうちながら高橋君が學校から歸つてきた。

そして、蓮華瀧へ行かう、と云ふことになつた。

暑い暑い日盛りである。


（中略）


山徑は、次第に細く荒くなつてゆく。

隈笹は、時々、荒波のやうに通つてゐる山々の峰を見え隠れさせる。


（中略）


暑い。暑い。

私たちは、彼方の山嶽に涌きあがつてゐる霧を、隈笹の中から思ふ存分飲みほして、漸つと渇を醫したのです。

私たちは、たうとう蓮華瀧を斷念して、一里半の山徑を引返すことになりました。


（中略）

卅分も下つてきた頃のこと――
とある谿への傾斜面に、あの、雪のやうな純白な花がいつぱい咲いてゐるではありませんか。あれはいつたい何といふ花であつたらう？ 一本の樹に、まるで雪がかかつたやうにむらがつて咲いてゐたのです。

白花。

白花。

白花。

谷の白花。

空の白花。

私たちは、傍に腰を据ゑて、いつまでもいつまでもあの清楚な雪のやうな涼しい山の娘に見惚れてゐたのでした。


（中略）


ある日は、文学論も戦わせた。

私たちは、文學に就て、火花の散るやうな論争をやる。

純粋な詩人の高橋君と、プロの闘士村山君との議論をきゝながら、私はひとり深刻な寂寥を感じる。

宿の娘さんについての話。

村山君の原稿を讀む。

すると、

（あれはこの宿のお嫁さんですよ）

と高橋君が村山君に答へてゐるところがある。

が、ちよつと待つてくれたまへ。

私は今朝眼覺めた時、村山君にぜひ書くようにと、そのことを注意された。

といふのは、私たちは高橋君にウマウマと擔がれたのだ。

娘さんはやつぱり娘さんだつた。お嫁さんではなかつたのだ。

さてもタカ、シンジは？


最後のパートは新二が書き継ぐ。茂庭の下宿を発つところから福島に着くまでの行程である。既に早稲田高等学院に入学する決心を固めていた新二は、その入学準備で上京するため、福島に戻る村山達と一緒に山を下りることになる。

新二の恋多き生活を知っている水島は、新二が宿の娘にも気があるのではないかと勘繰ったようであるが、新二はむしろ毎朝花を届けてくれる隣家の娘の方に心惹かれるものがあったように見える。

三人が山を下りる日の朝の記録。


昨日、少しも姿を見せなかつた隣の娘が、今日は朝早くから縁へ出て、表情の花を散らしてゐる！

彼女のけしいが僕の眼の尖で光つてゐる。

彼女のけしいが僕の眼の尖で濡れてゐる。


新二達三人は山を下り、飯坂温泉で温泉につかる。

その後飯坂温泉に残るという村山、水島と別れ、新二は一人電車に乗って福島へ向かう。この「山・谷・空の白花」は新二の独白で終わっている。

俺は福島へ歸つて來た。そうだナツカシの福島へ歸つて來た。俺は誰にも告げずに、こつそりと又た旅へ出る事になつて居る。

（中略）


余は明日福島をたたんとす。明日より又た新しき旅の嘆きへ我が生命を賭せんとす。

福島よサラバ。雨にけぶる柳の町よサラバ。

汝は、我が旅の明日より何處にあるか、よも人に語るまじ。

一つの椅子とかはり、又旅立たんとするこの幼き感傷者よ

◇　◇　◇　◇　◇　◇　◇　◇　◇　◇　◇　◇　◇　◇　◇　◇

その後、残務整理などのため新二は一旦茂庭に戻るが、結局のところ新二が茂庭小学校に在籍したのは、僅か半年足らずであった。


新二が茂庭を発つ日は、生徒達との別れの日でもあった。

離任の挨拶をする新二に、生徒達は別れを惜しんでくれた。またいつか戻ってきてね、と言う子供達に、新二はただ頷くばかりだった。もうここに戻ってこれないことは分かっていたから。

新二の胸の中は上京する夢と希望に満ちていたが、さすがにこの時ばかりは生徒達への愛惜の情で、胸

が張り裂ける思いだった。半年間一緒に勉強をし、一緒に山や川で遊び、一緒に笑い合った情景が新二の中を駆け巡った。

もうじき秋になれば、山は一面の紅葉に包まれ、さぞや美しく色付くことだろう。深い雪に閉ざされるという白銀の世界も見てみたかった。しかし、この地を去ることは自分の意志で決めたことだ。

新二は後ろ髪を引かれる思いを断ち切って、茂庭を後にした。

これまでも情熱のままに生き、行動してきた新二であったが、自分を慕ってくれた可愛い生徒達を、身勝手なわがままのため放り出してきてしまったという罪悪感と悔いは、この時以降長く新二の胸の奥に残り続けることになる。

◇　◇　◇　◇　◇　◇　◇　◇　◇　◇　◇　◇　◇　◇　◇

後年の話となるが、新二の長男重義も小学校の教師になり、新二が没する年の平成九年に茂庭小学校の校長に就任する。七十年の時を隔て父親が教鞭を執っていた学校に自分が勤務することになったことに、重義は不思議な縁を感じていた。

この頃には茂庭までの道路はすっかり舗装され、一方、集落では過疎化も進んでいたが、山や渓谷はいつまでも変わらぬ美しい姿を見せ続けていた。小学校の校庭には新二の校歌碑が建てられていた。

校庭に佇み遠い過去に想いを馳せた重義の目に、子供の一隊を引き連れ一緒に笑い合っている新二の幻が一瞬見えたような気がした。

ダム放流口近くの摺上川で水遊びする子供達

平成六年から十年余りの工期を費やした摺上川ダムは、平成十七年に完成する。ダムの建設に伴い、梨平分教場のあった梨平地区はダムの底に水没した。ダム湖には「茂庭っ湖」という愛称が付けられ、今は市民の憩いの場として親しまれている。

茂庭小学校は生徒数の減少により、平成三十年三月閉校となった。

第六章　君孔雀と竹夫人

新二の妻となる森キミは、明治三十八年十月八日に、伊達郡小手川村（現伊達市月舘）大字御代田で生まれた。

小手川村は掛田町に隣接しており、キミの生家は御幸山《ごこうぜん》（五幸山、御光山とも呼ばれる）の麓に位置する山里の農家であった。

父は森浩、母はケサで、キミは八人兄弟の四番目の子として生を受けた。

キミの上には、明治三十一年生まれの長女ヒサ、明治三十四年生まれの二女キン、明治三十六年生まれの三女ハルがおり、下には明治四十二年生まれの長男常雄、大正三年生まれの二男忠七、大正九年生まれの五女リツ、大正十三年生まれの六女サタがいた。

キミが出生した一年後に母ケサが死去したため、キミは父浩が後妻に迎えたイチに育てられた。キミの下四人の兄弟はイチの産んだ異母兄弟になる。

キミは物心が付く前からイチに育てられたため、実母の記憶は全くなく、キミ自身大きくなるまでイチが継母であることを知らなかった。

キミは幼少期を山里の村で純朴な少女として過ごした。

キミと姉弟達。前列右端がキミ

御代田のキミの生家付近

新二とキミが出会ったのは、掛田の街中だった。

キミは大正九年三月に小手川尋常・高等小学校の高等科を卒業した後は、家の手伝いをする傍ら、隣町の掛田まで和裁を習いに通っていた。家のある御代田から掛田までは、歩いても一時間程の距離である。和裁を習っていた家は新二の家の近くにあり、それまでも新二は何度かキミを見掛けることがあった。キミはどこか外国人の血が混じっているような目鼻立ちの整った顔立ちをしており、街中でも人目を引いた。

キミと知り合いになる機会を探していた新二は、ある日意を決してキミに声を掛けた。

予想外の出来事に、キミは驚き、戸惑った。純朴だったキミにはその時は恥ずかしい気持ちの方が大きかったが、この日をきっかけに面識ができた二人が恋に落ちるのに時間はかからなかった。

新二はキミに、自分が師範学校に通っていること、詩を書いていることなどを語った。詩の話になると、新二は目を輝かせ、いつまでも話が尽きることはなかった。山里で育ったキミにとって新二はこれまで接したことのないタイプの男性であり、別世界のような新二の話を聞いていると、キミはたちまち心を奪われていくのだった。

新二とキミは、しばしば逢引きを重ねるようになる。
まだカフェなどもない小さな山間の町のことであり、二人の逢引きの場所は近くの野や山に限られた。
昭和二年一月の『丘陵詩人』に発表し、後に詩集『鬱悒の山を行く』にも収録した「暮月愛憐之詩」の「Ⅱ　芝山下」は、新二がキミに捧げた詩である。

暮月愛憐之詩
Ⅱ　芝山下

芝山下《しばやました》の二人の徑の上に月が出た。
身も通る十一月の風よ
山の脊はまろまろと、重なる熱い唇《くち》と眼《め》を越える。

そうそうと鳴る松に
冷たく落ちて來る秋の空
田段《でんだん》は水にせかれる　暗にせかれる
何時か　遠い郷愁《おもひ》を呼び戻して
山は　ひかる山は　たばこいろの山は
激しく美しい心の追憶の酒場だ

秋のこゝろ　あきの生命《いのち》
月を歎《かん》じ見　あゝ　我等二人
實《げ》に小さく此の谷邊に死すともよし
梢、えんえん吹くあの山邊に
實に小さく死すともよし

醉ひよ　唄ひよ
芝山下の二人の徑の上に月が出た。
組む十本《とほ》の指にかゝりて散る
菊花の月を愛でよ
感傷《かなしみ》は身も世も果てゝ　心を降だり
互の頬を濡らすばかりだ。

雲、幾重の雨に降りそゝぎ
ときめいてゐる月銀《つきしろがね》　哀しき山の夜の太陽よ
かくて　我等二人　人の世も知らず
哀歡の谷を次第に下るのである

◇　◇　◇　◇　◇　◇　◇　◇　◇　◇　◇　◇　◇　◇　◇　◇　◇　◇

新二はキミにも詩を書くことを勧め、『丘陵詩人』に誘い入れた。キミはそれまで詩などは書いたこともなく、当然の如く固辞したが、新二の強引ともいえる誘いに、最後は承知せざるを得なかった。

キミが「森きみ子」のペンネームで『丘陵詩人』に最初に詩を発表したのは、大正十五年一月号の「秋空はもつと上にある」である。現在『丘陵詩人』を入手することは困難であり、詩の内容も確認できていないが、詩の創作に当たっては恋人であった新二の指導もあったであろうことは想像される。

『鬱悒の山を行く』の巻末に収録されている『丘陵詩人』の記録から、その他のキミの掲載作品を拾ってみると、以下のとおりである。

大正十五年五月号（高橋新二号）　散文「寂しい人」
大正十五年六月号　「緑蔭詩抄」の中の詩一編
大正十五年九月号　「新人集」の中の詩一編
昭和二年一月号　詩「朝露が光る」外一編
昭和二年二月号（終刊号）　詩「陽のない日」外二編

大正十五年十二月号では、キミは正式に『丘陵詩人』の同人に推薦されている。

キミの華やかな美貌は、『丘陵詩人』の仲間達の中でもひときわ目立った。キミは仲間達の間で「森孔雀」や「君孔雀」と呼ばれた。

◇　◇　◇　◇　◇　◇　◇　◇　◇　◇　◇　◇　◇　◇　◇　◇　◇　◇　◇　◇

恋愛に関しても積極的だった新二は、御代田のキミの家にも度々訪れるようになっていた。狭い山村のことであり、二人の噂が村中に広まるのも瞬く間であった。若い娘が男性と付き合っているという噂が広まれば、娘はその相手と結婚せざるを得ない状況になるような時代だった。もちろんキミ自身は新二との結婚に異論がある訳ではなく、むしろ結婚を望む気持ちが大きかった。

大正十五年に新二とキミは結婚する。新二はまだ福島県師範学校の最終学年に在学中のことであった。正式に役所に婚姻届を提出するのは、新二が師範学校を卒業した昭和二年の七月一日のことになる。

前章で紹介した「山・谷・空の白花」の中に、茂庭に単身赴任中の新二を訪ねた水島洋の文章がある。

（私、今夜はバカにうれしくつて嬉しくつて仕様がないんです）

高橋君は、有頂天になつて燥やいでゐる。

（きみ子はね、私のことを『あなた』ですつて。可笑しいぢやアありませんか。『あなた』ですつて、さ）

（わは、、、、）

あの謹厳な、眞面目一點張な、ともするとカミシモを着たやうな印象さへ與へる高橋君が、新夫人きみ子さんの所謂（あなた）を連發するので、その度、どつと可笑しさが爆發する。

高橋君は（あなた）を繰返してはたえず幸福の膨張に苦るしんでゐる。

新二はキミと離れて暮らしていても、新婚生活の幸福に浸りきっているようであった。いや、実際に幸福だったのだと思う。

しかし、新二の恋愛感情は単線ではなかった。

◇◇◇◇◇◇◇◇◇◇◇◇◇◇◇◇◇

「山・谷・空の白花」には、先の引用文に続けて次のような文章が書かれている。

（――とも角高橋君は幸福だよ。愛する女性が豊富なんだからな、デエテのやうに）

私が云ふと、

（きみ孔雀は夫人になるし、たけ夫人は君の結婚後更に熱烈になるし――……）

と村山君。

私は、高橋君の三角關係について考へる。

（高橋君の部屋には、彼女たちの手紙がいつぱいあつた）

この時期、新二の随筆や詩には「竹夫人」あるいは「T夫人」という名前がしばしば現れる。

「暮月愛憐之詩」の「Ⅱ　芝山下」は新二がキミに捧げた詩であると書いたが、「Ⅰ　砂坂」は竹夫人に捧げた詩であり、「暮月愛憐之詩」には「即ち竹夫人と君孔雀へ贈くるの詩」という副題が付いている。

暮月愛憐之詩

Ⅰ　砂坂

砂坂《すなざか》下りて　秋風が君の心を探しあてる。
籔のかげ　さては暗く静かな森の後ろで
鳥は二人の速い眼《まなこ》を結びつける

山は風。
うらがれの木々を透いて　山は風。
ぴようぴようと吹くもの
遙か　世の坂にありて　人と家を荒らすもの

地よ　水は長々そなたの胸に伏して流れる。
夕潮は山の國でも
あゝ　二人の山の國でも
不思議な暮れの姿に落ちて居る。
此の風だ。砂坂下りて
君がこゝろを私の方へ振り返すのだ

ただ　在りて
ただに靜かなる頂
陽は空を行き
我等は悲しみて地を捨てる
されど地よ　水は今日もそなたの胸に伏して流れる

あゝ　奇《あや》しき地よ
人は此の時と此の情《こころ》を忘れる。
結ばれて花と咲く　熱き息　白き胸、
連嶽は颯と頭に逼る。
あゝ　北國の月の出の前の暮れは寂しい
凬は峯を横ぎつて
眼に泌みる草木《くさき》の十一月を　夕べの雲々へ落ちて行つた

さらに同じ『鬱悒の山を行く』に収録されている「櫻新道灑月悵詩」は「竹夫人」との別れを詠った連作詩であり、直接「竹夫人」の名前が出てくる詩もいくつかある。この中から二編を引用する。

櫻新道灑月悵詩
四　胡瓜觀音

（その一）
堂は芝山で終つて居る。
土は我等の足乗せる。
竹夫人《あなた》は私の胸をからんで
慨きの焔で焼くのである。

（その二）
萱坂險《けは》しく三丁下る。
蕎麥《あなた》は地の上で搖れて居た。
蕎麥《あなた》は竹夫人《あなた》の髮のやうに
蕎麥《あなた》は竹夫人《あなた》の眼のやうに
つと　搖れて來て、つと　咲いた。
そして私を泣かせてしまふた。

十四　櫻新道灑月悵詩

早《はや》、暮れは慨きを深める。

私の血管《ちみち》はぴたりと塞がり
秋日の釣瓶落しが心に沁み込む。
あゝ　行く先きもない私の哀れな精神よ

○

月は私の脊後から道と一緒に逼つて來る。
錢色《ぜにいろ》の月、褐料色《にすいろ》の月。
だが、あゝ、二人が眼の間のうすさむい銀色の月は、
萱の中、ともに眺めた草色の月は、
まして、蕎麥畑の上、夕風に吹かれた花色の月は、
此れら哀別《わかれ》の夕暮れにはもう再び歸つて來ない。

○

健康な秋の日の夢は何處へ行つて終つたか。
あゝ　二度とまた我れは唄はぬであらう。
此の古驛の月に灑ぐ
櫻新道《さくらしんど》の、悵《かな》しき秋の詩《うた》を——。

後述するが、そもそも『鬱悒の山を行く』の作品の大半が竹夫人に捧げたものであると、新二は未発表小説の中で書いている。

新二はキミと恋愛関係にあり、またその後結婚までしながら、一方で同時期に「竹夫人」とも恋愛関係を築いていた。しかも新二は、この「竹夫人」との関係を新聞や詩集などにも堂々と綴っている。

「竹夫人」とは何者であったのか。

◇　◇　◇　◇　◇　◇　◇　◇　◇　◇　◇　◇　◇　◇　◇　◇　◇　◇　◇　◇

「夫人」というからには既婚者であったのだろうと推測される。「異端の詩人～河内勝次郎の事」には次の文章がある。

冬休みは樂しいと存じます。然しあの冬休みは少しも樂しくはありませんでした。

ホレラれたりホレたりするものではありません。まして他人の女と仲よしになつてはいけませんでした。四つ五つの子供ならいざしらず。

事情が事情でもシンジは許される男ではありません。

しかし、シンジは運に強い男だから勘辨して下さい。

或る晩。僕の琉球にでも逃げて行かうと致しました。僕は救ひたくてなりませんでした。

勝次郎は物知りだから色々教へて呉れた。

二時間も寒夜のなかを彼女の家の前に立つて居りました。

皆んなに、シンジは馬鹿野郎だと蔭口を利かれるのはクヤシイ。

けれども、恐らく、あの雷神山を除いては、彼女は地球の何處にもゐません。

しかし、「忍ぶ恋」であったとしたならば、それを新聞などに書いてしまうという感覚も理解し難いものがある。

福島市にある東北本線の「太田の踏切」は、竹夫人との思い出の場所だったようである。

「山・谷・空の白花」の新二が著した部分から引用する。

俺は三年前に書いた『赤い鉛筆』とキスした。彼の頃もよく雨が降つた。俺は死人かと思つた。毎日太田の踏切へ出驅けたものだ。

今は太田の踏切は土の下を通つてゆく。

春の日、菜の花が咲いてゐる頃T夫人とあの下を行つた事がある。

汽車が田野の向ふから歸つて來、農夫が新鮮な肥料を溫かい空氣に散らしてゐた。

「赤い鉛筆」では次のように書いてある。

あきらめかねて今日は太田の踏切に雨に打たれて汽車を見る哉、

或思ひを募らせて居た僕が、太田に立つて口吟んだ歌が此れである。

太田とは驛內に懸る踏切なのだ。その下を始終構內に入つたり出たりして機關が貨車を動かしてゐた。何驛でもそうある樣にその驛も又黑ずんでゐた。附近の家々も木々も黑ずんでゐた。そしてその後には四季の山々が眠つてゐた。山をかぎろふのは煙突だ。空を遠く見せるのは黑煙だ。

踏切に立つては此の景をよく僕は見たものだ。僕はあの黒いのが好きである。あの驛の黒い圓屋根が好きである。雨となれば光り出す黒いレールが好きである。

北國の都府の片隅の一つの踏切に向ひ合ひ僕は秘め事のあきらめかねるのをあきらめるのだ。

夕となれば今も猶煤けた童兒が現れ煤けた婢女へあの赤い旗をせがむであらう。

◇　◇　◇　◇　◇　◇　◇　◇　◇　◇　◇　◇　◇　◇　◇　◇　◇

「竹」というのは、姓か名前の一部から採ったものなのか、あるいはその人の姿や性格から連想したものであるのか。

これについては、昭和三十四年頃に新二の書いた未発表小説（未完）の原稿が残されており、この小説の中に「竹石」という名前の女性が登場する。新二の作風からして、おそらく本名を使用しているものと思われるし、また書いてあるエピソードも事実からそう離れていない内容であると推測される。

小説は、飯坂温泉の長屋に住んでいる「魚」という綽名の小説家志望の男が主人公である。「魚」には二歳になる「鉄瓶」という名の男の子がいるが、ある日「魚」の妻が「魚」のあまりの甲斐性のなさに家出をし、妻を捜し歩く「魚」の姿を、長屋の人達との交流を交えて描いた作品である。小説には「魚」の相談役的な存在の「水先生」という人物が登場するが、この「水先生」のモデルが新二自身である。

問題の箇所は、「魚」が仙台の街中で「竹石」に偶然出会う場面である。長くなるが引用する。

駅前のデパートの角まで廻って来ると、誰れかがすうっと側を通った感じがした。知人だな、と直覚した。

美しい影のようだった。女性、そうだ。近眼の焦だしさ。白い顔が近づいて來る。

「あら、北方浪漫詩社の……」

魚が自分の軒に北方浪漫詩社という看板を出し始めたのは二十年も前の話しだから、その看板と自分を結んで記憶してくれる人は数多い。

しかし、看板名を言われると、やはり、魚はびっくりした。

頬の豊な、髪の黒い、愛くるしい女相だった。たしかに見覚えがある。

「え、浪漫詩社を知っておいでですか?」

女はニコリとした。

「K町の竹石です。もう、お忘れでしょうネ。」

魚は二度びっくりした。

「あっ、あの、竹石さん!」

竹石さんと言えば、まるっきり嘘みたいな遠い昔、一つのはかない終りをたしかめるために、ただ一度逢ったことのある女性である。


（中略）


薄手の洋服地を仕立てた青摺の着物、植生色に金糸の入った帯、留紐のは宝石らしい。

襟足の白いのが目につく。

眸しが深いのも血色のよい唇がうるんでいるのも昔と同じだった。


（中略）

「わたしは朝鮮に長いことおりましたの。こちらへ戻って来ましても親しい方の消息もお聞きする機会なく……」

彼女は目を伏せた。長いまつ毛だった。

親しい方ー、魚をなつかしがっているのも、そうなのだ。魚は思い切って言ってやろうと考えた。

「先生は福島にいますヨ。」

彼女はハッと顔をあげた。

大きな目が当惑の色をいっぱいにした。

女の本心が、忘れてならない思い出に矢を放ったとき、かならずうかばせるあの色だった。

「福島にいらっしゃるの？」

「先生は相変らず詩を書いています。昨年は四百頁にもなる詩集を出版しました。」

詩集の話しが彼女を辛くさせるということは魚も気がつかない訳ではない。しかし、先生やあの時の話しを進めるにはやむを得なかった。

「あなたは小説と画でしたネ。」

「わしなんか幾らやってもだめです。先生の前の詩集は日本詩大系に載っております。」

「それは存じておりましたワ。」

「今度のは詩人賞に入りました。二冊しか出さんのに、どっちものになってるんですからネ・・・。」

「そうですの。わたしはどちらも読んでおりませんけどー」

彼女が去った後に先生の第一詩集が出た。あの詩集の大半が彼女に献げられているのを彼女はどの程度知っているのだろうか。

「わしが牧師と称して貴女を訪ねたのでしたが、運よくお母ぁさんには偽ものとは気がつかれず、長いこと話し込んだ後で貴女は裏山へ案内して下さった。」

裏山の頂きには橅林があった。

橅は季節に敏感な葉をつけている。光や風に対しても繊細に応える。

橅の路ほど明るく乾いた林路はない。

その辺りが彼女と先生の青春の秘め所であった。

「よしたらいいのに……、そんな昔のこと。でも、お世話になりましたワ。」

その頂きの橅の根元に数冊の詩集を埋めて、彼女は「これでお終いですワ。」と言ったのだった。

余儀ない事情がどちらにもあったとは言え、あれ程愛し合ってた二人が別れて終って、互に結婚生活に入ってゆくなど、魚には今だに判らない悲しみと思っている。

「縁の切れに牧師になって割り込むなんて……、坊主みたいな役目だったのに。」

朝鮮にいたためか、支那料理の珍らしい―といったようなものを彼女は取ってくれた。


（中略）


「いろいろ考えさせられました。貴女も時間でしょうから……。」

「生きておればも一度はお逢い出来ますワ。」

先生に？　わしにか？　魚が魚の妻と？　まあどれでも良かろうと、魚は席を立った。

彼女は「芭蕉の辻の近くに家を持っていますの……。」と、別れ際に言って、銀狐のショールを抱えたまま向うに去って行った。


竹夫人と出会ったことを、魚が水先生に告げる場面。

「その昔に仙台でこの間お逢いしたんですヨ。」

「どうやらそんな話だろうと思ったサ。」

淡々としているが、先生に取っては絡んでくる熱い話しだ。

「ロングだった？」

世帯やつれしていなかったと、先生はきいた。

「なんの。昔のままでした。」

「放出品のようかい？」今では所有者なしで、新しい買手を待っている中古品—つまり、未亡人のこと。

「そんなようでしたが——」

「出先は？」

今度は魚が陰語を使う。

「紙買いですナ。」株に興味をもって証券会社通いの事業タイプだというわけ。紙買いは現代女性の新しい面を作っている。

果物—法律用語で利子に当る—拾いは貯蓄夫人、品集めはデパート日参女、といったふうに魚と先生に通じる陰語女性観の一部であった。

ここまで引用した新二の著作などから、「竹夫人」について推理できることがいくつかある。

「竹夫人」の名前が竹石ではないかということ。「竹夫人」の家はK町（＝掛田町か）の西側に位置する雷神山の麓にあったのではないかということ。「竹夫人」とは『鬱悒の山を行く』を刊行する前に別れ、この詩集が「竹夫人」に捧げたものであったこと。「竹夫人」はその後朝鮮に渡っていたこと。未亡人となり、帰国後は仙台に住んでいたこと、などである。

ただ未発表小説では竹石は新二と別れた後に結婚したように書かれており、新二と付き合っていた時に既婚であったという推理とは符合しない。

この時代の新二の友人達は皆「竹夫人」を知っていた筈であるが、残念なことにその当時の人達は皆鬼籍に入ってしまっており、結局のところ「竹夫人」の正体を突き止めることはできなかった。

◇　◇　◇　◇　◇　◇　◇　◇　◇　◇　◇　◇　◇

新二とキミ、竹夫人の関係はどのようなバランスを保っていたのであろうか。

当然キミも新二の書いた作品は目にしており、「竹夫人」のことは知っていた筈である。キミと付き合い、さらには結婚までしながら、新聞などには堂々と「竹夫人」への恋情を綴る新二に、キミが憤りを覚えなかった訳はないと思われる。

新二がキミを愛していたのは間違いないことであると思われる。しかし一方で、手に入れることができなかった女性を美化してしまう気持ちもあったのかもしれないが、新二が後年に至るまで「竹夫人」の影を引きずっていたことも、様々な新二の著作から窺うことができる。

新二は詩を書く原動力として恋愛体験は必須のものだと、自分の行動を恬として恥じないところがあった。これ以降も新二は何度か恋愛問題を起こすことになるが、キミの新二に対する愛憎半ばする感情は、既にこの時代に端を発していた。

第七章　帝都の日々

関東大震災は、十万人を超える死者、行方不明者を出すとともに帝都東京の半分近くの面積を焼野原にした未曾有の大災害だった。

震災後直ちに帝都復興院の総裁に就いた後藤新平は、台湾総督府の民生局長時代に都市計画の重要性を痛感していたことから、壮大な復興計画をつくり上げる。財政的な問題などがあり最終的に後藤の計画は縮小されるものの、大正十三年からは内務省復興局の主導のもと、六年間の行程で区画整理、道路・河川・公園整備など様々な事業が急ピッチで進められていた。

新二が早稲田高等学院に入学した昭和三年四月は、復興事業も終盤に近付き、近代化された東京がその全貌を現しつつある時期であった。

昭和３年に改築成った早稲田第二高等学院
（『半世紀の早稲田』〈早稲田大学出版部〉より）

昨年十月に完成したばかりの大隈講堂を見上

げながら、新二はさすがに東京はスケールが違うと思った。

焼失した全ての地区では区画整理で新しい街ができ、内堀通り、靖国通り、昭和通りなど大規模な幹線道路が縦横に張り巡らされていた。永代橋を始めとする隅田川に架かる橋梁も架け替えられ、新たに三大公園と呼ばれる隅田公園、浜町公園、錦糸公園なども整備されていた。郷里の福島とは比べものにならない街並みの大きさや人の多さに、新二は目を瞠った。

◇◇◇◇◇◇◇◇◇◇◇◇◇◇

早稲田高等学院においては、教育は習うより知ることが重要であり「自知自発」でなければならないという考えから、授業時間を減らして学生の自修を奨励促進するという方針が執られており、これは早稲田大学においても同様であった。

昭和七年に早稲田大学出版部から出版された『半世紀の早稲田』に、昭和七年度の学科配当表が載っている。新二が在学していた頃からは若干後の時期であるが、これによれば第二高等学院では政治経済学部志望はAからDまでのクラス、法学部志望はEからIまでのクラス、文学部志望はHからLまでのクラス、商学部志望はMからQまでのクラスに分けられている。新二は法学部志望のクラスであったと思われるが、法学部志望のカリキュラムには、修身、国語、漢文、英語、日本史、世界史、論理、法制、自然科学、体操などの科目が並べられており、また第二外国語として、独語、仏語、支那語のいずれかを選択することとなっていた。

新二が何故文学部ではなく法学部を志望したのかは不明である。学業と文学活動は切り分けていたのかもしれないし、あるいは、文学は人から習うものではないと考えていたのかもしれない。

ちなみに昭和七年度の入学生数は、第一高等学院が一、九九六人、第二高等学院が一、七九八人となっている。

大学予科とはいいながらも、余程成績が悪くなければ早稲田大学への進学が保証されており、ましてや第二高等学院は早稲田大学の構内に置かれていたため、既に大学に入学したのも同然のような気分もあったが、学院においては軍事教練が正課に採り入れられているなど、やはり大学とは異なる環境であった。既に軍国主義の波は学院にも押し寄せていた。

「軍事教練の或る回想」の中で、新二は次のように書いている。

（前略）自由の学園の筈なのに学内では軍教反対の流血事件があったり、進歩的教授追放に反対行動を打ち出したり、外部団体へのカンパに共同連帯したり、内外騒然としてあこがれの自由は名のみとなりつつあったのです。とりわけ軍教が高等学院（大学予科）では正課でしたから、師範を離れてワセダへ来ても鉄砲担ぎがつづいた次第。軍教官は現役の陸軍大佐でした。師範でもワセダでも佐官級の現役ですから、部隊では乗馬組の高級将校。校長も院長もかれこれ口を挟めません。

ゲートルからめて外山ケ原へ実弾射撃に引っ張られたり、背のうしょって遠く千葉の習志野へ実戦演習に狩り出された。われら青春学徒の姿でした。まだ戦争の影も見えないうちから、やがて兵役動員の下準備というわけです。

◇　◇　◇　◇　◇　◇　◇　◇　◇　◇　◇　◇　◇　◇　◇　◇　◇

東京においても福島での生活の延長のように、新二は『詩神』や郷里の地元紙である『福島民報』、『福島民友』に詩や散文の寄稿を続けていた。

高等学院入学に先立つ昭和三年一月には、改革詩壇社から刊行された『日本詩選集』に、「火山」と「なづな」の二編の詩が採録された。『日本詩選集』は島野一衛の編によるものであり、尾形亀之助、野口雨情、萩原朔太郎、堀口大學など全国から八十名の著名な詩人の作品が収録されている。福島県からは新二のほかには大友文樹と草野心平の詩が各二編ずつ採られた。

「火山」は読んでいるだけで、じりじりと照り付ける真夏の太陽や、汗の匂い、砂埃のざらざらとした感触などが肌に感じられるような作品だ。

火　山

笹の中を行くのだ。
足が太股《ふとまた》の螢木のやうに重くなり
眼がないしろぐみより赤くなつても
山腹は、まだ　石に笹だ。
美しい夏の空だが
汗にまみれて　私はひどく憂鬱だ。
俺の足尖から　あの赤銅色の眞蛇の幻覺が入り込んで來る。
それにしても暑熱を溪へ落しにゆく

緑金の鐵の鎧のとかげの可愛さ！
笹はその上から色を落す。
私の首は支那もろこしのやうにざらざらだ。
全身は砂と埃。
山腹は　まだ　石に笹。
此れらの火山岩を如何しよう！
かつて　此處に花の咲く草があり
目の碧い小鳥の住む枝があり
谷へ下つてゆく疲勞なしに
娘は清水を汲んだのであらうに。
私は脊のびして　さて次に思つたのだ。
此んなつまらぬ幻想をよくもしたものだと。
赤い山の頂上に赤い太陽がつゝかゝる。
鳥がその前で笑つてゐる。
みながその領分に調和される。
だが　人間だけは心が狂ひ
足下の溪へなんぞ落ちたくなる！
急げ　いとしき二足獸よ
両岸の赤い垂崖が瀧へ寄り

あの赤い太陽が瀧の眞んなかで心中する
恐ろしい悲しい世紀末の實体を見る爲に。
急げ　いとしき二足獣よ

◇◇◇◇◇◇◇◇◇◇◇◇◇◇◇◇◇

東京での生活が始まったばかりの四月、新二の下宿に郷里福島県の安積から一冊の詩集が届く。祓川光義がその年上梓した詩集『暮春賦』である。

祓川光義《はらいがわみつぎ》は、明治三十七年安積郡豊田町（現郡山市安積町）生まれ。貧しい開拓農家に生を受け、農業の傍ら詩作を行った。独学で官吏試験に合格、上京し逓信省に入省するが、肺結核に侵され茅ヶ崎療養所に入院する。その後、小康状態となり帰郷するが、『暮春賦』に収められた詩のいくつかには「磐城・豊間の海の病舎にて」と添え書きがあることから、当時豊間にあった県立結核療養所回春園（国立病院機構いわき病院の前身）にも一時期入院していたものと思われる。昭和二年に結婚し、同年『北方詩人』を創刊するが、病気が進行したため翌年には『北方詩人』の編集から実質的に手を引くことになる。

祓川の一生は、貧困と病気との闘いの日々であった。『暮春賦』の序文に祓川は書く。

ながい間、あまりにもながい間、わたしは「病みびと」であつた。身も心も、ともに蒼ざめはてた悲しい病みびとであつた。

（中略）

私はすべてのあくがれを地に捨てた。すべての希《のぞ》みを空に抛《なげう》つた。

闘病生活の中で、詩を作ることだけが祓川の希望となった。

そうした陰鬱な病窓の日夕《あけくれ》、ゆくりなくも、私は詩を書く技《わざ》を覺《し》つた。詩をつくるところの喜びを知つた。假令《よし》！その歌ふところの詩が拙なくとも、詩は私にとつて売りであつた。生命《いのち》であつた。あくがれと希《のぞ》みのすべてであつた。私は詩によつて生き、詩によつて夢み、詩によつて眠り、詩によつて慰められた。

新二は『暮春賦』を読み、その内容と祓川の生き様に感銘を受けると、すぐに詩評をしたため、『福島民報』に送った。この詩評は詩集と同じ「暮春賦」というタイトルで、昭和三年四月十一日と十二日の夕刊に掲載された。

新二はこの詩評の中で、「氏はロイドの代りに純情を通じて物を見る。されば『暮春賦』一巻から我々が見返し得るものは氏の純情以外に何があらう」と評している。

祓川は『丘陵詩人』にもしばしば詩を寄稿していたが、新二と祓川が直接顔を合わせたのはただ一度のみであった。

それは福島師範時代のことであり、新二は遠藤正三と共に安積の祓川の生家を訪ねた。祓川は生家の離れ家で療養生活を送っており、哲学や文学の勉強を日課表に組みながら詩を書いていた。「暮春賦」にはこの時の様子が書かれている。

曾ての或る日——今では忘れてしまつたが、光る裏岡の頂上で——北國特有の訛言と鼻歌に——そうあんなに騒ぎ廻るダダ畫家正三を私は叱りつけながら、氏と快よい慨きを感じてゐた。右側の火の見櫓を透して、眼下には見ゆる限りの松林、それが山並の續くかぎり遠くの方へ走つてゐた。何處の低みの湖が映つてか、あの松山半面は光つても居た。岡を巡る街道は石と草、馬車がガタついて、蒼い空を幾度も幾度も轉回させた。その度毎に馬車屋は馬車の上で憤慨した。

一しきり私はしやべつた。歎賞せずには居られなかつたのだ。

だが聽て別れが來た。正三は『からたちの花』を吹鳴り、私は見送りに來て居た、氏の母上へ頭をさげた。眼が熱くなつた。みんなが何處かへ飛散した。

『暮春賦』の序文に、祓川は「今!私は、肉体的には兎に角、心の上で、どうにか曾つての日の健康をとりかへした。とりかへし得たと信じてゐる」と書いたが、それから一年後の昭和四年四月十五日に祓川は病没する。二十五歳の若さであった。新二が県詩壇の開祖の一人として讃えた祓川光義は不遇の詩人であった。

昭和四十年、安積公民館牛庭分館の庭に祓川の詩碑が建立された。刻まれているのは、新二と佐久間利秋が『暮春賦』から選んだ詩である。詩碑に刻む文字は大友文樹が筆を執った。

詩集では「いただき」とあるところが詩碑では「てっぺん」となっているなど、一部に違いが見える。

石

祓川　光義

ぼうぼうと　べんべんぐさの生ひしげつてゐる
虚無の坂にさびしくころがるもの
北風につめたくさらされて
聲なき「わらひ」を笑ふもの

石——石石石石石
山のいただきをかなしく吹いてゐる
影のやうに色あせた風音に
石は　聾《みみし》ひの虚《むな》しい耳をそばだてる。

◇　◇　◇　◇　◇　◇　◇　◇　◇　◇　◇　◇　◇　◇　◇　◇　◇

新二は学業の傍ら、同級生達とテニスにもいそしんだ。早慶戦の応援で神宮球場にも行った。この時期の早慶戦では慶応大学が圧倒的に優勢な状況であったが、新二達は喉を嗄らしながら「都の西北」を歌って応援した。弱冠二十二歳の古関裕而が応援歌「紺碧の空」を作曲するのは、新二が大学に進学した後の昭和六年のことになる。

休日になると、新二は東京の街をあちこち歩き回った。田舎から出てきた新二にとって、東京では珍しいものや見るものには事欠かなかった。少し郊外に足を伸ばせば、まだ田園地帯や原野が広がり、美しい自然も残っていた。

同級生達との交流の中で、新二と一生のつきあいとなる人物との出会いがある。その友人の名前は関川《せきがわ》左木夫《さきお》といった。

関川は新二より二歳年下で、明治四十一年北海道生まれであった。文学部志望の関川と新二は文学を愛好する者同士、いつしか接点ができていった。

新二と関川は、しばしば大学の近くの喫茶店や互いの下宿で詩や文学を語り合った。また休みの日には、一緒に武蔵野を散策したこともあった。

関川は内外の詩を読み漁っていた。とりわけ早稲田大学文学部の教師であった日夏耿之介を敬愛しており、大学に進学した暁には日夏に師事したいと考えていた。日夏は当時はまだ講師であり、昭和六年に教授に就任することになるが、幽玄かつ高踏的な詩を書き、ゴシックロマンの詩人として詩壇において異彩を放っていた。

一方新二は故郷の詩人である大友文樹、大谷忠一郎や石川善助などについて熱く語り、時には彼らの詩を朗誦することもあった。そして堀口大學の『月下の一群』についても、語って尽きることがなかった。

大正十四年に外遊から戻ってきた堀口大學は、同年訳詩集『月下の一群』を第一書房から出版する。この詩集は豪華版であり当時の新二には手が出せなかったが、昭和三年に普及版が出版されると新二はすぐに買い求め、むさぼるように読んだ。堀口の訳詩によるフランス近代詩は、これ以後の新二に最も大きな影響を与えたものであり、『月下の一群』は新二の生涯の座右の書となった。

関川は後年、ダウスン詩集の完訳やビアズリーの研究を始め、訳詩、評論など多方面に亘り活躍をする。昭和三十四年に関川ら日夏耿之介門下により創刊された文芸誌『古酒』は昭和四十二年に『真珠母』と改題されるが、この『真珠母』には新二も「笑嘲詩」を連載していくことになる。

大学卒業後は新二と関川は福島と東京に離れ、直接顔を合わせることは少なかったが、関川が死の床につくまで生涯を通じて親友であり続けた。

新二の座右の書であった『月下の一群』

◇　◇　◇　◇　◇　◇　◇　◇　◇　◇　◇　◇　◇　◇　◇　◇　◇

早稲田高等学院在学中には、新二にとって大きな出来事が二つあった。

一つは、第一子の誕生である。

昭和三年七月二十七日、新二に長女が誕生する。新二はすぐに掛田に戻り、三十一日には役場に出生届を提出した。長女は新二の祖母ヤスの名前を貰い、ヤス子と名付けられた。

長女を愛しげに抱くキミの顔は既に母の顔になっていた。新二も我が子を胸に抱くと、何とも言えない愛しさが込み上げてくるのを感じた。しかし、家族と離れて暮らしていることもあり、親になったという実感や責任感はなかなか湧いてこなかった。まだ家庭に縛られることなく、自由な生活を謳歌したかった。新二は二十二歳の若さであっ

第二詩集『鬱悒の山を行く』。表紙は栗木幸次郎

た。自分勝手なことは分かっていたが、それが偽らざる新二の気持ちだった。

しかしその分、家庭に無頓着な夫を持ち、子供を一人で育てていかなければならないキミの苦労は、ひとかたならぬものがあった。

もう一つの出来事は、新二の第二詩集の出版である。

昭和四年十月、新二は協働社書店から『鬱悒の山を行く』を刊行する。詩集の後記に「本集の詩は、序にも書いてある通り私が東京へ出る前のものである」とあるように、これまで『丘陵詩人』や『詩神』に発表してきた詩などを取りまとめた、百七十一ページの大判の詩集であった。

発行人は群馬県生まれでプロレタリア詩人の新島栄治。表紙は栗木幸次郎、扉絵は渡邊濁が描き、ガラス工芸家佐藤潤四郎の木版画、遠藤正三の直筆挿絵（二百部に付き別々の挿絵）が挿み込まれた豪華な詩集であった。定価は二円だった。

詩集の序文を書き写す。

　私はこれらの詩の多くを、暗い北國の空の下、若き日の明け暮れに作つた。鬱金色の籔、阿武隈の舟虹、訛娘、霧と谷と山嶽、萬作の花、古城趾、さては蟬鳴く前に散る藐姑射の辛夷、秋の横顔。それら限りない風物のなかで、私は若き日を如何に唄ひ得たか。

悒鬱でしかなかつた廿歳《はたち》前後の年月に残された自然傳記として、少くとも私に取つて、本書は特に感銘が深い。人の一生涯中、必ず通らねばならぬ田園牧歌時代は、餘りに美しく餘りに短いが――。
實《げ》に、杳かな山脈《やまなみ》を流れる椿籔のごとく、實《げ》に、果敢なくも過ぎてゆく池畔の華季節《はなかき》のごとく。
北の日の田園牧歌、月と水に懸れる、我等が憶え出よ。

この詩集には百編近い詩が収められたが、詩集の最後に添えられた後詩《あとうた》は、新二の詩の中でも最もよく知られた作品であり、後に新二の詩碑にも刻まれることになる詩である。

山の山、山の彼方《かなた》、山越《こ》えて、山の涯《はて》に湖《うみ》ありき。
湖《うみ》の水、水の夕瞬《ゆふどき》、瞬《とき》の花、花の明りに女《ひと》ありき。

霊山は奇岩の連なる名勝である。岩場を伝い山の頂上に登ると、阿武隈山地の低山が波のように連なり、その連なりの遥か彼方に相馬の海が白く見える。その様は海というよりあたかも静かな湖であるかのようである。新二は詩集の棹尾をこの二行の詩で締めくくった。

詩人の石川善助が「田園交響楽」と評した『鬱悒の山を行く』は、新二の若い日の郷里での追憶や、自然風物への憧れを感傷的に詠い上げた詩集であった。
『北方詩人』と『山形詩人』が合併して誕生した『北方』の昭和四年十二月号に、新二は「自著「鬱悒の山を行く」に就いて」という小文を載せているので、一部引用する。

自然の中での花や鳥の如く、風や雲や水にその影を沈潜して、四季の命を憂鬱に唄ひ續けたにすぎない。それ故、少くとも私にあつては、此れは「自然傳記」に相違ないのである。

第壹詩集を出版した頃には靑春の夢しか見得なかつたが、本集の私に於ては、その感情のムキ出しを捨て、終つて居る。私には最早生《なま》の言葉は不必要である。私の心は靜止の自然からさへ感動の激流を與へられるに至つた。しかのみならず、私は一面感覺の飛躍さへ教へくれた。これらのものは私の内にあつて、つまり田園牧歌なる一時代を現出せしめたのである。

私は自然に直面して歌ふ。私は自然と一緒に移り、かつ泣く。私は自然の如く永遠でありたい。

昭和四年十二月二十日及び二十一日の『福島民報』には、親友の関川左木夫が闢恭というペンネームで、「高橋新二著　鬱悒の山を行くに就いて……」と題した詩評を寄稿している。既にこの時期において、後年の関川の華々しい活躍を予感させる、洞察の深く格調の高い文章であった。

若ければ故なく悲しかつた。さればただ山に登つた彼の姿を思ひ浮べよ。山は靑の憂鬱　光る湖　怯く萱　散る辛夷　流れる白雲　閃く娘　遠く見はるかす村落に彼の全き感情を溺らす。彼に殘るものは、實に微な悲哀の一点であつた。

（中略）

彼の本質的なものとしてその詩を一貫するものは悲哀である。

『鬱悒の山を行く』の出版記念会は昭和五年一月に福島市で開催された。
『鬱悒の山を行く』はこれまでの新二の創作活動の集大成ともいうべき詩集であったが、この詩集の出版で新二はあたかも青春時代の総決算を終えたかのように、これ以降暫くの間、文学活動から足が遠ざかっていくことになる。

この年の四月、新二は早稲田大学法学部に進学する。

第八章　都の西北

昭和五年、早稲田大学法学部に進学した新二は、この頃から長姉リエの家に寄寓させてもらっていた。リエは東京で結婚し自宅を下落合に構えていた。下落合のリエ宅から早稲田大学までは歩いても三十分程度の便利な位置であった。

新二の長姉リエは明治三十年生まれで、新二とは九歳の年の差があった。新二と同じく福島県師範学校を卒業し、大正六年から約三年間郷里の掛田尋常小学校の教員として勤め、その後東京女子高等師範学校に進学した。卒業後は秋田県立高等女学校勤務を経て第一東京市立高等女学校の教員となっていた。昭和四年（入籍は昭和五年四月になっている）池川純平と結婚し池川姓となった。

姉リエの夫池川純平

リエの夫の池川純平は明治二十八年長崎県生まれ。東京工業学校を卒業後神戸の川崎造船所に入社するが、大正十二年には川崎造船所を退社し、日本勧業証券株式会社に勤務していた。純平は大正十四年に最初の結婚をして一女をもうけていたが、翌十五年に妻が病没、昭和二年には後を追うように女児も病死し、リエと知り合った頃は失意の底にあった。

純平も東京工業学校時代には日本勧業銀行の理事であった川上直之助宅に寄寓しており、新二を一緒に住まわせることについては何の違和感も持たなかった。

純平は短歌も作り、川崎造船所時代から『国民文学』の同人になっていた。

純平も新二の文才については評価していたが、時として、新二の自由気ままな生活態度には諫言をすることもあった。

若い時に父親や弟達を失い女の姉妹しかいなかった新二は、実直な性格で文学にも理解のある純平を実の兄のように慕った。

◇◇◇◇◇◇◇◇◇◇◇◇◇◇◇◇◇

新二の詩作に迷いが現れてくるのは、早稲田高等学院の頃からである。それはプロレタリア文学との相克であった。

大正後期から昭和初期にかけては、プロレタリア運動と歩調を合わせるようにプロレタリア文学が文学界を席巻した時代でもあった。進歩的な自由人と目される人々は、熱病に浮かされるように多かれ少なかれプロレタリア運動の影響を受けていた。

新二も、マルクス主義について本格的に勉強した訳でもなく、理論的な基盤があった訳でもなかったが、もともと体制的なものには反発を覚える性格であり、プロレタリア運動から受けた影響については例外ではなかった。

治安維持法犠牲者国家賠償要求同盟福島県支部の機関紙『かいほう』に、昭和六十二年に掲載した「拗

ねてるかナ〜一人民の雑感一束」でも、新二は「どちらかというと、私は古いものや圧《お》してくるものには
抵抗を感じる癖があって、いつも常に新しさを求め自由に翔けたがるのです」と書いている。
福島県師範学校を卒業する間際、新二達師範学校生は福島監獄の見学に引率され、監獄に収監された囚人達の生活を、半日間つぶさに観察することができた。その囚人生活の惨めさに驚いた新二は、すぐさま「煉獄のうた」という詩を書き上げる。それまでの新二の作風とは異なるプロレタリア的作風の長い詩であるが、世間に問う程の作品とは言えなかったのであろう、未発表のまま長く机にしまわれ続けていた。昭和五十九年になって、前掲の『かいほう』に「戦前の生面《いきずら》」という随筆を執筆した時に、ようやくその一部を紹介している。詩の一連目のみを引用しておく。

煉獄のうた

日課だ　日課だ
土色の煉瓦塀の上で
今日もふくれている監視野郎の河豚《ふぐ》目玉
おい　第七独房！
貴様は網の節目《ふしめ》へ丁寧にたたき藁を入れるんだぞ
（後略）

◇　◇　◇　◇　◇　◇　◇　◇　◇　◇　◇　◇　◇　◇　◇　◇　◇

新二が師範学校で学んでいた時期に福島高等商業学校に在学していた会田毅は、東京商科大学に進学し、新二とほぼ同じ時期に上京した。

会田は既に福島高等商業学校時代に、『北方詩人』に「プロレタリア詩論組織への基調」という評論を発表していた。また会田はこれに先立ち、『北方詩人』の誌上において自らの詩集『手をもがれてゐる塑像』について「花鳥風月・個人主義の手淫的作品」であると自己批判し、プロレタリア詩への転向を宣言している。

会田が、後に北町一郎というペンネームでユーモア小説作家に転身することは、この時点では全く想像のつかないことであった。

新二は上京してきた会田と議論を重ね、ますますプロレタリア詩への興味を強めていく。二人は語り合い、昭和四年十二月にプロレタリア詩誌『新興詩学の旗の下に』を発刊する。しかしながら、現物は未確認であるが当時の新聞の文芸情報を見ても、この詩誌に新二が自作を掲載した形跡は見られない。

新二は昭和六十年に『わがふるさとの人びと～治安維持法制定六十年』に発表した「私記あれこれ」に、「詩とか文芸とかいうと、何か遊びがあるのですが、プロ派の人々にはそうしたものはなく、ひたすら真剣さと決意を必要としていました」と書いている。プロレタリア詩を志向しても、どうしても新二の肌には合わなかったのではないかと想像される。その結果、文学活動はスランプとなり、その後しばらくの間、詩誌にも新聞にも新二は自作の発表をしない期間が続いていく。前掲の「戦前の生面」の中でも、新二は次のように書いている。

ところが会田さんのプロレタリア詩論は、いきなり私を学生プロ実践家に孵化して終ったという意外な結果となりました。

従って、詩作はスランプとなり学内の交友からも離れ、プロ活動家と覚しきクラス・メートの方へ寄ってゆくのでした。まさに多感多雑な青春低迷そのものでした。

この時期のプロレタリア詩人達の迷いや悩みについては新二ばかりでなく、誰しも共通したものがあった。『福島県史』には次のように記されている。

（前略）「プロレタリア抒情詩の展開」または「詩本来の魅力を失うな」ということは、いうは易いが、事実は困難であった。そしてその結果はプロレタリア文学の衰退を招いただけであった。思想活動に突入した人たちは詩から遠ざかり、既成の詩の魅力につかれた人たちはその目的意識を捨てざるをえなかったのである。

◇　◇　◇　◇　◇　◇　◇　◇　◇　◇　◇　◇　◇

新二は詩作がスランプになるのと反比例するように、社会運動にのめり込んでいくようになる。会田からの影響以外にも、新二の入学前後の時期には、社会運動の活動家としても著名であった大山郁夫、阿部磯雄、猪俣津南雄などが早稲田大学で教鞭を執っており、彼らからの影響も少なからずあったものと思われる。

「軍事教練の或る回想」では、次のように書いている。

それでも私たちは隙をみては青共紙を配ったり、工場街へのビラ撒きに駆けずりまわったものでした。そのうちに仲間二、三人が犠牲となって消えていくのは気の毒でした。いつか浅草で刑事に追われたことがあったが、その時は逃げながら私はポケットの青共紙やアジビラを堀に投げこみ、捕えられた時には証拠は一つも持っていません。警察署に一晩泊められただけで難を逃れた次第です。

また、昭和五十五年六月の『雑誌霊山』に掲載された大河原直衛との誌上対談「あの時霊山町では」においては、この時の体験をレポートに書いたところ、当時早稲田大学の教授であった歌人の窪田空穂からほめられたことを語っている。

浅草署にとめられてしまってね。三畳の間に九人ですよ。寝るも何もできない。出してくれ、出さないんならここにとまっていると家に電話してくれと強引にでたものですよ。後でその記録をレポートに書いて学校に出したらね、窪田空穂という歌人、彼が審査して「これは面白かった」ってほめられたりしてね（笑）

◇　◇　◇　◇　◇　◇　◇　◇　◇　◇　◇　◇　◇　◇　◇　◇　◇

新二は大学が長期休暇に入ると、上野から福島まで蒸気機関車に揺られて帰省した。東北本線の福島駅が開業したのは明治二十年で、昭和六年当時の時刻表を見ると、午前五時十分に上野駅を出発した始発の汽車が福島駅に到着するのは零時三十四分となっており、上野・福島間は七時間超の行程となっている。

離れて暮らす妻や長女と束の間の一緒の時間を過ごすための帰省であったが、新二が掛田に戻ると、新二の実家には毎日地元の青年達が七、八人も集まり、時には朝から晩まで議論し合うのだった。

この頃新二の家に集まった青年達はかつての文学仲間とは一部を除いて顔ぶれが変わっており、社会運動の同志達になっていた。掛田近辺でとりわけ社会運動に熱心だったのは、『丘陵詩人』の仲間では菅野弥三郎、大河原直衛、ほかには明治大学生の佐藤泰三、山口清太郎、加えて新二などで、彼らは「マルクスボーイ」と呼ばれた。

新二達は、ポスター貼りやパンフレットの配布も盛んに行った。ポスターは警察が翌日までには剥がしてしまい、貼っては剥がされのイタチごっこだった。

帰省中、新二の実家には三日に一度位の割合で巡査が様子を見に来た。新二も過激な資料などは台所の漬物瓶に隠しておいたが、当時はまだ警察も学生には甘いところがあったようで、茶飲み話をしては帰っていくのが常であった。しかし社会人の仲間達の中には警察署で取り調べを受けるなど、厳しい扱いをされている者もいた。

◇　◇　◇　◇　◇　◇　◇　◇　◇　◇　◇　◇

新二達は伊達郡の三、四か所では時局講演会も開催した。社会運動の指導的立場にあった浅沼稲次郎や鈴木文治を講師として招いた時には、入場料を徴収したにもかかわらず会場が大入り満員となるなど、講演会は大盛況であった。

新二達は選挙運動も行った。

いわゆる普通選挙法が公布されたのは大正十四年のことであり、この法律によりこれまでの納税要件が撤廃され、日本国籍を有し内地に居住する満二十五歳以上の全ての成年男子に選挙権が与えられることになった。しかし一方で「飴と鞭」のように、同年治安維持法も公布され、昭和三年には治安維持法を改正する緊急勅令も出されている。

普通選挙による初の福島県議会議員選挙が実施されたのは、昭和二年九月のことである。この時は民政党から二十五人、政友会から十七人が当選した。無産政党からは、石城郡から二名の立候補者が出馬したが、日労党から擁立された広瀬貞は得票数六十五票で落選、労農党から擁立された山代吉宗は選挙運動中に警察から自宅の強制立ち退きを執行され、住所を偽ったとの理由で立候補を無効とされた。

昭和三年三月十五日、全国一斉に無産政党関係の活動家が検挙される事件があった。いわゆる「三・一五事件」である。福島県でも労農党員など多くの活動家が検挙された。さらに昭和四年には、全国の共産党員を一斉に検挙する「四・一六事件」が起きる。無産階級闘争への官憲の弾圧は次第に強まりつつあった。

伊達郡選挙区から初めて無産政党の立候補者が出たのは、昭和六年九月の県議会議員選挙の時である。出馬したのは、社会民衆党（昭和七年に社会大衆党に合流）を基盤とする、半田村（現桑折町）の佐久間徳三郎であった。

佐久間は高利貸を営んでおり、遊女上がりの若い女性を妻にしていた。頭はツルツルで風采が上がらず、演説も下手であり、世間の評判はいま一つ芳しくなかったが、何せ初の無産政党からの立候補ということで党派を問わず後援者が一致団結し、選挙運動は大いに盛り上がった。

応援演説には新二も登壇した。当時は大学生というだけでそれなりのステータスがあり、応援演説を大学生がアルバイトで行うことも珍しくなかった。

この時の状況を「戦前の生面」から引用する。

(前略)ともかくも選挙闘争を体験しようという若さに駆られ、どんどん前向きにまとまっていくのでした。その要点は

(一)党派を問わず、社会民衆党・日本大衆党・労農党・左翼シンパまでの聡合戦線にすること。

(二)交通費・食事費など総て自己負担のこと。日当も手当もなし。

(三)候補者以外は自転車を使用し、各地区に応じて小隊編成を計ること。

さていよいよ選挙本番に入ったが、各町村の同志連絡を取りながら、結局は政見演説会重点に活動する外に方法がなかった。銭なし、手なし、という実状なのだから!

応援弁士はその都度都度にし、数多く登壇したのは、八百板正と私であった。演説会場までの七、八キロの悪路を、朝霧を分け露を踏んでの自転車遊説部隊の活躍姿を思い浮べると、今も胸に湧くものがあります。

途中で不審尋問を受けたり、置いた自転車の番号が故意に盗まれたりもしました。もちろん演説最中に弁士注意—中止という臨検警察官の叱声を聞くことも幾度かあった筈です。けれどやり通しました。

八百板正は後に日本社会党から出馬し、衆議院議員、参議院議員を歴任する。新二は「私記あれこれ」で、八百板は「例の地味な農民向きの演説をぶって歩いた」と書いている。一方新二は演説は得意であり、「あの時霊山町では」で対談相手の大河原は「早稲田の学生だった高橋さんの応援演説はすばらしかった」と言っている。

演説会場はいつも満員の聴衆で、既成政党を負かす程の熱気に溢れていた。

選挙の結果は、定員四名に対し立候補者六名で、佐久間は最下位での落選であった。当選した四人はいずれも四千から五千票台の得票、次点の落選者も三千票台の得票に比べ、佐久間の得票数は五百七十八票に留まったが、無産政党からの候補者としては予想以上の善戦であり、新二達にとっては満足のいく結果であった。

菅仁座（個人蔵〈伊達市教育委員会提供〉）

◇　◇　◇　◇　◇　◇　◇　◇　◇　◇　◇　◇

当時、掛田の街中に「菅仁座《かんにんざ》」という演芸館があった。新二はここでも政見演説会を開催し応援演説を行った。

菅仁座は菅野仁太郎の経営する木造二階建の演芸館で、芝居や活動写真などを上演し町民の娯楽の場として賑わっていた。

新二は大学時代に、この菅仁座の設計を頼まれたことがある。

新二の妹橋本徳子（トク）がその時のいきさつを、平成元年三月の『りょうぜん文芸』に掲載した「掛田菅仁座物語」の中で書いている。

これらは大正から昭和初期の映画全盛時代であったから館主も気を大きくしたのか館内改築の案を抱き、その設計図を頼んだのが、何の経験もない学生の私の兄であり、頼む方も頼む方だが、頼まれる方も強気なもので、夏休みを利用し、菅仁座の二階に籠り、青写真を引き始めた。結構ハイカラな劇場が出来そうであったが、都合で立ち消えになり、幻の青写真となった。

◇◇◇◇◇◇◇◇◇◇◇◇◇◇◇◇◇

こうして、新二が社会運動に奔走している中、昭和七年五月、新二に第二子が誕生する。二番目の子供も女児であり、照子と名付けられた。

大学の長期休暇に掛田に帰ってきても、新二は選挙運動や何やらであちこち駆けまわっている。たまに家にいたかと思うと、仲間達が朝から晩までやってきて議論をする。夫の行動については、キミは殆ど諦めの心境になっていた。

この昭和七年は、早稲田大学の前身である東京専門学校が創立してから五十年、早稲田大学と改称して三十年目の年に当たることから、大学では大々的に記念式典が挙行された。また大学では併せて記念論文を募集し、新二が応募した論文が翌年早稲田大学記念論文賞（法学会賞）を受賞する。

論文の題名は「新検改租」であり、「村と税」という副題が付けられていた。内容は未見であるが、別の資料には「郷土研究論文」と書かれていることから、明治期の掛田周辺における地租改正の状況に関する論文だったものと思われる。

後に新二が『霊山町史』の文化の部を執筆した際に、「(伊達郡村誌には) 改租後 (明治九年) 県税が税額と共に税目が細く記録されているので、生産・商工業の税目を通して生活設営の一般―つまり生活文化がどのようであったかを推測でき、従って霊山郷と郷人の在りし姿を偲び得ることになる」と書いて分析を加えているが、この部分の記述は大学時代の論文がベースになっているものと考えられる。

◇　◇　◇　◇　◇　◇　◇　◇　◇　◇　◇　◇　◇　◇　◇

昭和八年、新二は早稲田大学の最終学年となる四年生となっていた。

この頃、またしても新二は恋愛事件を起こす。

新二が寄寓していた池川宅には、姉リエが郷里の掛田から連れてきていたお手伝いさんが二人住み込みで働いていた。そのお手伝いさんのうちの一人と新二が恋愛関係に陥ってしまうのである。

夏休みに実家にも帰らず、二人は海水浴に出掛けていく。旅行先は、北茨城の海岸沿いにある大津の町であった。

後日この事実が妻キミの耳にも入り、これを知ったキミの怒りは大きく、後々まで尾を引くものであった。二人の子供を預け放しで、自分はほかの女性と遊び呆けているという状況は、キミにとって許し難いことであった。

この時の詳しい事情や顛末については不明であるが、姉のリエや義兄の純平も新二を監督する立場として、新二を叱ったであろうと思う。

もしかすると、このお手伝いさんも暇を出されたかもしれない。そう考えるのは、新二が書いた「五万円の声」という短編小説があるからである。

「五万円の声」は、昭和二十八年一月五日の『福島民友』に掲載されたユーモア小説である。「五万円の声」のあらすじは次のようなものである。

主人公の「私」は元軍人であった叔父夫婦の家に寄寓している。叔父夫婦の家に住み込みで働いていた「ねえや」と「私」が恋愛関係になったため、「ねえや」は「私の叔父からわが家には不向きな女中ということで首になり、私は小綺麗な離れ座敷からねえやの室に転落し、ねえやの仕事まで仰せつけられる破目に」なる。ある日こっそりと「私」を訪ねてきた「ねえや」を窓から部屋に引き入れて、二人で布団にもぐり込んでいると、叔父が新聞を持って部屋に入ってきて、「おい、起きろ！ねえやは何処へ勤めているか判らんか？年末売出しの抽せんがねえやに当っているんだ。五万円だ」と叫ぶ。「私」はしらを切って知りませんと答えるが、「ねえや」は布団をはねのけて、「わたしに五万円！」と叫んでしまう。次の日「私」は叔父宅から追い出されてしまう。

といった内容の小説である。

内容は全くの創作であろうが、小説の発想となった出来事は池川宅での恋愛事件であるように思われるのである。

◇　◇　◇　◇　◇　◇　◇　◇　◇　◇　◇　◇　◇　◇　◇

この時の新二の行動の是非はひとまず置くとして、大津漁港や六角堂などのある北茨城の海周辺の情景は新二に鮮烈な印象を与えた。

五浦岬公園から望む五浦海岸。左が六角堂

現在の大津漁港

文学活動からしばらく遠ざかっていた新二であったが久々に詩想が刺激され、旅行から帰った後、昭和八年十月発行の『北方詩人』に一編の詩を寄稿している。『北方詩人』は、この時期既に第三次となっており、大谷忠一郎や寺田弘が編集を行っていた。
この詩の題名は「古船解体」であり、詩の最後には「（大津の海にて）」と記されている。
この北茨城の海の印象は時を経る毎にますます大きくふくらんでいき、新二の創作活動にとって一つの原風景とも言えるものにまで成長していく。後に新二は北茨城の海周辺の地域を「チャンホラン」と名付け、一連の作品を生み出していくことになる。

古船解体

今　一《ひ》と瞬《とき》　瀾瀛《わだつみ》は宵月の光り
碎け散る蒼波《あをなみ》はるか　岬の灯零点《とろり》廻る、
そが遠近《をちこち》目に見えずも瀾瀛《わだつみ》の若き響あり
移ろひは人倮《ひと》と藝術《たくみ》！　時あれどわれらのみ變らず、と。

されば よし　此處に陸岸《りく》あり
土に適《そ》ひ果つるは運命《さだめ》ぞ　享けし命よ
さればよし　此處に漏《ふる》き船
小貝あまた底にきてて老ひ朽ちたる船あり
風雨は舷を叩きて滲《とほ》り
砂は破れたる船骨を噛ぢるも
時節《とき》來る毎《ごと》水長春藤花咲く濱に捨てられて幾昔

仄かに刃の影ろふとみれば
アミもて擦り凹みたる帆柱に若き舟長《ふなをさ》の肩は重く
銀鱗燦めく横垂木　中櫂握る腕の拍子を唄ふか
搖るゝとみえて望路臺《きやたつだい》靜か月も紛らふか
和多津《わだつみ》浪の濤涌《ふきなみ》照らす龕燈
先舳に躍る魚を映す龕燈
青晶子《ぎやまん》に圍るゝ灯
丈高き飛沫《しぶき》の岩を廻る頃ほひ夕餉の港に歸りたるか
勇ましき颶げ舟の海響《なり》もし
戀の戀たる舟女《ふなをんな》　歸れる夫《つま》を唱ふ聲も響く想ひす
されどこは此の船ぞ渚より違く　砂低々《ひくびく》と支柱《つか》も細り

竹釘はや弛《ゆる》みては半《なか》ば落つるも
殘るものぞ爲して何か？
常に灑《あた》らしく巷く和多津浪の上
滂洋《せんり》往き來の船が趾　殘るものぞ爲して何か？
船齢《ふなどし》のみが朽ち果つも
現實《うつつ》の萬華《よろづ》すぎ去るも
此の砂濱に近くして岩打つ和多津浪の變らずも、
いま一と瞬《とき》　月の落つるを白砂に掬ふて我は佇む。
咽ぶ船　語る船　滅ぶる船
心満ちてそが昔　いと誇れる和多津浪を幾度渡れるか巨《おほ》き藝術《たくみ》
筐　花《かたみのはな》散る叢の中　想ふ人　學む人　心灑《あら》掃ふる僅かの歴史
月の光よ　汝　砂上に讀み消さんとするは嫉まし。

瀾瀛《わだつみ》は宵月の明り　今　一《ひ》と瞬《とき》
砕け散る青波篆煙《かすか》　岬の灯とろりまはる、
そが遠近《をちこち》目に見えずも和多津浪《わだつみ》の若き響あり
移ろひは人傑《ひと》と藝術《たくみ》時あれどわれらのみ變らず、と。

新二はこの「古船解体」を、プロレタリア詩の要素をも含むものとして書いたようであり、「戦前の生面」

で次のように言っている。

（前略）青海を走りまわった漁船が、今は老いて砂原に埋れ果てようとしている姿を歌ったものである。この詩題からみれば、この作品も単なる抒情詩でないことはお判りでしょう。けれど何か一本物足りません。

◇　◇　◇　◇　◇　◇　◇　◇　◇　◇　◇　◇　◇　◇　◇　◇　◇

だがやはり、新二の詩の本質はプロレタリア詩ではあり得なかった。

雄大な大津の海と対峙した時、新二は、自分の詩の対象は社会ではなく、自然であり自然の中における人の営みであると改めて感じていた。新二はやはり感傷の詩人であった。

また詩を書きたかった。自然に囲まれた故郷の福島に戻れば、また詩が書けるような気がしていた。福島に帰って詩を作ろう、新二はそう思った。

早稲田大学卒業の頃の新二と関川左木夫

新二の帝都での六年間の学生生活が終わろうとしていた。

しかし、自由に詩を書くことなどは容易に許されないような、暗く厳しい時局が迫りつつあった。

昭和六年には満州事変、昭和七年には五・一五事件が起こり、この年昭和八年三月、日本は国際連盟を脱退する。

第九章　新二と善助

石川善助。

明治三十四年、宮城県仙台市生まれ。三十一歳で夭折するという不遇の経歴と、人々に語り継がれる天衣無縫な性格、そして何よりも、ロマンチシズムを湛える詩作によって、今もなお少なからぬファンを擁している詩人である。

没後二十六年となる昭和三十三年、仙台市太白区の愛宕神社境内に建立された詩碑には、善助の「化石を拾ふ」という詩が刻まれている。

化石を拾ふ
石川　善助

光の澱む切り通しのなかに
童子が化石を捜してゐた
黄赭の地層のあちらこちらに
白いうづくまる貝を掘り

石川善助（『詩人石川善助～そのロマンの系譜』〈萬葉堂出版〉より）

遠い古世代の景色を夢み
母の母なる匂ひを嗅いでゐた
……もう日は翳るよ
空に鴉は散らばるよ
　だのになほも探してゐる
探してゐる
外界《さきのよ》のこころを
生の始めを
　母を母を

◇　◇　◇　◇　◇　◇　◇　◇　◇　◇　◇　◇　◇　◇　◇　◇

新二が石川善助と知己を得たのは、新二の詩兄とも言える大友文樹を介してであった。大友文樹と石川善助は、大正三年に仙台商業学校に入学した同級生だった。互いの文学趣味を通して親しくなり、仙台商業学校を卒業してからも、善助はしばしば梁川町の大友の自宅を訪れた。梁川をモーパッサンの町と名付け、「梁川小唄」を作詞するなど、大友の故郷を愛し、善助の死まで大友との交友は続いていく。

善助は幼少時から片足が悪く、足を引きずりながら歩いていたが、「少しも劣等感など出さず、何にでも出ては活躍した。柔道部や剣道部に、テニスやキャンプと負けず嫌いの根性は遠慮なく発揮した。……弁論大会などではいつも、ちんばの足を引きずりながら登壇、大声で喋り、……かなりの熱弁を吐いた」と、大友は「石川善助ノート」の中で書いている。

新二と善助が当時どの程度の交流があったのか、記録が残っていないのでよく判らない。しかし、新二も頻繁に大友文樹の家を訪れていたことを思えば、大友宅で善助に会ったということも考えられる。また、新二の主宰する『丘陵詩人』に善助が詩を寄稿していることから、手紙などでも様々なやりとりがあったものと推測される。

新二が昭和三十四年に『福島県詩人協会報』に執筆した「秘友詩兄であつた石川善助さん」に、善助の人物評が記されている。

　石川さんの髪は半ばカツパであつた。大きなメガネをかけていられた。
　福島のダダイスト詩人だつた村山富美雄さんと似ている。
　理屈つぽくなかつた。人の気分に和した。悪口を好まなかつた。節ない歌のように明るかつた。無邪気だつた。いたずらつ子だつた。
　片足が悪かつたが酒は大いに飲んだ。

いずれにしても、天衣無縫で自由闊達な気性の善助と新二は、妙にウマが合ったようである。明治三十九年生まれの新二にとって、善助は五歳年長であり、年齢的には兄のような存在であったが、歳の差を感じることなく、共に酒を酌み交わし、詩を論じ合った。

善助は新二や大友の求めに応じて、大正十五年二月発行の『丘陵詩人（通巻第四号）』に「羅馬行出帆圖譜」、同年七月と十二月発行の『丘陵詩人（通巻第八号、第十号）』には「福島風物詩」と題した詩を、また同年九月発行の『丘陵詩人（通巻第九号）』には善助と大友が互いの印象について書いた「両氏相互印象」という散文を寄稿している。

新二は、善助の詩にも大きな感銘を受けていた。「秘友詩兄であつた石川善助さん」の中でこう書いている。

石川善助さんの発表の作品はいつも感嘆してよんだ。清潔でもないし、深刻でもないし、高踏でもない。しかし、静寂と諧調とシニカルと暗光と風色と表象と思慕が天品を生んでいた。

つまり、石川風のものは昔も今もない。石川さんの詩であり、自分の詩に生きた石川さんだった。

◇　◇　◇　◇　◇　◇　◇　◇　◇　◇　◇　◇　◇　◇

善助は掛田の新二の家を訪れ、宿泊したこともある。酒を飲み、語り合い、翌日は一緒に茶臼山に登った。

藤一也著『詩人石川善助～そのロマンの系譜』によれば、大正十五年五月頃善助は「友人の大友文樹を訪ねて、梁川に行き、その足で霊山の麓、掛田の高橋新二を訪ねている」と記されている。

当時、福島駅を起点とした軽便鉄道が、伊達の長岡分岐点から保原に延びており、保原からさらに分岐して、梁川に向かう路線と、掛田を経由して川俣へ向かう路線が走っていた。善助はこの軽便鉄道を利用して掛田に来訪した。軽便鉄道の保原—掛田間が電化され路面電車に生まれ変わるのが、大正十五年十二月なので、蒸気機関車がこの地を走っている最後の時期であった。

『詩人石川善助～そのロマンの系譜』には、この福島行は、善助が失恋をし、さらに勤務先であった藤崎呉服店を退社して間もない傷心の時期であったことが書かれてある。

新二の早稲田大学の同級生であった関川左木夫が、『石川善助資料第三号』に寄稿した「石川善助の回想から出発して」には、善助の掛田来訪について次のようにある。

善助は『丘陵詩人』の寄稿の縁故によるものか新二の郷里の掛田を訪ね、酒を飲み、野天風呂につかり、詩を吟じた。その行状を、生来感激家の新二は、善助に対する全面的な親愛と尊敬を、ときには泪を流しながら善助詩を朗誦することによって伝えた。

新二自身も、前出の「秘友詩兄であつた石川善助さん」に、この時の掛田来訪の様子を書いている。

私の故郷の館山へ二人で登つたことがあつた。頂上までは足の悪かつた石川さんには無理だつた。途中の松の木などに、無暗に登りたいふうだつた。

（中略）

父がなくなつていた少年の私の家で石川さんと二人で少し酒を交したのは三十数年昔になる。寂しい町の一隅で、二人は笑い合いながら――。

館山とは、掛田の街並みの東側に位置する茶臼山のことである。

『詩人石川善助〜そのロマンの系譜』にも、この時の出来事が、新二からの聞き語りとして書かれている。

善助の姿が、突然、消えた。

高橋新二はあたりを見回した。どこにも善助の影は見えない。さっき歩いていったと思われる方向にも、姿がない。

突然、そこにある枝ぶりのよい多生松の、生い茂った枝の上から善助の「ここだ、ここだ」と呼びかける声がする。

高橋新二は、全く肝をつぶしてしまった。

その時のことを思い起こして、高橋氏は「足が悪かったので、反抗心からだったようだ」と、善助の不屈の精神について語られる。

善助が実際に松の木に登ったのか、登らなかったのかは今となっては確かめようもないが、善助の人となりを知る上で象徴的なエピソードである。

後に善助は新二への手紙の中で、茶臼山からの展望を「北斎風」だったと評しており、丘陵の連坦する掛田の風景をとりわけ気に入ったようであった。

茶臼山から下り、その足で飯坂温泉に行って宿泊するという善助を、新二は軽便鉄道で長岡まで送り、そこで新二は善助と別れた。

茶臼山から見下ろした掛田の街並み。遠くに見えるのが御幸山

◇　◇　◇　◇　◇　◇　◇　◇　◇　◇　◇　◇　◇　◇　◇　◇　◇

昭和三年、新二は『詩神』に「鳴子」という詩を寄稿する。善助へのメッセージと敬愛を込めた作品である。この「鳴子」は、翌昭和四年に刊行した詩集『鬱悒の山を行く』にも収録している。

鳴　子

稲も外された懸架の上　秋風の下で
鳥は石油罐と一緒に轉げ廻る
　がらん　がらがらん　がら　がらん

何時《いつ》もその儘になつてゐる低い田と
實《み》も入らず　川の上でゆれてゐる稲らが
傷氣《しょうき》を秋に呼びかけるのだ。
それが又　寂びた田皐の臭ひを横ぎり
此處　病枕に程近い懸架の上にも移つて來る
　がらがらん　がら　がらん　がらん

此れは廢れゆく村隅に殘されて終ふた音樂師である
彼方ばかり明るい山の明方の
殆どその時刻に始められる貧乏百姓の音樂師である

石川善助よ　來て見ぬか
此のてんぽとのつとが
俺の瘦身な腹の痛みと符合するのだ。

がらん　がらん　がらがらん　がらん

◇　◇　◇　◇　◇　◇　◇　◇　◇　◇　◇　◇　◇　◇

新二は昭和三年に上京し、早稲田高等学院に進学する。昭和四年一月四日に福島市で開催された『鬱悒の山を行く』の出版記念会にも善助は東京から駆け付けてくれた。

善助は、新二と時期を同じくして、昭和三年の九月に上京し、麻布の史誌出版社に勤め出していた。

この時の出版記念会の様子が、『詩人石川善助～そのロマンの系譜』には次のように書かれている。

その日は、雪の日であった。善助は東京からやって来た。（高橋新二は学生で帰省中であった。）その日、レストラン鳩屋（大町）に集まった詩人は大谷忠一郎、大友文樹、佐久間利秋ら『丘陵詩人』の仲間が主であった。それに佐藤学ら地元の新聞記者達で、全部で二十人ほどであった。

善助は会が終わると仙台へ帰っていった。大友文樹が一緒に行った。

寺田弘著『回想の詩人　佐久間利秋の周辺』にもこの時の様子が記されている。

石川善助は福島を非常に愛し福島の詩人達とも交流を深めていたが高橋新二の詩集「鬱憂《ママ》の山を行く」出版記念会を福島の中央亭で催した時など、わざわざ東京から来て一緒に飲み、祝い、破目をはずした。会が終ってカフェー街をひやかし赤線で誰かの下駄を蹴飛ばし溝に流しテキヤ風の男とケンカをしたり、天衣無縫な男だった。

◇　◇　◇　◇　◇　◇　◇　◇　◇　◇　◇　◇　◇　◇

月日は前後するが、新二が刊行したばかりの『鬱悒の山を行く』を善助に届けると、すぐに善助から熱烈な称讃の手紙が届く。あたかも、一編の詩のような手紙である。日付は十月十五日と記されている。長くなるが、全文を掲載する。

一昨夕、暮れ近くに木村氏が訪ねて呉れた。そして、あなたの新詩集（鬱いうの山を行く）をうれしく頂きました。御芳情の程厚く鳴謝して居ります。

いつか、あなたから詩集の話をききましたが、こんなに早く発刊されるのだとは思はないので、此の豪華な書物を抱いて、巨きな喜びと驚きに心花やぎうれしく思つて居ります。

あなたが古くから、静かに拾ふて来た詩の数々をこの一巻に見る時に、私は頁頁の中に滲む貴いものに打たれ、ふるいてゐます。淡い灯火を傾けながら夜更けまで味ひました。直ぐにお祝ひをあげやうとして居ましたが、生生した色と匂ひに、私は深く憑かれ、その夜は興奮から筆が取れず、又た昨日は用事があつて、高村光太郎氏や、尾崎喜八氏をたづねたので。

今朝─東明近く、最一度読みながら、この鉄ペンを動かし、あなたの喜びを祭るためにつづるのです。

此のトロフイのために、私は旗を振らねばならないだらう。今息み難い心は晴れやかさで一ぱいなのです。

あの北なる風位の地郷よ。風わたる丘陵の向辺に、私の回想は追はれて了ふ。あなたの至純なる憧れと、清い孤独の饗宴のなかに、私は喜ばしく共に坐る。あなたの山間の一人なる栄華の唄に波うたれる。

あなたの至純な情感が、エドワルト　ムンクの（叫び）のやうに青い叫びで呼びかける。あなたの情熱の角笛が響いてくる。

まことにあなたは、よき、深き、SOVENAIR（原文ママ）をもつて生れて来た、真の詩人である。あなたは、静かに顫へるしたであり、薫匂やかな野にたつかげらふである。それにあなたの、常の涙ぐましいまでの金剛錬心があなたの技を深め、情念を一層、純貴にした。

すでにあなたは、高らかに世に誇つていいのだ。

あなたはこの一巻によつて、巨きな盤を詩界に持することが出来るであらう。福哉。

今あなたは十月の試験休みで、なつかしい母のもとで此の書物を繰りひろげてゐるであらう。朱色の寂莫から、今は楽しい和親を呼びかへし、うれしく東方を向いて微笑んでゐるであらう。

このＰＡＳＴＯＲＡＬ　ＳＹＭＰＨＯＮＹよ
典雅と壮麗をもつ、あなたの詩心よ
一つ一つの詩の中に、私はどんらんな老猫犬のやうに純金の刻印を打つことが出来る。
あなたの生を物語るもの。（泣しやくりをもち、花粉をもち、災をもち、緋おどしの研麗をもつ、恍々たるもの）

私は、三度この書をよみかへして、おどろきに総ての讃辞の言葉を失ふたのです。私の心は北にかけ。

あの日、行く春のあなたの家で無心の画をよく画えた性急な（短い命の中にすべてが急転した悲しい時計よ）弟を思ふ。淡暗い棚棚の下で取引をしてゐた、気高いあなたの母上を。朝のさわやかな日光のそよいだ裏川の流れに沈んだ、陶器カケを思ふ。私の暮足の殉情を顫慰た、あのフルトレ型の軽便車を思ふ。

私は、あなたの家の蚕の匂ひを思ふ。あの伝奇めく茶臼山からの展望を。（げに、北斎風であつたよ）町をかこむテーブルランドを。あれらの遠い仮現が一巻に美しく顕現して、今、新らしく私を喜ばす。私を、天国行への道伴れとする。来る日のあなたの栄光への花として、私の言葉はあまりに小さい。でも、そのうちに、あなたが東京へお帰りになれば、お祝ひする日もありませう。

紀元千九百廿九年十月十五日記

新二と善助は同じ時期に東京で暮らしていたが、東京で会ったのは一度だけだった。「秘友詩兄であつた石川善助さん」には、次のように書かれている。

歴史資料編集所（?）に勤めていた石川さんと明治神宮前の飲み屋で一寸飲んで、私を送つて信濃町省線駅へくる途中、バナナの皮をふんで石川さんは転んだ。

『詩人石川善助～そのロマンの系譜』には、もう少し詳しく記されている。

その後、高橋新二は一度だけ善助の麻布史誌出版社に訪ねていったことがある。二人は史誌出版社を出て信濃町駅に向かって歩いた。善助は何回か転んだ。それは平坦な何の変哲もない、道であった。高橋は不吉なものを感じた。が、黙って二人は歩いていった。夕方近くになって、二人は信濃町駅近くの食堂に入った。酒が出た。二人は盃を交わした。善助は、先の転んだことにこだわって、盛んに、転んだことの言い分けをした。

新二が善助と会ったのは、この時が最後となった。

◇ ◇ ◇ ◇ ◇ ◇ ◇ ◇ ◇ ◇ ◇ ◇ ◇ ◇ ◇ ◇ ◇

善助は、その後史誌出版社を退社し、住まいも転々とする。定職にも就かず、生活は困窮を極めた。昭和七年一月、善助はどうにも生活が立ち行かなくなり、新宿の草野心平宅に転がり込む。それからは、心平が営業していた屋台の焼鳥屋の手伝いなどをしながらの居候生活であった。

同年六月二十六日、善助は心平の家を出て、そのまま家に戻らなかった。

翌二十七日未明、大森山王下踏切側の下水に、転落溺死体として発見される。知人と酒を飲んで帰る途中、踏切で列車のあおりを受けて下水に転落したものと見られているが、変死体として処理され、身元が確認されたのは約十日後のことだった。

新二はこの頃まだ在京していたが、善助の死の知らせが新二に届くことはなかった。新二が善助の死を知るのは数年後のことになる。

◇　◇　◇　◇　◇　◇　◇　◇　◇　◇　◇　◇　◇　◇　◇

善助は、生前自分の詩集を持つことがなかった。

善助が没して四年後の昭和十一年、詩集『亜寒帯』が知人らの手によって編まれる。

新二が善助の死を知ったのは、この『亜寒帯』の出版案内を見た親友の関川左木夫から連絡を受けてのことであった。その頃新二は既に早稲田大学を卒業し、郷里福島に帰り、川俣尋常小学校の教員をしていた。

新二は善助の死を知って愕然とするとともに、昔日の善助との交友が次々と頭の中を駆け巡った。長い付き合いとはいえなかったが、短い中にも、濃密な時間を共有したとの思いがあった。

人なつこく、おおらかで快活だった。それでいて、どこか孤独の影を宿していた石川善助。

火山荒砂の坂を下りれば
野放し馬が芒のなかに見え隠れ
……

愛誦していた善助の「下山慕情」を、新二はひとり朗誦した。涙が流れて止まらなかった。いつか朗誦が嗚咽に変わっていた。

◇◇◇◇◇◇◇◇◇◇◇◇◇◇◇

新二が自ら作成した年譜には、昭和十一年に、『悲歌』と題した歌集を私家版として上梓した旨の記載がある。『悲歌』についても、現存するものは確認できておらず、内容も全く不明である。しかしながら、作成した時期が新二が善助の死を知った時期と一致しており、全くの推測ではあるが、新二が石川善助の死を悼んで編んだ作品ではないかと思われてならない。いつか読むことが叶うならば、また別の新二の思いを辿ることができるかもしれない。

第十章　太陽学校

昭和九年三月に早稲田大学を卒業した新二は、郷里の福島県に戻り再び教職に就く。赴任校は、伊達郡川俣町の川俣尋常・高等小学校であった。

新二はこの十年間の、目まぐるしい生活の変転を思い起こしていた。生まれ故郷の掛田から福島の師範学校に進学し、その後茂庭の山奥で教職に就き、さらに進学のため帝都東京で六年間を過ごした。今度はまた大都市から田舎に戻っての生活である。川俣は町の規模や人口は掛田よりも大きかったが、掛田と同じく阿武隈山地の山間の町で郷里と似た雰囲気があり、新二はどこかしら少年時代を思い出すような懐かしさと落ち着きを覚えるのだった。

川俣町は、掛田町から月舘町（昭和三年に小手川村から改称）、小手村を間に挟んで南に約十五キロの距離に位置する、伊達郡最南部の町である。

古くから絹織物の産地として知られており、海外への重要な輸出品であった生糸や羽二重を中心とした絹織物の集散地として栄えていた。飛鳥時代、蘇我馬子に暗殺された崇峻天皇の妃であった小手姫《おでひめ》が、東北に落ち延びた皇子を追ってこの地に辿り着き、養蚕と機織りの技術を伝えたという「小手姫伝説」が残っており、町の北西部に位置する女神山は小手姫の亡骸が葬られた山だと伝えられている。

福島駅から長岡、保原を経由し掛田まで通じていた軽便鉄道は、大正四年には川俣まで延伸された。しかし大正十一年に沿線の鎌田集落で、蒸気機関車の煙突から出た火の粉により住家四十六戸が全焼する火災が発生し、これを契機として電化の動きが進むことになるが、掛田・川俣間は電化に伴う不採算路線として昭和二年に廃止となる。

一方で、福島市の松川と川俣を結ぶ国鉄の川俣線が、大正十五年から運行されるようになっていた。

余談になるが、福島商業学校を卒業した古関裕而が、伯父が頭取を務める川俣町瓦町の川俣銀行で勤務していたのは、昭和三年から昭和五年にかけてであり、新二が川俣町に移り住む四年前のことになる。

川俣町遠景

◇　◇　◇　◇　◇　◇　◇　◇　◇　◇　◇　◇　◇　◇　◇

新二は町の東の寺前に借家を借りて一家を構えた。地名から察せられるように、近くには常泉寺という寺院があった。家の裏にはすぐ山が迫り、家の前には川俣町と針道村（現二本松市）の境界に位置する口太山を源流とする広瀬川が流れていた。

新二とキミは結婚以来七年間の別居生活を送ってきており、新二達にとってはこれが初めての家族四人水入らずの生活となった。

この時、新二、キミ共に二十八歳、長女ヤス子は五歳、二女照子は間もなく二歳の誕生日を迎えるところであった。

五十六歳になっていた母カクは、新二の帰省と入れ替わるように、掛田の店を畳んで上京し、東京の長女池川リエと同居するようになっていた。その後リエの夫純平の転勤により池川家が一時神戸に移転した時もカクは一緒に付いていっている。純平はカクを実の母のように大事にし、カクも純平を頼りにしていた。

キミは結婚以来新二の実家で子供達を育て、家事をこなしながら、義理の母や兄弟の面倒まで見てきた。キミと義母との仲は取り立てて悪い訳ではなかったが、旧弊たる時代の嫁の立場そのままに、嫁としての苦労は尽きないものがあった。キミにとっても川俣町での生活は、ようやく様々な気苦労から解放された気の安らぐ日々であった。

新二は川俣小学校では、最初の三年間尋常科一年の担任を受け持ち、その後高等科二年の担任となる。また川俣実科高等女学校、川俣青年学校の教師も兼任し、高等科での授業の傍ら、これらの学校でも教鞭を執っていた。

川俣実科高等女学校は裁縫の教育に重点を置いた女学校であったが、昭和十八年に川俣高等女学校と改称され、昭和二十三年には川俣工業学校と合併し、男女共学の県立川俣高等学校となる。

青年学校は、小学校を卒業した後、進学せずに勤労に従事する青少年に社会教育を行うための機関で、昭和十年の青年学校令に基づき設置された。尋常小学校卒業者を対象とする修業年限二年の普通科と、高等小学校卒業者及び普通科修了者を対象とする男子五年・女子三年の本科が置かれていた。昭和十四年にはこの青年学校での就学が男子に対して義務化され、実質的に戦時動員体制の中に組み込まれていくことになる。『福島県史』によれば、昭和十五年六月時点における福島県の青年学校の数は五百十六校となっている。

新二は毎朝六時に町のサイレンの音と共に家を出て、広瀬川沿いの道を川俣小学校まで歩いて通勤した。学校の生徒には絹織物工場に勤める家庭の子供も多く、朝早い親の出勤時間に合わせて登校してくるため、それに遅れまいと新二の出勤も自然と早くなった。

新二にとっても妻や娘達と一緒の生活は心が安らぐ日々であったし、教室で自分の子供と同じ位の年の生徒達と過ごす時間も楽しかった。学校ではとりわけ一年生の総合学習に力を入れ、寝食を忘れる程生徒の学習指導に取り組んだ。

高等科の担任となってからは、生徒達を連れて霊山に登山することもあった。子供の頃から何度も登った霊山であるが、頂上の爽やかな空気に包まれると、体の細胞までが新しくなるような清々しい気分になるのだった。

教え子達との霊山登山

川俣町に移住した翌年の昭和十年七月に新二夫婦に第三子が誕生する。三子目も女児であり、吟子と名付けられた。

◇　◇　◇　◇　◇　◇　◇　◇　◇　◇　◇　◇　◇　◇　◇　◇　◇

しかし、新二達が束の間の平穏な日々を過ごしている間にも、時局はさらに緊迫度を増していった。

昭和十一年、陸軍の青年将校らによるクーデター未遂「二・二六事件」が起きる。

昭和十二年に盧溝橋事件を端緒とする日華事変が起き、日本と中国は事実上の戦争状態に突入する。

昭和十三年には国家総動員法が制定され、総力戦体制を推進するため国民生活の隅々まで国の統制が行われるようになっていく。

昭和十四年、ドイツ軍のポーランド侵攻を発端として第二次世界大戦が勃発する。

世界大戦の火花が日本へ飛び火するのも時間の問題であった。

学校教育についても、日華事変を契機として戦時下の教育体制へと移り変わっていった。学校への登下校時には天皇・皇后の御真影と教育勅語が納められている奉安殿に敬礼することが指導され、朝礼においては神宮遥拝・宮城遥拝が行われた。教育の全てが戦意発揚の場となっていったのである。

◇　◇　◇　◇　◇　◇　◇　◇　◇　◇　◇　◇　◇　◇　◇　◇　◇

こうした情勢の中、昭和十三年に、新二の書いた論文が福島県教育論文特選賞を受賞する。論文の題名は「教育経営」と言った。

この論文についても現存は確認できていないが、平成十一年に『雑誌霊山』に掲載された、郷土史家の菅野家弘氏の「高橋新二さんを偲んで」という追悼文の中に、新二からの聞き書きとして、「川俣小では生活を基盤にした総合学習の実践を報告して福島県教育論文特選賞を受けた」との記述があることから、川俣尋常小学校で実践した総合学習について論述したものであると思われる。

「総合的な学習の時間」は、「自ら課題を見付け、自ら学び、自ら考え、主体的に判断し、よりよく問題を解決する資質や能力を育成するとともに、学び方やものの考え方を身に付け、問題の解決や探究活動に主体的、創造的、協同的に取り組む態度を育て、自己の生き方を考えることができるようにする」（学習指導要領「生きる力」）ことを目標として、平成十二年から、学習指導要領が適用される全ての学校において導入されることになるが、この総合的学習は、名称や内容は異なっていても大正時代頃から連綿と試行されてきたものであった。

福島県においても、福島県師範学校付属小学校や福島県女子師範学校付属小学校、清水小学校などのいくつかの小学校において低学年を対象に総合学習が実践され、それなりの成果を挙げていた。『福島県教育史』には、福島県女子師範学校付属小学校で総合教育を実践していた高島満が著した『童心を培う低学年の展開』からの文章が掲載されており、次のように書かれている。


低学年教育の展開は、児童心身発達の特性に即すべきである。児童心理に基づく生活経験中心、遊戯的活動中心の総合的活動でなければならない。従ってそのカリキュラム構成も、学習活動形態もその指導も、生活的でなければならない。とすれば教科別の分割カリキュラムや学習でなく、合科的総合的教育でなくてはならない。そのカリキュラムは生活経験に即応する、総合的生活単元カリキュラムでなくてはならない。学習はその展開であり総合的活動であり、遊戯的であるべきものである。

新二の実践した総合教育については、昭和四十八年に発行された『川俣小学校百年のあゆみ』に、次のようにある。

　昭和九年から四年間、尋常科一年生を担任した高橋新二訓導（早大卒）は、いわゆる初学年の綜合教育としてユニークな学級教育を展開し、新風を吹き込んだ。カード学級の編成・綜合教室の施設経営、自然環境的構成、学芸会の斬新な演劇・リズム体操の創作など、自由にして生々躍動する指導に児童の実力は飛躍的に向上し、本校教育に好い刺激を与え、授業公開を通して県下に影響を及ぼした。

同誌には新二も「木下豊助校長と自由統一・川俣教育の一端」という小文を寄稿しており、その中で自らの教育実践について具体的に書いている。

　（前略）初学年経営は特に教科書重点や画一主義はいけないと考え数種のカードを作りカード学級の編成を実施し、別に遊びを中心にして学習できる総合教室の設備をいたしました時、これは文部省的でないことは明らかですし戦時中ですのに、校長は大いに賛成して下さった。

　一方、自然環境の学習一助にと、古机利用の段々式花園や虫箱などたくさん作り、小鳥をガァガァ鳴かせたり、子マムシやカブト虫を飼ってワィワィ騒いでいたりしても、校長はすこしも苦にされなかった。

デッドタイムのないフィルム式体操を私が文部省視学委員に見て貰った時には、校長が当の専門家を先まわって是認なさった。

私が作った教便物—普通では見かけないものばかり—で教室が満タンになっていても、それこれと言われたこともなかった。

むしろ、町役場の管理物であっても、どしどし使用させ提供して下さったという具合でした。その甲斐あってか、いたいけな子どもたちは校長試問の時は平均九点八分という実績を幾度も挙げてくれました。


しかし、一つのことに夢中になると徹底的に打ち込み、ほかのことが見えなくなる新二の性格がここでも現れる。教材の購入や学級研究誌の発行などに給料の半分近くをつぎ込んでしまうなど、全く家計を顧みることがなかった。キミは毎月の生活費のやりくりに苦心し、「子供にアメも買ってやれない」と嘆くこともしばしばだった。もっとも新二は、総合学習の研究だけではなく趣味のクラシックレコードの収集などにも金銭を費やしていたようであり、新二の金銭感覚の乏しさは以後も家族に迷惑をかけていくことになる。

このように、いくつかの学校で総合学習の取組が行われていたが、その導入に当たってはカリキュラムの再編など手続が煩雑なこともあり、全県的に普及するまでには至っていなかった。また、戦時下の教育体制へと移行が進む中で、生徒の自主性を尊ぶ教育の在り方はむしろ批判の対象となるような時期にもなりつつあった。

◇　◇　◇　◇　◇　◇　◇　◇　◇　◇　◇　◇　◇　◇　◇　◇　◇

ドイツ軍がポーランドに侵攻した同じ年の昭和十四年九月には、新二夫婦に四女マリ子が誕生する。これで新二の子供は四人となり、四人とも女子であった。

この時、長女ヤス子は十一歳で川俣尋常小学校の五年生、二女照子は七歳で同じく川俣尋常小学校の一年生、三女吟子は四歳になっていた。

三人は顔立ちも性格もあまり似ていない姉妹だった。

ヤス子は一番年上ということもありしっかりとした性格であったが、反面大らかでのんびり屋な一面もあった。

照子は几帳面で、何事もきちんとしていないと気が済まない性格だった。生まれつき心臓に疾患があり、当時の医療技術では二十歳まで生きられないかもしれないと医者から言われていた。

吟子は一番年下で皆から可愛がられて育ったこともあり、明るくやんちゃな性格であった。いたずらが過ぎてはキミに叱られ、罰として押入れに閉じ込められることもしばしばだった。月舘町に住むキミの両親が時折遊びに来ると、吟子はいつも押入れの中から飛び出してくるため、「吟子はいつ来ても押入れから出てくる」と祖父母を嘆かせていた。

この時期の新二はまだ本格的に文学活動を再開はしていない。せいぜいのところ、昭和十一年に、前述した『悲歌』という歌集を作成した位である。

学生時代の社会運動への関与や常日頃の言動から、自分が自由主義者として周囲から目を付けられていることは、折に触れ感じていた。自由主義イコール反国家思想と目されている時代だった。この非常時に詩作に励むなどしてこれ以上官憲を刺激することは、家族のためにも避ける必要があった。

しかし、「教育経営」の執筆もその一つの現れであったが、新二の創作意欲には抑え難いものがあった。ある日、新聞を眺めていた新二は一つの記事に目を惹かれる。それは映画原作募集の広告記事であった。

◇　◇　◇　◇　◇　◇　◇　◇　◇　◇　◇　◇　◇　◇　◇　◇

昭和十四年十月、四女マリ子の誕生で何かとせわしない毎日を送っていた新二に、東京の義兄池川純平から一通の手紙が届く。

それは、新二の書いた映画の原作が映画原作賞を受賞したことを知らせる手紙であった。

高橋新二殿

池川　純平

一等入選の通知があり、賞金壱千円は十一月末日まで授与のおもむき付記されていましたから御諒承願います。

〝おめでとう！〟私が一万円もうけたより嬉しかった。

君はあまりお母アさんに孝行したことがなく心配ばかりかけていたようだが、今度は立派な孝行をした。……君子さんの喜びも非常なものと思う。重ねてお祝いを申し上げる。

昭和十四年十月十三日

新二は、日本医事新報社が衛生文化向上を目的として全国に公募していた映画原作賞に応募をしていた。新二は茂庭尋常小学校や川俣尋常小学校での自らの教師経験をもとに約八十枚の原稿を書き上げ、同社に郵送した。通信事情の関係もあり、連絡先は東京の池川家としていた。

この映画原作についても現存は確認できず、新聞記事では「脚本」と書かれているが原作が正しいのではないかと思われる。

作品のタイトルは「太陽学校」と言った。

十月十六日の『福島民報』には早速、受賞の記事が掲載されている。見出しは、大きく「ペンの〝殊勲甲〟川俣の高橋訓導」とあり、小見出しとして「衛生文化映畫脚本で一等當選」、「賞金一千圓を獲得」となっている。さらに「師範時代から地方文壇の雄」と小見出しが続き、新二の経歴なども紹介されている。

「太陽学校」については、現在原作も映画のフィルムも残っていないが、この記事の中にあらすじが書かれているので、抜き出してみる。

（前略）なほ當選作品「太陽學校」は結核病に罹つた戰地將校の遺子が自動車運轉手と小學校教員と醫師の隣人愛の協力により全治し、父の遺志を繼いで立派な軍人となり殊勳を樹てるといふ筋書のもの（後略）

記事では、最後に新二の談話が載せられている。

勉強と努力さへ怠らなければどんな處に居ても神は見捨てはしないといふ事を感じました。この世のありがたさを泌々と感じます。懸賞募集に一等をとつた事は前にも二、三度ありました

映画の製作を手掛けたのは東京発声映画製作所であった。東京発声映画製作所は昭和十年から昭和十六年までの時期、世田谷にあった映画製作会社である。

主演女優は昭和十三年に満州映画協会の専属女優としてデビュー間もない李香蘭（山口淑子）であったという話もあるが、残念ながら確認できる資料は見付からなかった。

映画が完成し、千代田区九段南の軍人会館（その後「九段会館」と改称される）で「太陽学校」の試写会が開催された。時節柄もあり新二は出席できなかったと思われるが、試写会では軍人会館の三階まである講堂が、千人を超える観客で埋め尽くされた。後日新二のもとに試写会の写真が送られてくるが、写真には会場一杯の観客達がスクリーンを凝視している様子が写されていた。

軍人会館における「太陽学校」試写会の様子

日華事変の直後から映画に対する国の統制が始まり、昭和十四年には映画法が施行される。またこの頃から映画用フィルムの不足も深刻な状況になってきていた。

この映画が統制の対象となったものか否かは不明であるが、試写会は行われたものの結局「太陽学校」は配給には至

らなかった。その後の東京大空襲によりフィルムも焼失し、「太陽学校」は幻の映画となってしまう。

前掲の新聞記事によれば、主人公の少年が立派な軍人となり殊勲を立てるなど、軍国主義的な要素も垣間見られるが、当時の時代性を鑑みればそれもやむを得ない仕儀であったろう。

新二が本当に描きたかったのは、学校生活が暗さを増していく中で、「太陽学校」という題名が象徴するように、太陽の如く輝き希望に満ちた生徒と教師達との交流の姿だったのではないかと思う。

原作賞の賞金一千円は小さな家一軒買うことのできる程の金額であったと、後年キミはよく言うことがあった。昭和十五年の物価を見ると、米十キログラムの値段が三円三十銭、大卒初任給が七十五円から八十円であり、ここから類推すると当時の千円は今でいうと百万から二百万円程度というところであろうか。キミの喜びもひとかたではなかった。

しかしながら獲得した賞金は、太平洋戦争と終戦後のインフレーションで貨幣価値が百分の一程度に暴落してしまい、最終的には郡山から福島への引っ越し費用などで使い果たしてしまうことになる。

新二は金銭に関してはつくづく縁のない人間であった。

新二は「教育経営」と「太陽学校」とそれぞれ表現方法は違っても、自分が理想とする学校教育の姿を描いて見せたのではないかと思われる。幸いにしてどちらの作品も賞をとり高い評価を得たが、その教育理念が現場で生かされることはなかった。皮肉なことにそれから時を置かずして学徒動員などが始まり、正常な学校教育の機能は完全に停止されていくことになる。

◇　◇　◇　◇　◇　◇　◇　◇　◇　◇　◇　◇　◇　◇　◇　◇　◇

新二は休みの日や仕事を終えて帰宅した後、子供達に物語を語って聞かせることがあった。「病む」などの自作の詩を、解説を加えながら語ることもあった。新二の語り口には独特のリズムがあり、話を聴いているとその情景が目の前にありありと浮かんでくるようだった。

子供達を寝かし付ける時には、「げんげ草」の歌を子守歌に唄った。

げんげ草はレンゲ草とも呼ばれ、春先に淡いピンク色の小さな花を咲かせる可憐な花である。化学肥料が普及していなかった時代、この草が緑肥となることから、水を抜いた後の水田や畑などに植えられることが多かった。一面がピンク色に染まったげんげ畑の中で、春の暖かい陽ざしを浴びながら、子供達は花を摘んで遊んだ。

「げんげ草」の歌は北原白秋の詩に中山晋平が曲を付けた童謡である。郷愁を誘う歌詞と哀愁のあるメロディが、どこか物悲しいような情景を胸の中に映し出す。子守歌を聴いていると幼な心にも甘く切ない想いに胸が疼き、いつの間にか眠りの中に吸い込まれていくのだった。

げんげ草

北原　白秋

ねんねのお里の　げんげ草
ぽちぽち仔牛も　遊んでる

牧場の牧場の　げんげ草
誰だか遠くで　呼んでいる

ねんねのお里は　よい田舎
ねんねのお汽車で　下りたなら
道は一筋　田圃道
藁屋に緋桃も　咲いている

ねんねのお守りは　いやせぬか
ちょろちょろ小川も　流れてる
いつだか見たよな　橋もある
小籔のかげには　閻魔堂

ねんねのお里で　泣かされて
お背戸に出て見た　げんげ草
あのあの紅い　げんげ草
誰だか遠くで　呼んでいる

現在でも川俣町では、この「げんげ草」の歌が町民に広く親しまれている。町で開催される様々なイベントにおいても「げんげ草」の歌が歌われることがある。

新二の二女照子には、新二が川俣尋常小学校在任中に「げんげ草」の歌を生徒達に教えていて、それが町に広まったのではないかというおぼろげな記憶があった。子供の頃のあやふやな記憶であり照子にも確証はないようであったが、もしそれが事実であれば、この童謡の川俣町への普及に新二も一役買っていたのかもしれない。

学校で教える唱歌も軍国主義賛美の歌が中心となっていった時代に、教室で生徒達に「げんげ草」を歌わせている新二の姿を想像すると、いかにも新二ならばありそうなエピソードだと思えてくる。

◇　◇　◇　◇　◇　◇　◇　◇　◇　◇　◇　◇　◇　◇　◇　◇

川俣の自宅でくつろぐ新二一家。子供は右からヤス子、吟子、照子

川俣町で暮らしていた六年間は、新二一家にとって、家族も一つにまとまり生活も安定した最も幸福な時代であったかもしれない。

昭和十五年、新二は郡山市に転任となるが、その翌年太平洋戦争が勃発する。

郡山市は陸・海軍の部隊が配置され、多くの軍需工場を抱えるなど、県内では最も危険な地域であった。

第十一章　弾圧の嵐

昭和十五年三月、新二の郡山市への転任に伴い新二一家は郡山市に転居する。新居は麓山公園に近い壇ノ越であり、その後しばらくして虎丸町に移り住んだ。

郡山市は福島県のほぼ中央に位置し、東京から青森方面への南北の交通網と太平洋と日本海を結ぶ東西の交通網が交差する交通の要衝であった。

郡山市の発展の礎を築いたのは、明治期の国営安積開拓事業である。もともと水利が悪く不毛の土地であった安積原野に、猪苗代湖から山を越え総延長五十二キロメートルの安積疏水を三年間の月日を費やして開削し、これによって安積原野は肥沃な土地に生まれ変わる。開拓のために全国から失業士族が入植し、二千人を超える人々が郡山に移住した。また安積疏水は水力発電による電力の供給源としても活用され、農業のみならず、製糸業を始め機械・化学工業などの製造業も盛んになっていった。

戦災前の郡山駅前通り（『郡山の歴史』より）

しかし、太平洋戦争が開戦となると次第に軍需関連産業への移行が進み、陸・海軍の部隊も配置されていた郡山市は、昭和十九年には「軍都」の指定がなされることになる。国策として二本の軍用道路が建設され、そのうち安積橋・上亀田線は現在は「うねめ通り」と称されているが、今でも「軍用道路」と呼ぶ人も多い。

◇　◇　◇　◇　◇　◇　◇　◇　◇　◇　◇　◇

新二の郡山市での勤務先は郡山商業学校であった。

郡山商業学校は昭和十九年には、戦時教育体制への要請から郡山工業学校へと転換する。終戦に伴い昭和二十一年に郡山商工学校となるが、翌昭和二十二年には再び郡山商業学校と郡山工業学校に分離される。現在の県立郡山商業高等学校と県立郡山北工業高等学校の前身である。

また新二は郡山高等女学校（現郡山東高等学校）、金透青年学校なども兼任することとなった。

若い男性教員の数は全国的に不足しており、仕事は多忙だった。

小学六年生と二年生になっていた新二の長女ヤス子と二女照子は、四月からは市内で最も歴史の古い金透尋常小学校に転校した。

翌昭和十六年には国民学校令が公布され、全ての小学校は国民学校に改編されることになる。これによ

郡山商業学校の教え子達と

り、金透尋常小学校も金透国民学校と改称される。

国民学校は初等科が六年、高等科が二年で、義務教育年限が八年とされた。教科も初等科では国民科、理数科、体練科、芸能科となり、高等科においてはこれらの学科にさらに実業科が加えられた。国民学校においては「銃後の守り」、「戦意高揚」、「体力増進・心身鍛錬」などの実践が求められるなど、戦争遂行の目的に沿った教育が行われていくようになる。

新二達が郡山に転居した翌年の昭和十六年十二月八日未明、日本軍はハワイオアフ島の真珠湾にあったアメリカ海軍基地と太平洋艦隊を奇襲攻撃する。太平洋戦争の幕開けである。

新二は宣戦布告の詔書を、郡山商業学校で全校生徒と一緒にラジオで聴いた。

◇　◇　◇　◇　◇　◇　◇　◇　◇　◇　◇　◇　◇　◇　◇　◇　◇

当時の郡山商業学校での学生生活について、昭和五十四年に発行された『創立六十周年誌』には次のように記されている。

通学の制服として、昭和九年入学生までは冬服は黒、夏服は霜降りであったが、十年度入学生から冬、夏共にカーキ色（国防色）一色となった。靴は編上靴で、靴下は白木綿の軍足、革の背嚢でゲートルをつけねばならなかった。最も戦争が激しくなり物資が不足するようになってからは、下駄にゲートルを巻いて通学した。ズボンに折目をつけようものなら配属将校からドヤされた。帽子ははじめ丸帽だったが、十五年入学生から戦闘帽に変った。教師に道で逢ったときには停止して挙手の敬礼。上級生に対しては必ず挙手の敬礼を強いられた。

十三年頃から体操の授業は大幅に変ってきた。およそ球技と名のつく運動は正科の授業に取り入れられず、代って徒手体操、正常歩行進などが強調されていった。太平洋戦争勃発後は「戦場競技」と呼ばれる、軍事色豊かな競技が課せられた。城壁登り、手榴弾投げ、土嚢運搬、空中展開など実践で役立つ基礎体力の養成、基礎技術の修練に専念させられた。

また生徒の訓育面も大層厳しかった。飲食店（普通の食堂でも）に入ること、映画を見ることは厳禁で、破った時は即時家庭謹慎を命じられた。


新二も「軍事教練の或る回想」の中で回想している。


（前略）ワセダを卒業すると、小・女学校などの教職を経た後、男子実業校に転任したが、そこで私は第二師団管下随一の軍教校の実情を体験し始めることとなりました。昭和十五年から進行します。軍教を受けた身が今度は軍教を課す学校側に私の位置があるわけで、コペルニクス的転換です。この実業校には配属の現役中尉と教練教師将校の二人ですが、この配属の現役中尉は特進上りのバリバリ、指揮指導が抜群なので数年後には陸軍少佐となって、第二高等学校（旧制）配属の乗馬組将校へ昇進していったのですから、推して知るべし。

（中略）

軍教の時間には必ず編上靴の使用が要求され、登校下校にはゲートル着用、ランドセル背に、挨拶は挙手とする。室内作法は兵舎管内のに準ずる。といった生徒規律服装が軍教と相まって徹底させられました。

国民学校の教員でも、必要とされた一部の者については召集延期の措置がとられていたが、新二は自由主義者と目されていたため、いつ召集令状が来てもおかしくない状況であった。しかし、若い頃に結核に罹患していたことが幸いし、徴兵検査では甲種合格にはならず、結局終戦まで召集令状が来ることはなかった。

新二は強いジレンマを覚えていた。

軍国主義教育や軍事教練を人一倍嫌っていた自分が、今度はそれを逆に教える立場、教えなければならない立場になっている。しかしそれを拒否すれば、教師を辞めるか反国家思想者として取り締まられるしかない。新二は思考を麻痺させ、心に蓋をするようにして毎日の教師生活を送っていた。

それでも、そのような新二の心情は周囲に隠しきれるものではなかった。同じ「軍事教練の或る回想」で、次のように書いている。

　それは戦後、当時の校長さんからの述懐によれば、配属将校が校長室へ入ってきて（軍刀を撫したかどうかは不明）……「高橋は何か自由主義者らしいので要注意です」と申し渡したそうナ。配属将校からも睨まれておったのでした。

◇　◇　◇　◇　◇　◇　◇　◇　◇　◇　◇　◇　◇　◇　◇　◇　◇　◇　◇　◇

社会主義運動の波は大正期から次第に高まり、昭和初期には、福島県の各地で労働争議や小作争議が発生するなどピークを迎えていた。しかし一方で社会主義運動に対する国の弾圧も次第に強まりを見せていた。

昭和五年、福島共産党事件が起こり県内各地で共産党員ら六十五名が検挙される。

昭和七年には、全農全会派福島県連合会などの関係者が検挙、翌昭和八年には、日本労働組合全国協議会福島地区協議会の関係者が一斉検挙となる「三・一一」事件が起きる。

『丘陵詩人』の同人であった土屋昇は福島地区協議会の通信部を担当していたが、三・一一事件で検挙、懲役三年を求刑され、懲役二年執行猶予五年の判決を受けている。検挙された活動家達は官憲からの厳しい追及により転向を強いられ、土屋もこの時転向を誓わざるを得なかった。

以後も社会主義運動に対する弾圧は一層強化され、昭和十年頃には社会主義運動はほぼ壊滅状態に陥っていく。

教育の現場においても思想弾圧の嵐が吹き荒れていた。生活綴方教育に対する弾圧である。

生活綴方運動は、子供が自身を取りまく生活環境を見つめ直し、自分自身の言葉で具体的に表現させようという教育運動であったが、子供が現実を直視することが社会への問題意識を生み、反国家的な思想に結び付きかねないとの考えで、国は全国的な取締を行ったものである。

太平洋戦争が開戦となる一か月前の昭和十六年十一月、福島県においては関係者の一斉手入れがあり、数人の教員が検挙される。検挙された教員の中には梁川小学校で教鞭を執っていた大友文樹もいた。

ちなみに、東邦銀行の設立株主総会が開催されたのは同年十一月一日のことであり、大友は戦後教員に復職することなく、この東邦銀行に勤務することになる。

この事件の経緯を新二は「私記あれこれ」の中に記している。生活綴方運動の関係者の検挙日を「十二月十二日」としているのは新二の記憶違いであろう。

昭和十六年十二月十二日。大東亜戦争勃発から四日目、全国的な一斉検挙が行われました。反政府的な分子はこの際一掃しようというねらいでした。これは大変な弾圧でした。理不尽としかいうほかないのです。多くの教員や文化人が捕えられ、はては戦地の出征兵まで検挙されています。そして数十日留置した上で釈放しているのです。その為に多くの人が職場に戻ることができなくなりました。要注意人物ということを世間に告げたわけですから……。

（中略）

福大附属の佐藤先生は教室から拘引され、梁川校では、大友・赤坂の両先生が拉致されました。郡山では今泉先生が逮捕、その他の地にも数えることができます。

綴方事件―つまり詩人の百田宗治指導の生活綴方派の教員たちが全国的に被害者となった有名な事件でした。有罪とする根拠もなく、ただ職場から追放するための不当なものでした。

不意に先生は教室から連れ去られ、毎日顔を合わせていた可愛がった子たちから切り離された時、児童も先生たちも胸中はどんなだったでしょう。

昭和十六年十二月十二日は太平洋戦争が開戦して四日目となる日であったが、この日の朝、新二は特別高等警察の家宅捜索を受ける。数人の刑事達が家の中を隅から隅までひっくり返して、多数の本や手紙などをリヤカーに積み込み押収していった。

新二の子供達は目の前で何が起こっているのかも理解できずに、キミと一緒に部屋の隅に固まっていた。新二も本や資料が家から運び出されるのを、なすすべもなくただ見守っているしかなかった。

この時の出来事は「軍事教練の或る回想」の中に書いている。


昭和十六年十二月十二日朝、ドヤドヤと特高警察たちが玄関から入って来て、家宅捜査をやり、いかがわしい（?）本や手紙などを押収し、リヤカーに積んで帰っていった。米英へ宣戦布告してから四日目でした。

私は中学教師（今の高校）だったので、例の綴方事件にも全協関係にも無関係なので、何の理由でこのような処置を受けたのか、理解できませんでした。

数日経って判ったが、ある組織関係の教師たちは、戦争前線にまで及んで、全国的に逮捕拘禁されたのだった。そして私は自由主義者として取締られるということだった。漠然とした理由である。このような目に遭った人は他にも多くあった筈だが、まさに半信半疑の嫌な目にあったわけ。戦争の影はこうして理不尽に総ての上へ何時の間にか覆い被ぶさってくるのでした。

◇　◇　◇　◇　◇　◇　◇　◇　◇　◇　◇　◇　◇　◇

戦時体制になると国による言論統制も次第に厳しくなっていった。新聞についても新聞社による自主的な統合が進められていったが、太平洋戦争が開戦になると間を置かずして新聞事業令が公布され、「一県一紙」の指示が出される。翌昭和十七年には統制団体として日本新聞会が設立され、全国において新聞統制が完成することになる。

福島県においても、昭和十六年に『福島民友』が『福島民報』に統合され、県内における新聞は『福島民報』一紙となった。

昭和十五年十二月三十一日の『福島民報』には、福島民報社と福島民友新聞社の合同の社告が挿み込まれている。

両社合同社告

今般福島民友、福島民報両新聞は時局の重大性に鑑み言論統制、用紙節約の國策に順應、一縣一社の實現を期して率先合流合同陣容を整備強化し、以て新聞報國の使命達成に邁進する事と相成り候間愛読者各位の一段の御支援御愛顧を賜り度御披露旁々此の段謹告仕り候

昭和十五年十二月卅一日

福島民友新聞社

福島民報社

時局を鑑み、以前から新聞には文芸欄などは見られなくなり、文学作品を発表する場はなくなっていた。さらに戦火の広がりにつれ、新聞記事は戦況報告一色となっていく。

◇　◇　◇　◇　◇　◇　◇　◇　◇　◇　◇　◇　◇　◇　◇　◇　◇

こうした状況の中、新二は『郡山詩人懇話会報』に発表の場を得て、一編の詩を掲載している。若干月日は前後するが、太平洋戦争開戦三か月前の昭和十六年九月のことである。

この時のいきさつについては、『街こおりやま』の昭和六十一年二月号に掲載された「郡山の人脈〜文化篇文学」という連載記事の中で、「こおりやま文学の森資料館」の初代館長も務めた文芸評論家の塩谷郁夫氏が詳しく書かれているので、内容を要約しながら写させていただく。塩谷氏も郡山商業高等学校の三十一期生であり、昭和二十七年に同校を卒業している。

昭和十五年に大政翼賛会が結成されると、あらゆる組織・運動が否応なく翼賛運動に組み込まれていった。文化活動についても例外ではなかった。

郡山市においては翼賛運動の傘下団体として郡山翼賛文化協会が結成され、その学芸部第二回例会において郡山詩人懇話会の設立が提案された。設立の動機については、「郡山の詩人の質的向上」と共に「純粋な愛国的熱情を培養させ、国家の大理想の建設に、詩人の立場から微力ながら協力したい」との内容が挙げられている。この例会の席上で懇話会設立に向けた委員が決定され、新二も委員の一人となった。

昭和十六年七月二十日、郡山詩人懇話会の結成式が開催された。会則の決定、常任幹事の推薦などがあり、新二は常任幹事に推薦される。

郡山詩人懇話会の会報である『郡山詩人懇話会報』の創刊号が発行されたのは昭和十六年九月二十五日のことである。この創刊号に新二は「力」という詩を掲載した。

力

力とは何か
力の詩《わざ》とは何か
あゝ　待つこと　久し　三十年
意志は愈々固く
意気は倍々強い
眼光鋭く万象を射て
直観よく真理を把握す

力とは何か
力の芸《わざ》とは何か
人を怖れず
既に万巻の書を抑へ
理路井然　聖者の如く
矛盾なき清禅に座るか

力とは何か
心の王座か魂の花星か

あゝ　待つこと　久し　三十年

この詩について塩谷氏は次のように書いている。

高橋は詩と芸ということに心をむけているのです。時代の激動の中にいて、自分の存在と個性を守ろうとしているのだと思われます。暗い戦時下の絶望的な社会状況の中で文学─詩の根源を追求することは己れ自身の存在を守る闘いでもあったのでしょう。

軍国主義の流れの前に、詩は無力であった。詩が、また文学が、世の中を変革する力を持っていることを信じ詩作を続けてきた新二であった。この暗い社会情勢を払拭するような力を持ちたいと思いながら、自分に未だそのような力がないことも分かっていた。

それでも新二は詩の力を信じたかった。

◇　◇　◇　◇　◇　◇　◇　◇　◇　◇　◇　◇　◇

開戦当初日本軍はマニラ、シンガポール、ジャワ島などを次々に占領し、戦況を優位に進めていった。しかし昭和十七年六月のミッドウェー海戦で、空母四隻、航空機約三百機を失う大敗を喫し、これを転換点にアメリカ軍の反撃が本格的に行われるようになっていく。

第十二章　朝　鮮　行

明治四十三年、大日本帝国は大韓帝国を併合し朝鮮総督府の統治下に置いた。日本による朝鮮半島の統治は、日本が第二次世界大戦において敗戦となる昭和二十年まで続くことになる。

これにより朝鮮は日本の領土の一部となったが、本土が「内地」という位置付けにされていたのに対し、朝鮮は台湾などと共に「外地」と呼ばれていた。朝鮮に渡航するためにはパスポートは不要だったが、渡航許可が必要であった。

◇　◇　◇　◇　◇　◇　◇　◇　◇　◇　◇　◇　◇　◇　◇　◇

「ドボルザークの弦樂四重奏をきくと、私はいつも、朝鮮を旅した日の夕暮れが目にうかぶ」新二はそう書いた。

新二は第二次世界大戦中に朝鮮半島を旅行している。ただし、その詳細については不明な部分が多い。新二が朝鮮旅行について書いたものは随筆と小説がそれぞれ一編しか残っていないからである。

新二はこの時の朝鮮旅行についてあまり人に話をすることもなかったが、時々思い出したように、朝鮮の女性の美しさを語ることがあった。真っ白い民族衣装に身を包んだ女性達の清らかで涼やかな姿は、新二に強い印象を残したものと思われる。

新二が朝鮮に渡ったのは、昭和十六年から昭和十七年の間であると推測される。義兄の池川純平が日本勧業証券京城支店の支店長として京城に単身赴任していたのがこの期間であり、恐らくは純平の誘いによるものか、あるいは純平を頼っての旅行だったのであろう。昭和十六年十二月には太平洋戦争が勃発し、新二も特別高等警察の家宅捜索を受けるなど社会情勢が不穏さを増していったことを考えれば、渡航の時期は太平洋戦争の開戦前であった可能性が高いと思われる。

また、新二は随筆の中で「京城の夏から、平壌の秋へかけて、訪花随柳の旅」に出たと書いており、小説の中でも「八月中洪水を追つたり、嵐に追つかけられたりした半島の旅」と記していることから、昭和十六年八月頃の旅行だったのではないかと考えている。この時期新二は郡山商業学校で教鞭を執っていることから、夏休み期間などを利用した旅行だったものなのか、その辺りについても詳細は不明である。

新二の朝鮮旅行を証明する一枚の写真が残っている。新二と軍服姿の二人の男性が写っている写真である。写真には手書きで「北鮮」と書かれているが、撮影場所もよく判らない。

朝鮮旅行

◇　◇　◇　◇　◇　◇　◇　◇　◇　◇　◇　◇　◇　◇　◇　◇　◇　◇

二つの作品から、この時の新二の朝鮮での足取りを辿ってみたい。

新二が朝鮮旅行について書いた随筆の題名は「京城と平壌の夕暮れ」という。

この作品は当初『福島民報』に掲載されたが、紙面の都合でかなり内容が削られたため、改めて編集される前の完全版をほかの雑誌か新聞に発表し直したものである。著者の手元には完全版の随筆の切り抜きしかなく、何に掲載されたものかはまだ確認できていない。

内地から朝鮮までの行程については書かれていないが、「京城と平壌の夕暮れ」によれば、新二はまず京城府に滞在した。現在大韓民国の首都ソウル特別市となっている京城府には朝鮮総督府が置かれ、歴史的な建造物などがいくつも点在していた。

新二が京城に着いた日、時刻は既に夕暮れ近くになっていたが、新二は手始めに京城ホテルを見物した。京城ホテルは、日本の朝鮮総督府が迎賓館機能も兼ねて整備した朝鮮初の西洋式ホテルであり、地上四階、地下一階のレンガ造りの建物だった。昭和五十六年にアメリカのウェスティンホテルズと提携し、現在はウェスティン朝鮮ホテルとなっている。このホテルには昭和五年に横光利一も宿泊しており、新二には横光の泊ったホテルを見てみたいという気持ちもあった。新二は随筆に、「東洋一だというこのホテルの涼しいバルコンの床しい辺りに見事な京人形が飾られてあつた」と記している。

新二は義兄純平の家を拠点にして、翌日以降昌慶宮、景福宮などの旧跡を巡り歩いた。

咸寧殿のぼたんと睡蓮とおし鳥、昌慶苑の秘園徳壽宮の石造殿、南大門の大屋根や東大門の檣壁などを、汗の拭う暇もなく歩きまわつている私のそばを、眞つ白い朝鮮服に黒いレースを打かけた女性が、さも涼し氣に、幾人も通りすぎた。

なかでも、景福宮の草しげる路の果、北岳山の麓、清池を前園としている慶会樓の棟下に身を休めていた一時を忘れることができない。

池の向うを水に映しながら、草の蔭を花にちらつきながら、慶会樓の數多の大柱に見え隠れ、うつろい去つてゆく白衣の淸らかさ。

こうした風情は平壌でも見られたが、平壌の光色は絵のようだつた。

牡丹台から乙密台、浮碧樓から清流亭、またその足下を洗つて平壌平原を流れ去る大同江、この辺り東洋名代の景観のうちに、數刻を樂しむ人たちをみては、私は大いに羨んだ。

博物館で二千年前の彩文・漆筐・玉・鏡などをのぞき、誘れるままに、青年の案内で、樂浪古墳の内部に入つた頃には、はや初秋の風が北の匂いを運びつつあつた。

京城に数日滞在した後、新二が次に向かったのは、現在は朝鮮民主主義人民共和国の首都となっている平壌だった。しかし平壌については、「アカシヤの群木美しい古都平壌」、「京城にくらべてはあまりにも静かな平壌の夕暮れ」程度の記述しかない。取り立てて観光して歩くような場所はなかったのであろうか、旅館の一室でビールを飲みながら平壌栗を食べたことなどが記されているだけである。

「その後、裏朝鮮へあてどのない旅路に上つて以來、京城も平壌もついに私は知らない」という文章でこの随筆は締めくくられている。

◇　◇　◇　◇　◇　◇　◇　◇　◇　◇　◇　◇　◇　◇　◇　◇　◇

平壌以降の「裏朝鮮」への旅路については、小説の形で書かれている。

この小説は、昭和二十八年に『福島評論』に発表した「睡遊」である。第十六章でも記述するが、この小説は「チャンホランの幽霊」の前日譚として書かれたものであり、主人公が恋人のリリを捜して朝鮮を旅するという話である。

小説の形態はとっているものの、主人公の「私」の行動は新二自身の行動がほぼそのまま描かれているものと考えて間違いないだろうと思われる。

小説は主人公の「私」が咸興から順川に向かう平元線の汽車に揺られている場面から始まる。「私」は北鮮の咸鏡南道の北部にある赴戦江ダムを訪れた後、咸興に滞在し、全ての旅程を終えて内地へ向かう帰路の途中である。

赴戦江ダムは赴戦高原に位置し大発電量を有する発電用ダムである。ダムの完成により、南部の咸興の海岸沿いに一大工業地帯が形成されていた。また「私」の向かっている順川は、平安南道に位置し平壌からもそう遠くない市である。

平元線の車中で夕暮れも近い時間となってしまったため、「私」は今日中に順川まで行き着くことを諦め、石湯温泉で宿泊するために途中下車する。小説では、「私」と同じ車両に乗車している訳あり気な女性が登場する。小説では、「私」はその女性の動向が気に掛かり、女性の後を追って途中下車するという筋立てになっているが、この辺りについては実際の体験に基づいたものであるかどうかは不明である。

「私」は石湯の駅で降りて、駅から木炭車の乗り場まで坂を下っていく。

（前略）自動車の乗り場に行つて夕闇のせまつた空気の冷たさを感じながら今下つて来た急坂を振り仰ぐと数百尺の断崖の上に、鳥のように石湯の駅は休んでいた。幾万年の間、絶えず地肌をすり下げていた川底に、私達は立つていた訳である。右も左も草木一本もない、赤土の壁でふさがれ、前後だけが一条の天によつて、それでも明るい空間の隙を作つていた。

「私」と女性を乗せた木炭車は、山を登り下りしてようやく石湯温泉に到着する。温泉に着いた時にはもう十九時過ぎになっていた。温泉では、深い霧のように湯煙が立ちこめ、周りが見えない程であった。

「私」は女性の動静が気に掛かりながらも、木炭車の停車場で女性と別れる。その夜の宿を探していると子供の客引きが現れたため、「私」はその子供に付いていくことにする。

石湯温泉は、自動車のつく辺りの数軒と、其処から下へ降りた所の大きな岩石の上にある三軒ばかりの宿屋が、寂しい部落をつくつている所だつた。下つてゆくにつれて、温煙が益々濃くなつて来るのを考えれば、谷は湯の川なのにちがいがない。

宿と言つても、部屋は三つとない。子供の案内に委せて泊ろうとした私の宿は、驚いたことに一つしか部屋はないのだから、こんな夜は初めてになるだろう。しかも、その部屋は廊下より一段低く、明りはラムプだけで、出入口も僅か三尺の破れ障子一枚なのだから、その入口一つに私の生命がかか

っているのと、何の変りもないのだつた。（後略）
夕飯の膳は「どれもこれも朝鮮松茸を料理したものばかりで、松茸のないのは飯だけ」だった。「私」は偶然に、宿の主人からリリの消息について僅かな手掛かりを聞き出すことができ、内地に帰ろうと決心するところで小説は終わっている。

◇　◇　◇　◇　◇　◇　◇　◇　◇　◇　◇　◇　◇　◇　◇　◇　◇　◇

二つの作品から読み取ることができた新二の朝鮮半島での足取りは、以上のようなものである。新二の朝鮮渡航は観光が目的であったろうが、小説に出てくる「リリ」に最も人格を投影していると考えられるのは「竹夫人」であり、朝鮮に渡ったという「竹夫人」の消息を追ってみたいという気持ちも新二には少なからずあったのかもしれない。

新二はこの朝鮮旅行中にも何編かの詩を作ったと書いている。しかし残念ながら現在残されているものは確認できない。帰国して間もなく家宅捜索に遭い、詩の原稿なども押収されたのであるとすれば、新二の渡航時期が昭和十六年であったという推測とも辻褄が合うように思われる。

◇　◇　◇　◇　◇　◇　◇　◇　◇　◇　◇　◇　◇　◇　◇　◇　◇　◇

昭和二十年太平洋戦争の終結により朝鮮が日本の統治下から離れると、三十八度線を境に北部ではソ連が、南部ではアメリカがそれぞれ軍政を敷いた。朝鮮半島南北分断の始まりである。

昭和二十三年に朝鮮民主主義人民共和国と大韓民国が共に独立を果たすが、昭和二十五年、朝鮮戦争が勃発する。

新二は美しかった京城や平壌の街並みを想って、胸を痛めた。

第十三章　戦火の下で　～マリ子の死

昭和十八年、戦局は悪化の一途を辿っていた。

五月、アッツ島守備隊が玉砕、十一月にはマキン島・タラワ島の守備隊が玉砕する。

昭和十九年になると、六月にマリアナ沖海戦で空母三隻、航空機四百機を失う大敗となる。七月には、三月から開始されていたインパール作戦で歴史的敗北を喫し作戦の中止が決定し、またサイパン島守備隊が玉砕する。十月のレイテ沖海戦では艦隊と航空機の大半を失い、日本海軍は壊滅状態となった。

戦争の拡大に伴い、全国で町内会や隣組が組織されていった。新二達も隣組に編入され、防空訓練、勤労奉仕などにも参加させられた。

外出する際には、男性は国民服に帽子を被り、足には編上靴にゲートル、女性はもんぺに地下足袋と防空頭巾といった服装だった、

また様々な物資が欠乏し、庶民の生活にも大きな影響を及ぼしていた。新二達も食糧不足には悩んでいた。「太陽学校」の映画原作賞で得た賞金はあっても、そもそも買える物自体がなかった。

この時期の食糧事情については、平成十六年に郡山市が発行した『郡山の歴史』に詳しいので、一部引用する。

（前略）郡山市では十六年八月から米・麦の主食は配給制となった。米は一日、一人二合三勺と定められた。二十年の終戦後は二合一勺となった。はじめは、七分搗きだった米が、十七年の秋から五分搗きとなり、十八年からは二分搗きの黒い米にかわった。そのほか、押し麦・とうもろこし・どんぐりの粉などの雑穀が混入され、馬鈴薯・うどん・乾パンなどが配給された。

すでに、十五年六月には、砂糖は切符制となり、一カ月一人半斤とされ、十六年からは、魚・味噌・醤油・食用油・酒などが統制品となった。郡山市内には、「贅沢は敵だ」、「買いだめは敵だ」などのポスターが街角にはり出されていたが、食糧統制の強化は、かえって闇取引を生み、白米は「銀めし」とよばれ、米の闇値は高騰した。

十九年ごろには、たばこも隣組を通じて配給され、しかも、バラで一日一人六本に限定された。当時、いたどりなどが、たばこの代用品として用いられ、自家製巻たばこが流行した。酒類は、十七年頃は、月一家庭一升、正月には特配があったが、十九年になると、清酒にかわって焼酎や合成酒が配給された。闇酒、自家用ドブロクもあらわれた。しかし、一般には入手困難であった。

（中略）衣料品の不足は、食糧品に劣らず市民を苦しめた。「純綿」という言葉が流行したが、貴重なものを指す代名詞とさえなった。十七年からは、衣料品は切符制となって、購入制限をうけた。都市では、一年間に一〇〇点（背広五〇点・手ぬぐい三点など）であったが、十九年からは半分の五〇点となった。

こうした戦時下の暮らしの中で、新二一家を大きな悲劇が襲う。

◇　◇　◇　◇　◇　◇　◇　◇　◇　◇　◇　◇　◇　◇　◇　◇　◇

昭和十八年八月十一日、四女マリ子が三歳の短い命を終える。満四歳の誕生日を翌月に控えての出来事だった。

マリ子は性格が素直で、また可愛い盛りの年頃でもあり、新二夫婦からも姉達からも可愛がられていた。季節はちょうど夏の暑い盛りだった。マリ子は自転車に荷台を付けたアイスキャンディ売りから小豆のアイスキャンディを買って食べたことが原因で、疫痢に罹患したのである。

疫痢は最近では殆ど見られなくなった病気であるが、当時は小児に多く発症していた。赤痢の一種であり、高熱、下痢、嘔吐、痙攣などの症状が出て、進行も早く死亡率も高い病気であった。

新二の死後、遺品の中から「マリ子死す」と書かれた封筒が見付かっている。封筒の中には、マリ子が死ぬ前後の様子を詠んだ三十二首の短歌を記した原稿が入っていた。原稿の冒頭に「戦争中だった」と書かれていることから、当時書きためていた歌を終戦後にまとめたものではないかと思われるが、新二は生前誰にもこの原稿を見せていなかった。

原稿には、溺愛していた愛娘の死に臨んだ新二の哀切極まりない歌が並んでいる。

高熱を出したマリ子のために氷枕を探して、新二は真夏の街の中を走り回る。

街中を狂いまわるも　氷枕売る店なきは不幸の兆《きざ》し

ようやくに　知人の許より氷枕借り得て急ぐ熱き街中

苦しむマリ子の姿を前にして気持ちはあせっても、新二達にはただ側に付いている位しか、してやれることはなかった。渇きを訴えるマリ子の口に、新二は氷を小さく噛み砕き、含ませる。

呑み易く氷を噛みて子の口へふくめば　血も見ゆ吾れの唇より

生と死の闘《たたかい》なるべし　小さき手を虚空へのばすその状《さま》哀れ

医者もできるだけの手を尽くしてくれたが、痙攣の症状が出たら最期だと宣告されていた。キミは片時も離れずマリ子の側に付き添っていた。

怖ろしき痙攣《ひきつけ》来れば終りなり　妻は離れず子の顔窺《うかご》う

生きながら死にいくものらし　何見んと皆寄り添うに瞬《まばたき》もせず

普段何気なく付き合ってきた隣人の深い情愛に初めて触れる。

常々はただの人なりと交際《つきあ》うに　極《きわ》にのぞみて助《たすけ》を受けぬ

他人《ひと》の子の臨終《いまわ》によりて泣きやまぬ　親しみくれし隣人《となりびと》なり

マリ子の病状はいよいよ重篤になる。別れの時が近付いてきたことを知った家族の行き場のない悲しみ。

子の疫痢険《けわ》しくなれば　家族皆わが呼ぶ声に一度《いちど》に起きぬ

心のみなおも生きるか　苦しげにマリ子は唇《くち》を母へと寄せる

神様へ皆救みしに　マリちゃんよなどて死ぬぞと姉たちすがる

眠りいく末妹《ばっち》をかこみ姉たちはワッと泣きだす　別れを知って

妻の実家からも祖父達が孫の顔を一目見んと、遠方から駆け付けてくる。

死目にも孫に会わんと　異郷より祖父ら駆けつけことば発せず

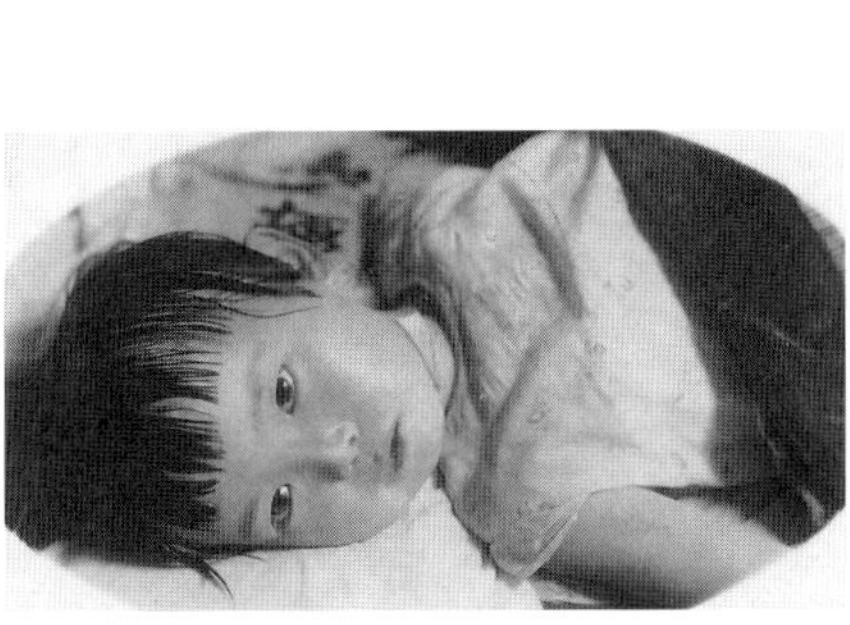

死の床に臥すマリ子

マリ子の臨終は午後三時十五分であった。キミやマリ子の姉達は泣きながら、マリ子の小さい体にすがり付いた。

いよいよに臨終《いまわ》となりて冷《ひえ》いく子　抱《いだ》ける妻は幸福なるか

マリ子がいなくなってから、毎日新二はぼんやりと夢の中にいるように現実感がなかった。家の中のあちこちには、マリ子が生きていた小さな痕跡が残っている。ガラス窓に残されたマリ子の指の跡を見付けた時、新二はマリ子が死んでしまったことを初めて実感し、かけがえのないものを失った喪失感で、溢れる涙を抑えることができなかった。

夕夕《ゆうべゆうべ》　トンボ釣れずに帰り来し　マリ子の棺にその竿添えぬ

配給のパンが欲しいと強請《ねだ》いいて　一夜で死せばパン間に合わず

背戸見んと日に幾度《いくたび》も攀《よじ》し窓に　指跡小さく汚して死せり

マリ子の遺骨は、秋が近くなった頃に掛田の三乗院に埋葬された。埋葬の際には、郡山まで来ることができなかった親戚達が集まってきた。

マリ子を失った新二の胸には、ぽっかりと穴が空いたようであった。

小さき子がみまかりけるを　世界みな消えたるごとく思うも親か

不幸聞き皆親類は集《つど》い来ぬ　この故郷《ふるさと》にわれも死なんか

今日よりは物など散《ち》らばす子はいずに　部屋の空ろにこの秋近し

夢なるか夢ならざるか　宵毎に目覚《ざ》めてひとり惑うも愚《おろか》

逝きし子がたくみに真似し山嶽の鳴く音《ね》を聴けば　足不図《ふと》とまる

若くして亡くなる人が多い時代だった。新二の父や弟、妹なども若い年齢で死んでいった。詩の仲間だった石川善助や祓川光義も早逝だった。

人を失う悲しみに慣れることはなくとも、それなりの場数をやり過ごしてきたつもりだったが、我が子を失う悲痛は想像を超えるものであった。

しかし、戦火の中で芽吹く新しい命もあった。

翌年の昭和十九年四月、新二に長男が誕生する。長男は重義と名付けられた。新二夫婦にとって初めてとなる男児の誕生であった。

教育の現場は本来の機能を完全に停止しつつあった。

中等学校以上の生徒に勤労奉仕を義務付ける学徒動員は昭和十三年から始まっていたが、昭和十六年には、一年のうち三十日以内の授業を食糧増産、木炭増産などの勤労作業に振り替えることになる。さらに昭和十九年になると年間を通しての動員となり、郡山の学生達は県内のみならず京浜地区の軍需工場へも駆り出されていった。

郡山商業学校においても、高瀬村、豊田村、鏡石村などで農繁期の奉仕活動が行われており、生徒達は昼食に出されるおにぎりを楽しみに参加していたが、昭和十九年には、五年生の保土谷化学郡山工場への動員を皮切りに、四年生の郡山工機部、三年生の浜津鉄工場への動員へと続いていった。

また各学校には学校報国隊が置かれた。福島県においては修練隊と呼称され、昭和十六年の県の訓令により、生徒を集団での勤労や国家奉仕の労務に当たらせるための訓練が行われるようになっていた。修練隊長は学校長で、教職員から選ばれた者が修練隊副長となり、配属将校は本部員となった。

「軍事教練の或る回想」に新二は次のように書く。

◇◇◇◇◇◇◇◇◇◇◇◇◇◇◇◇◇

大きな変化―それは修練隊の編成です。学校としては耳なれない、異様な響きのある、険しいことばです。学校教育一体化（校長・教師・生徒）の大半は崩され、教育運営が軍教的内容に転移されたということです。つまり、工場へ、農村へと純心な生徒たちを狩り立てる学徒動員の基底編成が完成したわけです。それからというものは、上級生になるに従って授業は廃され、ただ工場で働くだけになり、下級生は少くなった授業の外は農村へと出動していったのです。

化学工場へ動員されて戦時化学物質を生産したり、電機工場へ出動しては風船爆弾を製作したり、常時では信じられないような責任を尽していたのでした。そのうち空襲も激しくなって、爆死し果てた哀れな生徒を、私はこの目で幾人も見ることになりました。

軍部の圧力で、政府は学徒動員を修練隊編成によって実現しようと企画したもので、その運営実施については形式上は校長の権限にあったが、実質は政府軍部の命令的なもので、配属将校のより強力となった監督下での運営実施なので、学校の全力集中は修練隊に表現され、その指揮系統は校長即配属将校に統制され、学徒動員はスムースに軍部直接のものとなりました。つまり軍教がいつの間にかそこまで拡大強化されたというわけ。われわれ教師は単なる付添者・連絡係に過ぎなくなりました。工場動員の生徒に対しては僅かな報償金が月々支給されたが、農村出動の場合は無報償でした。


昭和十八年には、大学、高等学校、専門学校などの文科系の学生を対象とした学徒出陣が始まる。新二の教え子達も郡山商業学校を卒業すると、次々と出征していった。予科練（海軍飛行予科練習生）を志願する生徒八名、特幹（陸軍特別幹部候補生）に志願する生徒二名の壮行会が郡山商業学校で行われたのは、昭和十八年三月のことである。

これも「軍事教練の或る回想」から。


その間にも、上級生は卒業も待遠しく、特幹兵や例の七つボタン兵を志願し、続々と前線へ赴きました。すべてが慌しく、思考は遮ぎられ、何んとなしに黙々と、皆んな動かされ、押流されていたのです。もちろん批判も抵抗もない、今更にふりかえって、怖い世相となっていました。

これまた、いつの間にかそうなっていたのです。


昭和十九年には、国民学校初等科三年から六年までの生徒を対象に学童疎開が開始され、郡山市でも磐梯熱海温泉に約八百名の学童が東京から疎開してくることになる。

◇◇◇◇◇◇◇◇◇◇◇◇◇◇◇◇◇

マリアナ諸島を制圧したアメリカ軍は、長距離戦略爆撃機B29の開発にも成功し、日本本土の全域を攻撃圏内に収めることとなっていた。

昭和二十年三月十日、B29による東京大空襲が行われる。アメリカ軍は木造家屋の密集する下町に夜間、焼夷弾による攻撃を行ったことから、帝都の三分の一を超える面積が焼失し、十万人以上の死者、百万人以上の罹災者を出す大惨事となった。


一か月後の四月十二日、郡山市が初めて空襲を受ける。

桜が今にも開花しそうな、空が青く晴れ上がった穏やかな日であった。

空襲は市内の軍需工場を狙ったものであり、保土谷化学郡山工場、日東紡績富久山工場、東北アルミ工場などがB29による波状攻撃を受け、保土谷化学郡山工場に隣接していた国鉄郡山駅や周辺の商店街、民家なども大きな被害を受けた。

昭和四十年に郡山市が発行した『郡山の歴史』には、中町隣組班の当番日誌からの記録が掲載されている。

午前九時五分警戒警報アリ、同五十五分解除セリ、（中略）午前十一時二十分警戒警報発令、同十一時二十五分空襲警報発令、発令ト同時ニ敵機ハ北方ヨリ九機、郡山上空ニ進入、爆弾数発保土ヶ谷工場ヘ投下セリ、約五分後東方ヨリ十一機・十三機・九機・十三機・九機・十三機・十一機・七回ニ亘ル梯団式約五分置キ進入・富久山工場・アルミ工場・保土ヶ谷工場ヲ爆撃及北町付近及方八丁横塚ヲ爆撃、焼土ト化シ戸数約百五十戸以内、敵機延数百三十六機ナリ、郡山市ノ初空襲ノタメ、市民ニ多数ノ被害アリ、軍隊及付近ノ警防団、須賀川・三春・本宮・福島ヨリ応援ヲ受ケ、午後四時頃鎮火セリ、郡山上空進入合計十三回ナリ、鉄道貨物ホーム付近ニモ被害アリ

この時の空襲による死者は四百六十名であり、その中には学徒動員で工場に駆り出されていた学生達もいた。『福島県史』によれば、勤労動員学徒五百人のうち、白河高等女学校（現白河旭高等学校）十四名、郡山商業学校（現郡山商業高等学校）六名、安積中学校（現安積高等学校）六名、安積高等女学校（現安積黎明高等学校）二名、相馬中学校（現相馬高等学校）一名の計二十九名が犠牲になり、そのうち二十六名は保土谷化学郡山工場における被爆であった。

同じ『福島県史』には、保土谷化学郡山工場における被爆直後の生々しい状況が書かれた『女性福島』からの記録が掲載されているので、引用させていただく。

保土ヵ谷に身寄りを案じてかけつけた人達と、負傷者を運ぶ車で、工場前の道路はゴッタがえした。板戸にのせられてかつがれていく負傷者の中に、腹わたのでている人、血の流れている人など沢山あった。死体にだきついて泣いている人、兄弟の名を呼び乍ら、死体をのぞいてまわる人など、わたしの生涯で忘れることの出来ない状景だった。窓のところからみることのできた死体の中に、郡商の生徒の坊主頭の髪の間に、びっしり砂のつまっている死体をみたときは、言葉にいえぬ悲しみとくやしさがつきあげ涙をおさえることができなかった。その隣のムシロの上には、バスケットボールよりひとまわり大きい位の、木の根っこのような真黒い肉塊がおいてあり、名前が書かれてあった。かたわらの土間におかれた死体にかけられた紙が、風でめくれ上り、肉をはぎとられて丁度血管を描いた人体模型のような死体がのぞかれた。白河高女の生徒が三人やられていたとのこと、壕に入る寸前に先生や友だちの目の前で死んだということ、安女の生徒も何人かやられた。この学徒たちは卒業後もひきつづき動員されていた人たちであった。

何の罪もない前途のある若い命が、何故意味もなく絶たれなければならないのか。教え子達の死を眼前にして、新二は何ともやりきれない思いでいた。

保土谷化学郡山工場には、新二も空襲の前までは生徒の監護のため通っていた。

新二はそこで一人の旧知に再会する。生活綴方事件で検挙され学校を追放されていた今泉運平である。「私記あれこれ」で新二は次のように書いている。

保土ヶ谷郡山工場がＢ29によって爆撃されたのは昭和二十年四月十二日であったが、その時期には商業校の生徒たちの監護として、その工場へ私は出かけていて、上記の今泉運平先生とバッタリ再開しました。

二人は本部玄関前に腰を下ろし、「ヒドイ目に遭ったのだから、これからは十二分に自分を大事にせねばならんね……」と語り合いました。この先生、学校に戻れず、この工場に勤務しておったのです。その後、幾回もグラマン機による攻撃を受けましたが、二人とも無事に終戦を迎えたのでした。

この時から約一年後、運命の変転により二人はまた違う舞台で出会うことになる。もちろんこの時点では二人とも全く予想もできないことであった。

◇　◇　◇　◇　◇　◇　◇　◇　◇　◇　◇　◇　◇　◇

郡山市が次第に危険な状況になってくると、新二達も郡山から疎開をし、家族はまたバラバラになった。妻キミは三女吟子と長男重義の幼少の子二人を連れて、月舘の長姉ヒロ宅に身を寄せた。安積高等女学校に通っていた長女のヤス子は学徒動員のため、寮に入り一人郡山に残る。国民学校の初等科を卒業した二女照子は、保原町の東城家に嫁いだキミの次姉キンの家に疎開する。新二自身は、結婚して橋本姓になっていた妹トクの住む福島市の家に身を寄せ、毎日、福島から郡山に列車で通勤していた。この頃トクの夫清蔵は出征中であり、家には不在であった。

余談ではあるが、この頃照子の疎開していた保原町の保原中学校には、昭和十八年に芥川賞を受賞した東野邊薫が勤務しており、東野邊と早稲田大学で同窓だった江戸川乱歩も膨大な蔵書と共に保原町に疎開していた。乱歩の疎開先であった保原四丁目は、照子が身を寄せた東城家からもさほど遠くはなく、照子が乱歩と道ですれ違ったことがあったとしてもあながち不思議ではない。

東京の池川一家と、池川家で世話になっていた母カクも福島へ疎開してきていた。新二の義兄の池川純平は、昭和十六年から日本勧業証券の京城支店長として朝鮮に単身赴任したが、二年間の勤務を終えて東京に戻ってきていたところで空襲に遭った。この頃の事情について『母の土』には次のように記されている。

郡山の私の家へ、池川の長女恭子さんと母が疎開して来たのは、戦争が激しくなった頃です。少時して、二人は福島の、私の妹の家へ越していきました。

そのうち、池川たちが、祖母の家である北町の丸屋へ疎開して来たし、終りには池川の主人（日本勧業証券取締役）も、戦災で焼け出されたり、病も進んだりして、同じように疎開してきた前後は、福島に行ったり、掛田へ行ったりして、母も忙しかったようです。

郡山空襲の後も、日本各地の都市が次々と空襲の被害に遭い、もはや誰の目にも戦争の勝敗の帰趨は明らかだった。

◇　◇　◇　◇　◇　◇　◇　◇　◇　◇　◇　◇　◇　◇　◇　◇　◇

昭和二十年八月六日、広島に原子爆弾投下。八月九日には長崎にも原子爆弾が投下される。

八月十五日には、全国民に向けてラジオで玉音放送が流され、九月二日に日本は降伏文書に調印する。四年に亘る太平洋戦争の終結である。

長く暗い時代が終わりを告げた。

しかし、ようやく訪れた平和な時代の空気に触れることもなく散っていく命もあった。

終戦から僅か二か月後の十月二十五日、新二にとって大切な人が、また一人静かにその生を閉じる。

心臓病が悪化し、福島の県立女子医学専門学校（福島県立医科大学の前身）の附属病院に入院していた義兄の池川純平が死去したのである。陰になり日向になり新二達を支えてくれた、頼りがいのある義兄であった。

享年五十歳、純平の遺骨もまた掛田の墓地に埋葬された。

第十四章　新しい風

昭和二十年、日本の敗戦により太平洋戦争が終結する。
ようやく長かった暗い時代は幕を下ろし、人々は戦災からの復興に向けて歩み出した。しかし、戦後の混乱はまだ続いていた。

空襲により被災した郡山市には、三千人を超える引揚者が外地から戻ってくるとともに、徴兵されていた兵隊達も復員して、一挙に人口が膨れ上がった。また約千六百人の進駐軍兵士も駐留して占領政策に当たっていた。

何よりもインフレーションの進行と食糧不足は深刻だった。『郡山の歴史』には次のように書かれている。

戦争が終わって、市民は衣・食・住に困窮した。そのなかでもひどかったのは食糧不足とインフレであった。市民の主食は戦時中は一日、二合三勺であったが、戦後は一日、二合一勺に減らされた。しかもそれは、米ばかりでなく、豆・麦・小麦粉・乾パンなどの代替配給で、それにアメリカ軍から放出されたトウモロコシなどが加わった。この食糧事情は戦時中より悪化し、敗戦後は極端にひどくなった。そのため、市民は、竹の子生活（皮を一枚ずつはいでいくように、少しずつ売り食いすること）と買い出しによって、なんとかその日その日をしのぐのが精一杯であった。（中略）一方、街頭には闇物資が氾濫し、焼け跡の駅前広場や貯金局前などに闇市が公然と立ちならぶようになった。

空襲を避けるため一時的に福島から郡山に通勤していた新二は、終戦後直ちに住まいを郡山に戻した。この時に母カクも引き取り、郡山の住居では母と学徒動員から戻ってきた長女ヤス子との三人の生活となった。妻と他の子供達は当面疎開先の親戚宅に留まることになった。『母の土』の中で、新二は「四散のわが家を一つだけ減らすことができたわけです」と綴っている。

◇　◇　◇　◇　◇　◇　◇　◇　◇　◇　◇　◇　◇　◇　◇　◇　◇　◇

教育の現場も混乱を極めていた。

終戦後直ちに各学校に対して、アメリカを誹謗する図書、文書は極秘裏に処分するよう指示が出され、玉音放送から二週間後の九月一日から各学校では授業が再開されることとなる。

しかし、昨日まで日本の必勝を信じて疑わなかった生徒達が頭を切り替えるのは容易ではなかったし、またそれを教え込んでいた教師達も忸怩たる思いを胸に抱えながら、これまでと百八十度転換した民主教育を実施していくこととなった。

終戦になっても、まだ学徒の勤労動員は続いていた。逼迫している食糧不足に対応するためであり、生徒達は食糧増産作業に動員されるとともに、学校農園も設置された。

◇　◇　◇　◇　◇　◇　◇　◇　◇　◇　◇　◇　◇　◇　◇　◇　◇　◇

一方、これまで弾圧されてきた労働運動は、終戦に伴い一挙に活発化する事態となっていた。昭和二十年十月、占領軍総司令部は五大改革指令を発し、民主化政策の一つとして労働組合の結成を奨励する方針を打ち出した。この方針に従い日本政府は同年十二月に労働組合法を成立させる。また、戦時中弾圧を受けたり、投獄されていた社会運動の活動家が活動を再開し、労働組合結成の動きは全国に広がっていった。

郡山市教員組合が結成されたのは、昭和二十一年二月のことである。この教員組合の結成に、新二と今泉運平が深く関わることになる。今泉は終戦後、橘国民学校（現橘小学校）に教師として復帰していた。

『福島県教育史』にはその経緯が記されている。

一九四五年（昭和二十年）一二月下旬、郡山市橘国民学校訓導今泉運平の自宅に、元秋田師範付属小学校訓導加藤周四郎が、全日本教員組合（全教）のオルグとしてやってきた。

加藤も生活綴方事件で教壇を追われ、福島県石川町の義兄の会社で働いていた。

たまたま、かつて「新興教育事件」で教壇を追放されていた加藤の知人北村孫盛から、教員組合創設の招請を受けた加藤は、ただちに上京して発起人の同志となった。一二月一日、羽仁五郎を委員長に推す全教（全日本教員組合）の発足である。

（中略）

全教の中央執行委員・東北地方担当オルグとなった加藤は、その最初のオルグ活動として郡山に今泉をたずねたのである。福島県の組合結成の足がかりとして加藤が今泉を選んだのは、今泉が生活綴り方運動に参加し弾圧されたことを知っていたためで、今泉は、連合軍最高司令部の指令によって三年間の教壇追放が解除となり、教壇に復帰した直後であった。

今泉は、「生活綴り方」の経験者ではあったが、組合運動については何も知るところがなかった。これに対し加藤は、組合の必要性を説き、福島県に組合を作るためにまず郡山に教組を結成するようにと熱心にすすめた。

（中略）

一方、市内の労働組合指導者からも今泉に対して組合結成の働きかけがあり、その協力者として安積高等女学校教諭箭内貞を紹介してよこした。箭内は、クリスチャンの家に育ち、戦時中の超国家主義に屈せぬ自由な思想を持った進歩的な女教師であった。

以後、今泉、箭内は、加藤を相談役としてまず発起人グループの構成にとりかかった。そのころ「福島民報」の投書欄に教育革新について熱意と識見を吐露していた郡山女子商業学校教諭北原健夫をたずね、協力を得たのをはじめ、今泉と師範同級の桃見台国民学校訓導今泉直幸を加えて、四人が強力に提携し組合結成に進むことになった。こうして四人は、郡山市内の各国民学校・中等学校を歴訪し、発起人としての同志、また職場の中心者を探し求めた。

今泉は新二にも協力を呼び掛け、新二はその趣旨にすぐさま賛同した。一年前保土谷化学郡山工場で偶然出会った時に、「これからは十二分に自分を大事にせねばならんね」などと話し合ったことも忘れたかのように、二人は精力的に動き回った。

教員組合の結成大会は二月二十一日土曜日の午後一時から、金透国民学校の礼法室で開催された。当日の参会者は百五十四名、来賓十名であった。

大会の議長には新二が選出された。経過報告の後に教員組合規約と行動要領が決定され、委員長に北原健夫、副委員長に今泉直幸、箭内貞が選ばれた。

郡山市教員組合は、東北で初めて結成された教員組合となった。

◇　◇　◇　◇　◇　◇　◇　◇　◇　◇　◇　◇　◇　◇　◇　◇　◇　◇　◇

郡山市教員組合の設立から二か月も経たない昭和二十一年三月、新二にまた人事異動の発令がある。今度は福島市の福島女子商業学校への転任であった。

三女吟子と長男重義

新二は福島市では渡利の城向に家を借りた。渡利は町の中心部から阿武隈川を挟んで南側の地区であり、阿武隈川の対岸には県庁舎があった。

福島への転居を機に、新二は疎開していた妻や子供達も呼び寄せ、母も加えて家族六人の生活となった。

長女ヤス子は郡山で高等学校を終え、四月からは県庁に勤務することになっていた。二女照子、三女吟子はそれぞれ新制小・

中学校への移行準備を進めている渡利の国民学校に転校し、長男重義は間もなく二歳の誕生日を迎えるところであった。

これまで新二は各地を転々としながら暮らしてきたが、これ以降は生を閉じるまで福島市から離れることはなかった。

◇　◇　◇　◇　◇　◇　◇　◇　◇　◇　◇　◇　◇　◇

連合国軍の占領政策により、日本の教育制度も大きく変革されることになる。

学校体系が六・三・三・四制となり、国民学校初等科は再び小学校の名称に戻った。国民学校高等科は青年学校と中等教育機関の初めの三年を合わせて新制中学校となった。また、これまで中学校、高等女学校、実業学校の三つに分かれていた中等教育機関は三年制の高等学校に改められた。さらに大学、大学予科、高等学校、師範学校などの多様な高等教育機関は全て四年制の大学へと改編された。これらの改革は一年間の準備期間を経て、昭和二十二年から順次実施されていった。

新二の異動先である福島女子商業学校は、県庁の向かいにある福島第一小学校に併設されていた。福島市立商工実務学校の女子部が昭和六年に福島市立家政女学校となり、その後も組織を改編しながら昭和十九年に福島市立福島女子商業学校となったものである。昭和二十三年に福島市立福島女子商業高等学校と校名が変更され、翌昭和二十四年には福島商業高等学校と合併することになる。

新二は福島女子商業学校では、一年生の英語と四年生の社会の授業を担任した。校務分担では、一般校務を担当する総務部に属した。

昭和六十二年の『みんなの国政』のインタビュー記事「私も言いたい」の中で、新二は「福島女子商業の教頭をしていた時」と言っているが、平成十年に刊行された『若き心　福商百年の歩み』を見る限り、福島女子商業学校に教頭職はなかったようである。ただ名簿では教員のトップであり学校長の次に名前が載っていることから、実質的に教頭の役割を担っていたものではないかと思われる。

新二がこの福島女子商業学校で勤務するのは一年間だけであり、この時期の記録はあまり残っていないが、前掲の『若き心　福商百年の歩み』に掲載されている座談会「福島市立女子商業の歴史を語る」の中に、当時の生徒だった色摩ヒロ子氏（昭和二十二年卒業）の談話が載っており、新二の名前が登場するので紹介する。

色　摩

大変苦労なすったお話をお聞きしたんですけれど、私たちは学徒動員のときは泣きましたけれども、終戦になりまして非常に新しい教育を受けたような気がするんです。と言うのは、高橋新二先生という方がおいでになりまして、この方はこれからは女性もしっかり頑張ろうというようなことで、福中の座談会に行っていろいろお話し合いをさせてくれたわけです。それで弁論部なんていうのもできたみたいなんです。

ようやく女性にも国政選挙権が認められたのが、前年の昭和二十年十二月のことであり、まだまだ女性の地位は低い時代であった。こうした中にあって、新二は女学校の教育にも自由で新しい風を吹き込みたいと考えていた。

教員組合の全県組織である福島県教員組合は、郡山市教員組合の主導のもと、昭和二十一年七月十六日に結成された。

福島県教員組合の結成に先駆け、新二は教員のための新聞の発行に向けて奔走していた。民衆の手で新しい教育を開拓していくという趣旨から、教員組合の機関紙としてではなく、民間による新聞発行とする考えであった。このため、この頃『週刊時事』を発行していた渡辺到源に新聞の発行を依頼し、新二は自ら編集主任となった。

新聞の名称は『福島県新教育』と決まり、七月一日に創刊号が発行される。タブロイド版の月刊紙で、創刊号の印刷部数は二千部であった。

創刊号に記されている編集委員には、郡山市教員組合の設立に尽力した箭内貞子（貞）などのほかに、小・中学校で教鞭を執りながら詩や童謡の創作を続けていた小林金次郎や、保原中学校の教諭であり前々年に芥川賞を受賞した東野邊薫らの名前も見える。

この『福島県新教育』の昭和二十三年の二十九号に新二は「三周年走り書き」という小文を載せ、当時を回想している。

◇　◇　◇　◇　◇　◇　◇　◇　◇　◇　◇　◇　◇　◇　◇　◇

前の委員長氏家さんや先ごろまで書記長であった幸一郎さんなどと図つて、教員は自分達で新聞を待たねばならぬという考えをまとめて、小さな貧しい新聞でもよいからと、週刊時事の渡辺さんに無理に頼み込んで引き受けて頂き、ようやく「新教育」が発刊となったのであった。

（中略）

現在附属中学にいる小林さんから編集バトンが教組の飯坂さんに渡され、益々立派となり有用となった「新教育」を前にすると、当時編集主任であった自分の手腕の至らなさ加減がよく判り、編集委員や教員の方に済まないと、今更ながら、痛感する次第である。

（中略）

「新教育」は当初数人の委員によつて会議がもたれ、月一回タブロイド版として発刊されたが、普通活字なもので、みられたものでなかつた。それでも委員からの注意や親切な社の渡辺さんが一々細かな指導をして下すつたので毎号よくなつてゆく事は目に見えるようだつた。

同志で自分の仕事を押し進めてゆくことのいかに楽しきか！経済上技術上、いろんな困難があつたが、大方の御声援で、結局乗り越えて行つたが、今でも忘れられないのは、こうした純眞な新教育へのあこがれが一部のボス校長によつてゆがめられ反対されたことであつた。

この『福島県新教育』は、昭和二十六年からは組合員からの要望もあり、『福島県教育新聞』と名を改め、福島県教員組合の機関紙となって続いていくことになる。

◇　◇　◇　◇　◇　◇　◇　◇　◇　◇　◇　◇　◇　◇

『福島県新教育』創刊号の第一面は「學級討論は如何に實施されてゐるか～デイスカツシヨンの意義と在り方」という記事で構成されている。新二はその中に、福島女子商業学校での四年生の社会の時間における討論の記録を載せている。

1　題目　勞働争議や食糧獲得威示運動に女學生が加はるのは良いか悪いか
2　社會　食糧の欲配遅配は急速度に深刻化し危機線に近づき加へて政治情勢不安のため國民は悲痛な叫びを擧げ食糧難解決へと大衆運動を展開するに至り學童まで飛入りをなし遂に上奏文を陛下に捧呈するといふ險悪な時
3　趣旨　新聞紙その他によつて右社會情勢は生徒のすでに知悉せるところである故何等説明をなさず問題を提出し討論を行はしめた

「4　經過　以下その概要」として、与えられた題目に対する生徒達の賛否両論の意見が羅列されている。いくつかを抜粋してみる。


【二】勉強はかう腹が十分でなくては先づ二番目に考へなければなりません、生きてゆくことが第一といふ時ですから女學生がデモに加はつてもいゝぢやありませんか。

【六〇】女學生としての體面も考へねばならぬでせう。女學生らしく勉強と運動に精出すべきです、デモをしても三合配給はできません。

【三〇】天皇陛下は國民の聲をきゝたいと仰言つてをられるのですから大いにおきかせ申し上げる爲に示威に加つてもよいでせう。

【六】デモ行進は道義の頽廢であるから絶對にやめるべきです。

その後、「ともかくそんな暇があつたら山菜を採ることですよ」という意見があり、食糧確保のための山菜採りの議論で盛り上がっていく。

最後に「批評」として、「問題をもつと具體的に論じること。但し眞理を含んでゐる議論には耳を傾けねばならぬ」と結んでいる。

進歩的な意見の生徒も保守的な意見の生徒もいるが、自由闊達な議論が飛び交う授業風景と、新しい時代の女性を教育していこうとする新二の教育理念が垣間見られて興味深い。

◇ ◇ ◇ ◇ ◇ ◇ ◇ ◇ ◇ ◇ ◇ ◇ ◇ ◇ ◇

昭和二十二年三月、新二は福島女子商業学校から福島県社会教育課の指導主事に異動になる。

二月に発行された『福島県新教育』の第八号には、新二が同紙の編集から離れる旨の記事が、新二の略歴と共に掲載されている。

本紙編集委員「高橋新二」氏の官界入り

本紙の主任編集委員であり本紙の産みの親として、卓越せる教育理念と編集技術の鋭才を示してきた高橋新二氏は、今回福島女子商業學校教官より、縣社會教育課へ入ることとなつた。氏の榮轉は將にヒットであるが、本紙編集のためには痛打と言わざるを得ない。

社会教育課に異動となった新二の担当は文化行政であった。

社会教育課在籍中に、新二は福島県文学賞の創設にも携わっている。『福島県史』に、考古学・歴史学者の梅宮茂の談が記されている。

　このころ佐藤民宝さんが民報にはいられ、当時社会教育課の指導係をしていた高橋新二・海野昇雄氏らと協議して「民報小説賞」が発展拡充して今日の形の「県文学賞」となったものである。

　戦時中「一県一紙」の統制により『福島民報』に統合されていた『福島民友』は、昭和二十一年二月には『福島民報』から独立し元の二紙体制に戻っていた。

『福島民報』では文学育成事業として、昭和二十一年に懸賞小説の募集を行った。この懸賞小説の募集は第四回まで行われ、昭和二十二年には読者の投票により優秀作品を競う「小説コンクール」に装いを改めている。

　どのような経緯を経て民報小説賞が県文学賞へ発展していったものか詳細は不明であるが、戦前から『福島民報』とは深い繋がりのあった新二が、県と新聞社のパイプ役になったであろうことは想像に難くない。

　福島県文学賞は毎年十一月三日の文化の日に受賞者の表彰を行うことと決まったが、初年度である昭和二十三年度については制定の時期が遅れたため、二十四年五月に受賞者の発表が行われた。新二は二十三年八月に既に社会教育課から異動していたため、文学賞の実際の運用には関与できなかった。昭和四十三年十月の『福島民友』に寄稿した「県文学賞問題」に、新二は次のように書いている。

　（前略）と言うのは県文学賞制定に当たって、時の米軍政府ゴーラム部長の承認を得たのは私であったからです。（当時私は県官―主事。私が辞職した後で文学賞は実施されたので、実施案にはタッチしなかった。）

新二自身も昭和三十二年にこの福島県文学賞を受賞しているが、後年にはこの文学賞の在り方を巡って主宰者と対立するなど、色々な意味で新二にとっては縁の深い賞であった。

新二はほかにも、社会教育課時代のエピソードをいくつか書いている。

新二は新しい日本になるためには、「日の丸の旗は血の丸を感じさせるから緑の丸に変えたいし、君が代は民の代はと改めたい」というような考えを持っていた。

日本国憲法が制定されたのは昭和二十二年五月三日である。県では新憲法制定の記念ポスターを制作することとなり、新二がその担当だった。前掲の「拗ねてるかナ～一人民の雑感一束」の中で新二は次のように回想している。

新憲法制定の記念大ポスターの原図は革新気鋭の画家米倉さんを推し、「自由勝手に新しさを表現して下さい。富士や桜に拘わらず……」と依頼したら、十年、二十年後に流行する例のアブストラックなポスター画となって県民はアッとしたのでした。

昭和二十一年の元旦に人間宣言をした天皇陛下が福島県に来県したのは、翌昭和二十二年八月五日のことである。新二はこの時のことも、「拗ねてるかナ～一人民の雑感一束」に書いている。

ところで、この間《ま》に、天皇来県の次第となりましたが、私は天皇の自発的退位（―偶然にも先日テレビで、高松宮と近衛公が終戦時にそのように話し合ったことが報じられましたが）を夢みていたものですから、何か馴染まず、天皇来県に関する一切の業務から私は外して貰い、従って私は当日休暇をとりました。

その夜、お宿舎で天皇は高張《たかはり》提灯を振られてたのを、阿武隈の川越えに人民たちは眺めたということを耳にしました。

◇　◇　◇　◇　◇　◇　◇　◇　◇　◇　◇　◇　◇　◇　◇　◇　◇　◇　◇

新二は社会教育課には一年四か月在籍し、昭和二十三年七月三十一日に福島高等学校への異動が発令される。福島高等学校に席を置きながら、実際には教員組合の専従職員の仕事に携わることになった。教員組合における新二の役職は文化部長であり、六・三制完全実施を目指して立ち上げられた教育復興会議の事務局長も兼任した。

新二はこの教員組合で、『丘陵詩人』時代からの詩の仲間であった佐久間利秋と一緒に仕事をすることになる。

佐久間は、福島県師範学校で新二の二年後輩に当たり、福島師範を卒業した後は月舘尋常小学校を始めいくつかの学校で教員生活を送っていた。昭和二十二年には大森中学校（現信夫中学校）の校長となるが、体を壊したため現場を離れ、ちょうどこの昭和二十四年に県教員組合の中央執行委員長に就任したところであった。

佐久間は教鞭を執りながらも『北方詩人』などを舞台に詩作を続けていたが、福島県師範学校時代から社会運動にも興味を寄せていた。昭和三年二月に福島県師範学校の寄宿舎において五年生の佐野祐夫が「レーニン祭」を主催し、師範学校の教師ばかりでなく県当局や中央官庁までも震撼させた事件があったが、この「レーニン祭」に佐久間も関わっていた。

佐久間は中央執行委員長を辞した後、昭和三十年四月の福島県議会議員選挙に社会党から出馬し当選、以後三期に亘り県議会議員を務めることになる。

長い詩歴を持ち、死に至るまで詩を書き続けながらも、佐久間が生涯に残した詩集は昭和三十七年に私家版として三十部のみ制作した『心耳抄』一冊だけであった。

教員組合で新二は、『福島県新教育』の発行に再び携わるとともに、昭和二十三年末には教育研究の季刊誌『世紀の教育』も創刊した。夏・冬休みの学習教材である「夏休みの友」、「冬休みの友」の彩色刷A5判化も行った。

また、この頃新二は県の児童福祉審議会の委員も務めており、小・中学生の作文集『母の日に』を編集委員代表として取りまとめ、昭和二十五年の文化の日に発行している。

◇　◇　◇　◇　◇　◇　◇　◇　◇　◇　◇　◇

戦後になって、新二は徐々に文学活動も再開していた。

この時期に新二が行っていた主な創作活動は、横光利一に関する評論の執筆であった。ほかにも、昭和二十二年には『福島民報』に小説「チャンホランの幽霊」を連載している。これらについては、改めて第十五章及び第十六章に記すこととしたい。

昭和二十五年、河出書房から『日本現代詩大系』が刊行される。『日本現代詩大系』は我が国における代表的な詩を全十巻にまとめた全集であった。第一巻が「創成期」、第二、三巻が「浪漫期（一）、（二）」、第四～七巻が「近代詩（一）～（四）」、第八～十巻が「昭和期（一）～（三）」という構成で、順不同に刊行された。昭和二十六年十月に最終配本となった第九巻「昭和期（二）」に新二の詩が採録された。

福島県出身でこの全集に収録された詩人は、新二のほかには田中冬二、大谷忠一郎、草野心平などであった。

採録された詩「或る繪に寄する」は、新二の第二詩集『鬱悒の山を行く』の末尾に配された作品である。

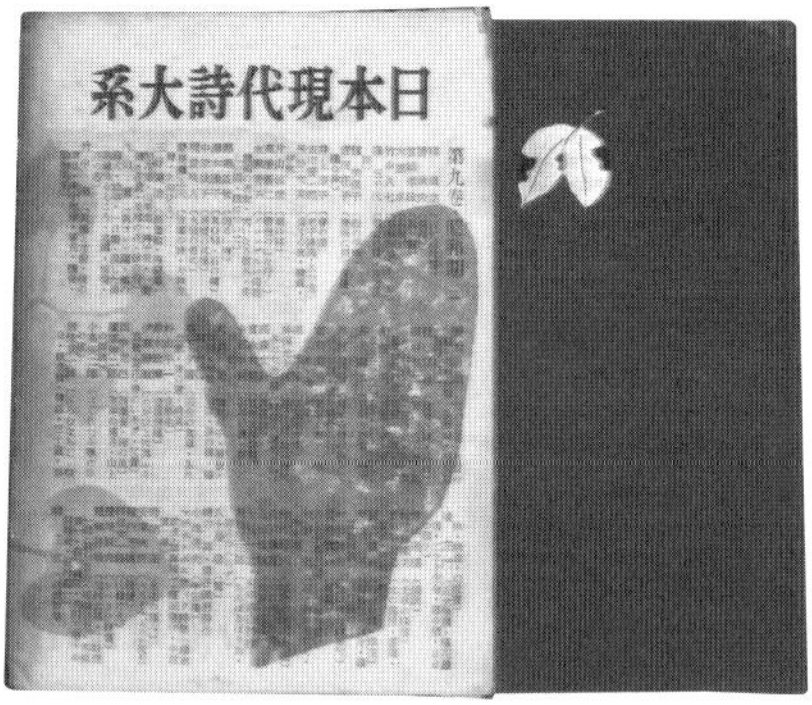

新二の詩が採録された『日本現代詩大系』

或る繪に寄する

私は　そなたが、此の繪のなかにあるやうな氣がする。
次第にブロンズになる秋の丘で、そなたは雨後の霜見草のやうだ。閻浮《えんぶ》壇金《たごん》の面影の邊りや、嬋娟《みめ》かぎりない百根《ももね》が季節のために傷んで居るとは。
かの丘の金粟蘭はそなたの腰を打つ。香る草花は平原に炎《ひ》を燃やし、そなたの眼はその炎を映し取る。けれども、斷腸花に觸れる十本《とほ》の指は、脊後の鳳仙花のやうに、投げ出した膝下の水繁縷《みづはこべ》のやうに、むしろ白く光つて冷たい。

幾つもの丘を巡つて秋の日は暮れかけて居るし――。

秋雲は遙な山並に沿ふて、橙色《だいだい》の空をいよよ眞《ま》つ赤《か》に。秋雲は下る水邊《みづべ》の木にかゝり、細い月のあるそなたの額をかすめる。實《げ》にそなたの心は秋の日にむせぶ！蕃柘榴を散らす獸の頸の色に似た秋の日に、または陽焼《ひや》けの岩疊《いはだたみ》、波を呼ぶ海鳥の、その喙の色に似た秋の日に。かの遙な悲歎《なげき》こそ、この淡い哀愁《かなしみ》こそ、人は篆煙《かすか》の蒼穹《そら》で待たうものを。

あゝ　またそなたは野邊の白揚《かざみぐさ》。そなたは枝を横へ且《かつ》吹流し、過ぎゆく一日《ひとひ》に靜な呼聲をかける。橅林の中で鳴いてゐる鳥は、夕暮れどきには眼《め》を開く、深山《みやま》のあの天鵞絨石昌の葉よりも多いが！

だが、野の徑《みち》は今消えかゝる。あゝ、憶え出は此《こ》の徑彼《あ》の徑から、そして軈て霜が來て、末枯《うらがれ》は木々の端《はし》から。そなたが果敢ない夢の夢を見たやうに。

私は　そなたが、此の繪のなかにあるやうな氣がする。

◇　◇　◇　◇　◇　◇　◇　◇　◇　◇　◇　◇　◇　◇　◇　◇　◇

この時期、世相を揺るがせた重大な事件が福島で起こっている。

昭和二十二年からのアメリカとソ連を巡る東西冷戦は、日本の占領政策へも影響を及ぼしていた。

終戦直後には労働組合の結成を奨励してきた占領軍であったが、東西冷戦が深刻になると、日本の左傾化を恐れ占領政策を転換する。昭和二十二年の二・一ゼネストの中止命令に始まり、翌昭和二十三年の公務員のストライキ禁止、さらには昭和二十五年のレッドパージと続く流れである。

こうした組合運動に逆風が吹く状況の中で起こったのが松川事件であった。

昭和二十四年八月十七日未明、国鉄東北本線の青森発上野行上り旅客列車が、松川駅と金谷川駅間のカーブ地点で脱線・転覆し、列車乗務員三名が死亡する事故となった。脱線の原因となる破壊活動が行われたとして、東芝松川工場労働組合と国鉄労働組合の職員二十名が逮捕され、一審では死刑五名、無期懲役五名を含み、被告全員が有罪判決となった。その後捜査機関による自白の強要、アリバイ隠蔽などが明らかになり、昭和三十六年になって被告全員に無罪が確定する。真犯人は未だに不明であり、謎の多い事件であった。

被告の中には、福島女子高等学校に進学していた二女照子の同級生の父親もいた。松川裁判に対する抗議行動として、県庁前から金谷川を経由し松川までのデモ行進が行われ、新二もこれに参加した。

被告達は最終的には無罪とはなったが、十余年に亘る裁判などでその生活は著しく破壊された。

昭和二十五年五月に、松川詩集刊行会の編集により『松川詩集』が刊行される。詩集には、無罪を訴える獄中の被告や家族達が書いた詩や短歌などが掲載されている。個々の作品のレベルはさておき、編纂委員には川路柳虹、深尾須磨子、村野四郎、北川冬彦、金子光晴、草野心平、野間宏、伊藤信吉、小野十三郎、中野重治、安東次男、赤木健介など錚々たるメンバーが名を連ねた。この詩集は松川事件の裁判にも影響を与えたと言われており、この時代の証人となる異色の詩集となった。

第十五章　揺籃と懐郷　〜横光利一への旅

終戦からの数年間、新二は横光利一に関する評論の執筆に精魂を傾けていた。

新二は横光の作品に強く惹かれ、戦時中から横光利一の研究を続けていた。横光の出生地が福島県であったことや、除籍になったとはいえ横光が早稲田大学の同門であったことも、新二が横光に関心を持った一因であったであろうと思われる。

新二の遺品に、横光の研究ノートが四冊残されている。箱入りの日記に横光の作品からの抜き書きや感想などを書き込んだものである。新二はこの研究ノートをもとにして、いくつかの評論を制作していった。

◇　◇　◇　◇　◇　◇　◇　◇　◇　◇　◇　◇　◇　◇　◇　◇

横光利一、明治三十一年北会津郡東山村で生まれる。現在の会津若松市であり、出生の地は東山温泉の旅館「新瀧」である。鉄道の設計技師をしていた横光の父が、当時は岩越鉄道と称していた磐越西線の開通工事のため、妻と共に東山温泉に逗留していたものであった。

文学活動を行うようになってからは、新感覚派の作家と呼ばれ、「日輪」、「機械」、「旅愁」など多数の作品を残した。

新二の評論の中では、横光の人物像について次のように書かれている。

新感覚の輝く技術家、新心理の非凡なる織匠。深き人間愛、類なき徳操、広かつなる世界観、あくなき制作欲、これがわれわれの見る氏のたくましき人物像。

横光氏は本格的な作家である。日本には珍らしい構想のある小説を書いた作家である。心境小説などという、個人の表白みたいな作品をきらい、実際に世の中で動いている多くの人の心を描こうとしていた。

昭和二年六月福島市で開催された文芸講演会には、横光も講演のために来県している。この時講演を行ったのは横光のほかに、菊池寛、川端康成、片岡鉄兵、池谷信三郎らの新感覚派の作家達であり、『福島県史』には「すばらしい人気を呼んで公会堂は立錐の余地なしといわれるほどの盛況を呈した」との記録がある。さらに横光の講演の内容については次のように書かれている。

横光利一――新感覚派について

徹夜したのでまとまった話が出来ないと言訳しながら数分しゃべる。その怪異な容貌なり音声なりは誇張なしに新感覚派的で、論旨をさぐるより、氏を凝視していさえすればそれでいゝ、という風な強い印象的な演出であった。

この時の講演の中で、横光が「私はこの辺で生まれた」と発言したことから、一部では横光の福島市出生説が喧伝されたという。

◇◇◇◇◇◇◇◇◇◇◇◇◇◇◇◇

文芸活動が抑圧されていた戦時中の反動もあって、戦後になり一挙に文学活動が盛んになり、福島県内においても『南奥文化』、『地方人』、『福島文学』、『盆地』など様々な文芸誌が創刊されていった。

新二はこれらの雑誌に、横光に関する評論を発表していった。評論を貫くテーマは「揺籃と懐郷」である。

昭和二十一年五月、戦後早々に福島文化聯盟より刊行された『南奥文化』の創刊号に、新二は「横光利一～文学の搖籃と懐郷」を掲載した。

この最初の評論の副題は「自然と感覺」であり、新二は横光の故郷について「内にある自然」と「心の感覚」から論じている。

「故郷こそは、大なる慰安を孕める深い休息を與へるもの」であるにもかかわらず、父の仕事の都合で幼い時から各地を転々としてきた横光には、そもそも一定の故郷というものがなかったと新二は書く。

南系の温き血族の故郷は、北方の雪未だ消えぬ生れ故郷により繼がれ、その後轉々として、育ちの故郷は移り變り、小學校だけで八度も轉校せねばならなかつた横光利一氏には、憶ひ出も愉しい一定の故郷と云ふものがないもの丶如く考へられる。氏はその點、全然故郷を有せぬ彷徨者よりも、一段と不幸者であるかも知れない。

しかし、横光にとって思い出こそが真実の故郷であった、と続ける。

たしかに、人に心なく、心に憶ひ出がなければ、現實の故郷など何んの意味があらう。憶ひ出こそ我等が故郷の母である。これは地上の風物のごとく、たゞ存在する人の内部の自然的なるものと、故郷の風雪花を映し留めた諸々の感覺の美の結果である。從つて、〃石をもて追はれし〃人と雖も、自らを自然的なるものと感覺に對して解放すれば、そこに故郷は得られるに相違ない。故郷なくして故郷を得た横光利一氏の如きは、その適例であらう。（中略）結局氏は自己の自然と感覺とによつて、故郷―こゝでは血族の故郷へ、而も古代にさへ遡つて、歸つてゐるのである。

さらに新二の筆は横光の父の故郷である九州へ飛び、「旅愁」や「青い石を拾つてから」には父の故郷を描くのだという心情が、また「日輪」には父の先祖が住んでいた古の故郷を書くのだという心情が働いていると論じる。また父母から語り聞かされたかもしれない阿蘇にも言及して評論を終えている。

「憶ひ出こそ我等が故郷の母である」というのは新二の実感でもあり、新二はこの文章を書きながら、故郷霊山に寄せる自らの想いを重ね合わせていたのであろう。

昭和二十一年十一月には、河北新報社が発行していた『東北文学』に「搖籃と懐郷～横光利一のこと」を書いている。この号には太宰治の小説「たづねびと」なども掲載されていた。

「搖籃と懐郷～横光利一のこと」は二部構成になっており、第一部が「象徴の「灘」」、第二部が「「春」の歴史」である。

第一部の「象徴の「灘」」では、「灘にゐたころ」を中心に、横光が若い頃夏になると訪れていた、姉の住む西灘の情景に、横光の若き日の苦悩と憂鬱をからめて論評している。

(前略)自らも救ひ得ず、求むるも得られず、與へんとしては的なく、忿懣の捌け口もつかず、自己を信じ得ず實なく力なく、誰れからも理解されず語るも猶傳へ得ず只暗憺さが横はり、現實の殘滓と甘美が日夜同一の坩堝にたぎり合ふ青春の憂苦が「灘にゐたころ」に浮彫にされてゐる。

貧窮した生活、父や愛妻との死別など不幸が続く中、横光の生命を繋ぎ止めたものは、ただ一つ芸術への執着であった。そして横光の若き日の苦悩や憂鬱が自分のものとして読者に感染してくるのは、文学の象徴によるものだとしている。

かゝる事は文學の象徴による以外にあり得ない。「灘にゐたころ」にはそれが實現されてゐる。―文學の象徴が―。文學の象徴を氏はどんなふうに考へてゐるか。暮れゆく青春―と瞬の短かきも、「灘にゐたころ」の一文の象徴に依つて、永遠のものとなつてゐる事を今は知るのみである。

第二部の「「春」の歴史」では、横光が幼少時に数年間過ごした母の実家である三重県の柘植への望郷の念が、横光の作品に与えた影響を記して、「春」から「古い筆」や「芭蕉と灰野」などを経て「寐園」、「春園」に至る道程を論じている。

（前略）二十代の小品「春」こそは、作品年齢も若く、従つて氏自身の自然性の流露も純粋であり、感覺の觸發も鋭敏籤軸なので、氏の幼心は故郷の春を歌ひ盡し且自己内部の春にも陶醉して、氏の懐郷作品随一の—その名季節に魁けるが如く、その後の作品の先驅となり性格となつてゐる點、見逃すことが出來ない。

柘植は霧の深い町で、通行人がぶつかり合う程立ちこめることもあったという。

この柘植の霧は後年永く横光氏の作品の上に覆ひかゝり、霧が自然の姿を生動中に捉へるやうに、出發を劇的ならしめ展開を感銘深くし、この背景に依つて、反つて作品を克明ならしめてゐるのである。

（中略）

「春」には霧が書かれてゐない。しかし「春」全體には柘植の霧—川霧が、春霧が、雨霧が、岡霧が、暮春の天地を鎖してゐるやうである。

書かれざる霧が立ち罩めて作品を効果あらしめてゐる他の一例は「春園」に見られる。歐州から歸朝した昭和十一年の明くる四月、氏は「春園」の連載を始めたが、「春園」には土臭い武蔵野の霧が隅々にまで漂ひ寄せてゐるかの様だ。これが「春」と「春園」の間に横る十數年の歳月を越へて結びつかせる両作品の特徴の一部である。

◇◇◇◇◇◇◇◇◇◇◇◇◇◇◇◇◇

昭和二十一年十月、大日本雄辨會講談社により文芸誌『群像』が創刊された。

翌年『群像』では、創刊一周年記念として「新人小説・評論」を公募する。「『群像』編集部は、こゝに深く信ずるところあつて、創刊一周年を期し「小説」及び「評論」を、ひろく全日本の新人に求める。地殻を破つて噴出する岩漿の如き、意欲的な作品を寄せられんことを切に望む」と全国に呼び掛け、評論の部の公募のテーマは「現代日本文学の課題」であった。

新二はこの「新人小説・評論」に、これまでの横光利一の研究成果を取りまとめて応募した。タイトルは「日本の信奉者～横光利一の一断面」であった。

「日本の信奉者～横光利一の一断面」については、四百字詰め原稿用紙で五十枚の原稿が残っている。「序章」、「本章」、「終章」から成り、「序章」に評論の趣旨が書かれている。

> （前略）本稿では、彼れの文學の支柱であつた日本的なものとはどういうものであつたか、その生起と本質を取り上げていきたい。そして、日本人としての生來の意識を育てる自然美や形成美を通つて、感性的なものから本質直観的なものへ移つていつた横光利一の考え方を解説し、遂に彼が達したところの祈りの場—日本の精神に觸れたい。

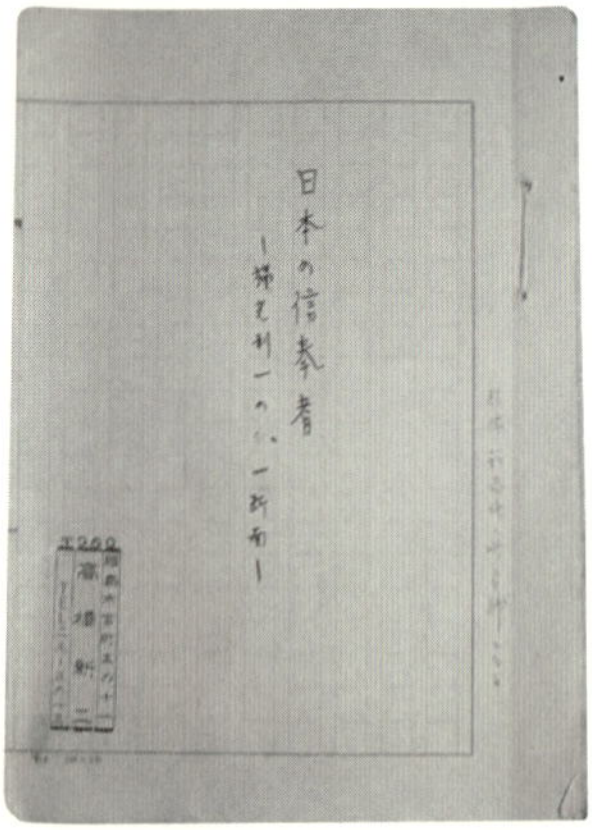

「日本の信奉者～横光利一の一断面」の原稿

「本章」においては、「上海」を書く前までの西欧文学に憧れた新感覚派の時代から、日本的色彩を強めていく後半生を経て、晩年の祈りの道に達する過程を論じている。そして新二は横光の文学を「日本の日を始發とし、日本の祈りを終着とした」文学と結論付けている。

（前略）彼ほど日本的なものを―ずいぶん観念的ではあつたが―考えの上に表出した作家はあるまい。彼は清らかな日本信奉の殉教者のようだつた。

横光の美の世界にながく廣く低徊していたもの―やがて虚しさとまで言われるようになつたもの―それは日本の日月風色であつた。

こうして、彼はいつも、それはまた彼の生涯の最終へまで見通しておいたもののように、どんなものも日本的な考えに絞つていつた。そのあげく、彼としては眞劍に考えつめた神―祈りの道へ達した

（後略）

「終章」では「微笑」を取り上げ、「微笑」が実存文学に通ずる問題を提示し、「新時代の日本文學へ重要な課題を派生していつた」と締めくくっている。

「新人小説・評論」の審査結果は、『群像』の昭和二十三年四月号に掲載された。小説五百八編、評論六

十三編の応募があり、審査の結果、小説の部、評論の部共に入選作なしで、評論の部では候補作四編のうち選外佳作二編が選ばれている。

新二は自分の略歴に、候補作となったと記しているが、この号を読んだ限りでは、候補者四人の中に新二の名前は出てこない。度々新二が候補作となったと書いていることから、講談社との間で候補作に関する何らかのやりとりはあったのでないかとは推測されるものの、最終候補には残らなかったものと思われる。

この時の詮衡委員は、小林秀雄、中野好夫、阿部知二の三人であったが、いずれの詮衡委員も応募作品全般に対して厳しい意見を述べている。

◇　◇　◇　◇　◇　◇　◇　◇　◇　◇　◇　◇　◇　◇　◇

「日本の信奉者」で『群像』の新人評論に応募した後も、新二は横光に関する評論を雑誌に二編発表している。

一つが、昭和二十三年五月東北文化院出版部発行の『東北人』に寄稿した「横光利一～文学の揺籃と懐郷（第三稿）」である。この評論には「母の顔」という副題が付けられており、横光の母に寄せる想いについて論評したものである。

横光は、文学をやり始めてからは自分は親不孝であったと言う。新二は次のように分析する。

文學をやり始めてから俄然親不孝になつたと言つても、それは文學が原因である譯ではなく、文學を選んだ性格がそうさせたのであり、文學をやり始める頃が一番親不孝になる頃だという一般論の言い換えに過ぎない。無論、溺愛し易い文學熱は、とりわけ不純な通俗世間を嫌悪したり、親の昔堅氣や封建制を拒否し無視したりする。

しかしまた、親も子の文學的行動や思想を理解出來ず、世間もまた文學の價値を認めない。

新二も若い頃は自分の好きなことばかりしていて、親不孝だったという自覚があった。前の文章は若い頃の自分にも重ね合わせて書いたものであろう。

しかし母が死んでから、横光は少年時代の孝心を取り戻し、母親をかけがえのない存在としていくつかの作品に書いている。

横光利一氏に取っては、女性も妻も、ただ母とゆう立場においてのみ、最高の敬意を寄せられるべきものと見ている。「女性が何か一つは必ず良いものを子供に殘してくれるのは有り難いことで、この有り難いことを感じずしては、親子の關係もない。妻の有り難さも良いものを子供に殘していってくれるからである。」そう、氏は「母の茶」に書いている。横光利一氏の血縁の顔は、この有り難い母の顔なのである。

横光利一に関する評論の最後のものは、昭和二十四年十月に『ばいしょう』に寄稿した「追譜～横光利一氏について」である。

この評論は横光の死後に書かれたものであるため、横光の経歴と作品の全体を俯瞰し、また新二の評論を総括したような内容になっている。

新二はこの評論においても、横光の日本と母に払われた敬愛について記している。

氏の敬愛は生がいを通じて、日本と日本の母に払われた。無論、軍国主義の日本や封建的な日本の母を敬愛したのではない。氏には一ぺんの軍国主義的な作品もなければ戦争おう歌の小説もない。このことだけでも、横光利一氏の一貫した良心と強烈なる態度が判る。氏が敬愛した日本とは、他に類のない伝統の美しさを持つている日本であり、日本の母とは、純粋最高の人間愛を身にしめている日本の母のことである。

（中略）

氏は日本の女性を世界で一番魅力のあるものとして愛していたし、その中で母を一番敬愛出来る、という考えを氏は最後まで変えなかった。

横光を戦争協力者と批判する者がいたことも十分に承知していたであろうが、あくまでも横光は純粋に日本への敬愛の念を作品に描いたものと新二は捉えていた。

◇　◇　◇　◇　◇　◇　◇　◇　◇　◇　◇　◇　◇　◇

横光は昭和二十二年十二月三十日に、四十九歳で病没する。奇しくもこの日は、新二が「横光利一～文学の搖籃と懐郷（第三稿）」を脱稿した日であった。

新二が横光利一の評論を書き継いだのは、昭和二十一年から昭和二十四年までの短い期間であった。それ以降新二の著作に横光の名前が出てくることはなかった。

新二の横光利一への短い旅は終わったが、横光の「日本」と「母」への敬愛は新二にも共通するものがあった。新二においては「郷土」と「母」への想いという形で、以後も長く創作活動の核となっていった。

第十六章　チャンホラン憧憬

チャンホランの海　その一

海よ　チャンホランよ
お前の傍《そば》に立っていると
なぜ　わたしは子羊《こひつじ》のように泣けるのか
なぜ　わたしは雄牛《おうし》のように昂奮するのか

海よ　チャンホランよ
お前ははげしく迫る男か
お前はやさしく遠ざかる女か

海よ　チャンホランよ
お前はじっとして祈っている
お前はいつも騒がしく戦っている

海よ　チャンホランよ
お前は天へ躍りあがる大頭《おおがしら》の支那龍だ
お前は背だけ見せて大洋の底へ沈んでゆく巨象だ

海よ　チャンホランよ
お前は魂のように温い情愛に盛《さか》り
お前は死のように冷たい知性を流す

海よ　チャンホランよ
お前はわたしの記憶をみんな呑んで消した
お前はわたしに限りない創始の藻を生やす

海よ　チャンホランよ
わたしはお前を抱きしめ、わたしの跡を残したい
わたしはお前のふところへ忍び　我《われ》を失くしたい

海よ　チャンホランよ
わたしの声を聴いてくれ

なにも唄つてはいないけれども――。
わたしの姿を捕らいてくれ
　ほとんど影が薄くなつてしまつたが――。

海よ　チャンホランよ
お前の顔を眺めていると、
何《なに》も彼《か》も　もう　終りだと……
何《なに》も彼《か》も　いま　始りだと……

海よ　チャンホランよ
それで、わたしは五月雨のように慄えながら涙を流すのか
それで、わたしは軍鶏《しゃも》のように胸張つて血を湧かすのか

◇　◇　◇　◇　◇　◇　◇　◇　◇　◇　◇　◇　◇　◇　◇　◇

新二の第三詩集『氷河を横ぎる蝉』に収録されている詩である。

新二は、早稲田大学時代に訪れた北茨城の海岸から隣接するいわきの勿来にかけての地域を「チャンホラン」と名付けた。大学卒業も近い昭和八年に新二がこの地を訪れたいきさつについては先に書いたが、その時に接したこの地の情景は晩年に至るまで新二の心に焼き付き、新二の原風景となっていった。

五浦から平潟にかけての海岸の光景。遠く小名浜が見える

北茨城の五浦海岸はその名のとおり五つの浦が開け、磯あり入江あり断崖絶壁ありと、起伏と変化に富んだ地勢の海岸である。

明治三十八年に岡倉天心がこの地に別荘を建て、別荘から一段下がった海に突き出した断崖に、三坪にも満たない六角形の建物を建築した。天心は観瀾亭と名付けたが、現在は六角堂と呼ばれることが多い。天心はここで太平洋と眼下に砕ける白い波を眺めながら一人思索に耽ったと言われている。

六角堂から岬を南に回ると大津漁港があり、さらに南には砂浜が続いている。六角堂から反対に北に回るとそこからはすぐいわき市になり、いわき七浜のうち最も広い勿来海岸がある。

昭和三十九年十一月発行の『北陽芸術』に掲載された、川村安太郎福島大学教授との対談には次のような会話がある。念のため「T」は高橋であり、「K」は川村である。

T　ですけれど、福島県は広いですからネ。海の方では、先生の足あとは……

K　豊間へは数回行っております。

T　片浜の方ですネ。常磐の裏海ですネ。あの辺りはいいでしょう。
K　常磐は裏海を持っていますからネ。餓鬼洞、うなぎ沼、竜ケ崎など良いところでした。
T　チャンホランの海は、小名浜の海を隔てた向うになりましょうネ。
K　そうそう、チャンホランは向うですナ。あそこはまたいいところですネ。

◇　◇　◇　◇　◇　◇　◇　◇　◇　◇　◇　◇　◇　◇

「チャンホラン」。不思議な響きの言葉である。

新二はこの「チャンホラン」と、「リリ」という名前の女性を題材としていくつかの詩や小説を書いている。

新二が初めて「チャンホラン」という名前を使ったのは、昭和二十二年に『福島民報』に発表した連載小説「チャンホランの幽霊」においてであった。

昭和二十二年、福島民報社は読者の投票により、県内在住作家が書いた小説から優秀作品を選ぶ「小説コンクール」を開催する。七月十六日の朝刊で次のように告知された。

本社は読者サービスと地方文化興隆のため縣内からひろく小説の募集を行い随時新鮮な読物を提供してきましたが、今回また新企画として「小説コンクール」を催すことになりました、この方法は縣内在住の作家ですでに中央的にも認められ将來を嘱望されるつぎの五新人の登場をねがい、一作家廿回ずつの作品を約三か月余にわたつて本紙に掲載、最後にこれを読者による大衆審査（投票）によつて最高位を決め、その優秀作一編に對し「読者賞」金二千円を贈呈するものであります。

県内在住の作家として、福島市の野口一郎、佐藤久子、高橋新二、郡山市の佐藤浩、石井保の五人が選ばれた。

第一回の登壇は野口一郎の「浮沈」であり、七月二十九日から八月二十二日まで連載された。野口一郎は大正期から精力的に文学活動を続けてきた高橋長助のペンネームである。

第二回は佐藤広市福島大学教授の夫人で童話作家の佐藤久子の手による「太鼓台」で、八月二十四日から九月十六日までの連載。

第三回は佐藤浩の「噴煙」で、九月二十一日から十月十日までの、いずれも二十回連載であった。

第四回の予定の石井保は棄権したため、最後に新二の「チャンホランの幽霊」が十一月七日から十一月二十九日まで連載された。「チャンホランの幽霊」の挿画は足立良雄が担当した。

コンクールの結果は、投票総数千五百十二票のうち佐藤久子の「太鼓台」が七百二十票を獲得し優秀作品に選ばれ、新二の「チャンホランの幽霊」は三百九十六票で次点であった。

◇　◇　◇　◇　◇　◇　◇　◇　◇　◇　◇　◇　◇　◇　◇　◇　◇　◇

「チャンホランの幽霊」は大学時代の北茨城旅行の体験がモチーフにあるものと思われるが、内容的にはかなり荒唐無稽な作品である。

小説の中に、「チャンホラン」の由来ともおぼしき文章が出てくる。チャンホランに向かう馬車の中で主人公が出会った顔面神経の男との会話である。

―ところで、チャンホランつて面白い名だ。波の音のチャンポンかナー
―どこかの婆ばアもそんなこと言つてたぜ。―
―チャンホランへゆく若い男女連れは一人は必ずぶしあわせにぶつつかるんだ。―

「チャンホランの幽霊」のあらすじは以下のようなものである。
主人公の「ぼく」は捜し続けていたリリと三年振りに再会し、二人でチャンホランへ向かう。常春藤花《キヅタ》の傍に産み落とされたという以外に幼時の記憶がないリリは、自分の故郷と親の消息を訪ねて各地を渡り歩いていた。リリはチャンホランにその手掛かりがあるとの情報を得て、「ぼく」と一緒にやってきたものである。

リリが親に会えた日に、リリは「ぼく」と結婚するという約束をしていた。

二人はチャンホランで、イ《にんべん》屋という旅館に投宿する。イ屋には七十歳近い老主人とマヤという名の美しい娘がいた。

リリは宿に滞在しながら、常春藤花の咲く谷の住人や宋帰山の行者から、両親の手掛かりとなる話を聞いてくる。それは次のような話だった。

福島民報に連載された「チャンホランの幽霊」
(昭和22年11月18日付『福島民報』より)

ある雪の日、イ屋にサーカス団のヘビ使いの座長と、その妻と娘の三人が泊まりに来る。座長は箱に入れた大ニシキヘビを持ってきていた。座長は冬眠している大ニシキヘビを越冬させるために懐炉を抱かせていたが、懐炉を熱くし過ぎたため大ニシキヘビが暴れ出し、座長とその妻を絞め殺してしまう。二人が死んで残された娘がマヤであり、その時からマヤはイ屋の娘として暮らしている。

実は、この二人がヘビに殺されたのは天罰であった。話はさらに遡る。

リリは秋谷某とリウという裕福な家庭の夫婦の間に生まれた娘であったが、リリが生まれて半年も経たないうちにリウは海に落ちて死ぬ。秋谷の後妻に入ったのがヘビに巻かれて死んだ女だった。秋谷と後妻との間にはマヤが生まれる。その後秋谷もリウと同じ場所で水死すると、後妻の女は知り合いのサーカス団の座長を家に引き入れ、リリを邪魔にしてどこかへやってしまう。リウと秋谷の水死には不審な点が多く、後妻と座長の関わりが疑われていた。

これらの話を聞いたことにより、リリは自分とマヤが異母姉妹であることに気付く。イ屋では、白い女影が現れたり、夜中に柱時計を巻く音が聞こえたり、色々な不思議な出来事が起きる。「ぼく」とリリはイ屋で同じ部屋に泊りながらも純潔を保ち続けていた。リリの来歴が分かった時、二人は初めて常春藤花の咲く谷で結ばれる。しかしこの時リリは既に決心を固めていた。

妹マヤの日記を盗み読み、マヤも「ぼく」に恋していることを知ったリリは、マヤの幸せを願い身を引くことを決め、「ぼく」の外出中に一人で去ってしまう。

―マヤさん！―と、ぼくは呼んで、マヤさんの手を握った。

―ぼくにリリを追わせて下さい……。―

ぼくはそう言い捨てて表へ飛び出し、折柄発車しようとしていた最終の馬車に駆けつけた。

（ああ、リリの心にも背くが……）

ぼくは熱くなつて來たほほを窓硝子にピッタリ寄せた……。

と、その瞬間、反對の席から聲がかかつて來た。

―帰りは一人かい?美しい女をみんな失くしたんだナ。可哀想に!―

（あッ）例の顔面神経だつた。

ぼくらの愛の巣は不幸に終つた……。

ぼくはいつぱい涙をためて、馬車の後ろ窓からイ屋の方を振り返ると、どうした事か、イ屋は影も形もなく、あの辺りとおぼしき砂浜に廃船が一つ傾き見えるだけでその上に夕月が黄色なクシ形の窓を作つていた……。

ぼくは思わず叫んだ。

ああ、チャンホランの幽霊!


小説はここで終わっている。

文中に出てくる「宋帰山」とは「唐帰山《からかいさん》」のことであり、行者のいる社は「佐波波地祇神社《さわわくにつかみ》」であろう。

また「常春藤花の咲く谷」は「戰爭中、例の風船爆弾が放された」と記されていることから、六角堂から少し北に向かった山の谷間の地と思われる。

小説の中にしばしば現れる常春藤《キヅタ》花は、常緑性のツタに数多くの黄緑色の小さな花を付ける植物である。

また、新二は作中に自分の作品のパロディも挿み込んでおり、「ぼく」の書いているエッセイのタイトルが「文学の揺籃と懐郷」（途中からタイトルを「結婚の揺籃と懐郷」に変更する）であったり、リリが「海の海　海の彼方　海こえて　海のはてに人ありき」と歌うなど、遊び心も所々に見られる。

現代の小説のレベルから見れば、「チャンホランの幽霊」の出来は決して優れたものとはいえない。しかしチャンホランという土地の、現実とも幻ともつかないどこか神話的な雰囲気が醸し出されている作品ではある。

新二の長女ヤス子は多感な年頃でもあり、また新二の昔の女性関係などを耳にしていたこともあって、新聞に掲載される新二の小説を読んで不快感を露わにした。いつ幽霊が出てくるのかと期待して読んでいた二女の照子は、自分の想像と異なる話の展開に拍子抜けを覚えていた。

◇　◇　◇　◇　◇　◇　◇　◇　◇　◇　◇　◇　◇　◇　◇　◇

六年後の昭和二十八年に新二が書いた「睡遊」については先にも触れたが、この小説には「チャンホランの幽霊　前編」という副題が添えられている。

内容的には朝鮮旅行の話であり、『福島民報』に連載した「チャンホランの幽霊」の筋立てと直接の関係がある訳ではないが、「チャンホランの幽霊」の中で主人公に「ぼくは平安南道の硯底洞まではリリを追つたんだヨ」と言わせているように、主人公がリリを捜して朝鮮に渡った時の話という体裁をとっている。

「睡遊」は『福島評論』の「郷土作家回り舞台」の第一弾として発表されたものである。『福島評論』は県内の政治、行政などに関するゴシップ的な記事を載せている雑誌であったが、小説なども掲載しており、続く第二弾には東野邊薫の「身をつくしても」、第三弾には宗像喜代次の「戯曲　握手」が掲載された。「郷土作家回り舞台」はこの三作品で終了したようであり、「チャンホランの幽霊　後編」を『福島評論』誌上では見付けることができなかったが、新二の遺品の中に、前半が欠けているものの「後編」と思われる原稿があり読むことができた。

「後編」は、石湯温泉の宿の主人から、福島県の女の人が二年前に石湯温泉に来たことを聞き、それがリリであると思い定め、「今度こそはもう内地に帰ろう」と主人公が決心するところで終わっている。

◇　◇　◇　◇　◇　◇　◇　◇　◇　◇　◇　◇　◇

冒頭でも紹介したが、詩集『氷河を横ぎる蟬』には「チャンホランの海」と題した詩が「その一」から「その七」まで収められており、「チャンホランの海　その四」は昭和八年の北茨城旅行の際に書いた「古船解体」を改稿した詩である。

また、この詩集には「リリ」と題した十二編の詩と「チャンホランのリリの陰影《かざし》」という詩も収録されている。

リリ　その一

リリ、雨は昼寝からさめた孔雀、
光をさらつてひろがる。

リリ、雨は譜のない幻想曲、
見えない楽器が　その上を歩く
リリ、雨は窓のない部屋、
誰れにも見られず　何処からも出られない。
リリ、雨はサーカスの車柵《くるまさく》
無数の軸が目まぐるしい。
リリ、雨は露台《バルコン》の女
立つたり　座つたり　さては　椅子にくずれたり……
そして、リリ、雨は憚《はず》んでいるお前、
いつも過剰で。いつも空虚だ。

「常春藤花の精」のようなリリ、「龍舌蘭のような」髪のリリ、「万華鏡の花模様のような」言葉のリリ、「ギリシヤの乾いた砂丘のような」乳丘のリリ、「椿の花のような」口のリリ。
新二が限りない恋情を持って描いた「リリ」という女性のモデルは実在していたのであろうか。

素直に考えれば、大学時代に新二と旅行を共にした義兄宅のお手伝いさんとなるのだろうが、リリとはイメージが異なる。朝鮮に渡っていたというエピソードからすれば、やはりリリは「竹夫人」がモデルである可能性が一番高いと思われるが、「竹夫人」そのものというのではなく、新二がさらに理想化した女性像だったというのが正解のような気がする。

『氷河を横ぎる蟬』の自序には次のような文章がある。

私は私のポエジーをリリという語に調打《しらべう》つて久しいのに、その後、いろいろな通俗作品にその語が無慚に使われているのには、失望と幻滅を味つた。私自身そんなところに遊んでいたのかと知つて―。

リリは追い求め、つかまえようとしても、腕の間をすり抜けてしまい、永遠に手に入れることのできない幻のような女性だった。

◇　◇　◇　◇　◇　◇　◇　◇　◇　◇　◇　◇　◇　◇　◇

昭和三十四年から『福島民報』に連載した連作詩「めぐるシルエット」の中にも、「チャンホランの夜明け」という詩がある。こちらはいわきの海を題材とした詩である。

チャンホランの夜明け（石城）

夜明けの海の底を

馴染みの低音《バス》が揺すったので
短い旅の終りに　連れ鳥となってしまった二人……。
とりどめもない佗しい別れに
乳白の飛沫が襲ったので
サッと迫ってくる明るい海が
かえって　夜明けの霧より淡い……。
一日の顔が　狭い夜明けから
いま　広々と入って来るところだから……。
覚えある海の低音《バス》が　目覚めの際を揺すって　消えていったのだから……。

昭和四十一年三月十七日、石城郡三和村（現いわき市）の渡戸小学校で校歌の発表会が行われた。毎日新聞社福島支局の「辺地の学校に校歌を贈る運動」の一環として渡戸小学校の校歌を新二が作詞したもので、作曲は紺野五郎が担当した。
この発表会の日、新二はチャンホランの海まで足を伸ばした。
新二の「校歌メモ」には次のようなメモが記されている。

チャンホランの海へ行って来た。
作曲者たちと一緒
思い出となった。

チャンホランの海に来たのは何年振りになるであろうか。初めてこの地を訪れたのは三十年以上前のことになる。

まだ春浅い海は「チャンホランのリリの陰影」の詩で例えた「青ダリヤ」のように輝いていた。昔と少しも変わらず青く広がる海原を見つめながら、新二はしばし若かりし日の追憶に浸っていた。

新二が実際にチャンホランに足を運んだのは、この日が最後となった。

◇　◇　◇　◇　◇　◇　◇　◇　◇　◇　◇　◇　◇　◇　◇　◇　◇

新二の晩年の作品にも、チャンホランが登場する詩がある。平成三年の『福島県現代詩集』に発表した「笑嘲詩」の中の一編である。

あの海が　第一の海だった。
それを　共に　解《わか》ってくれた友が
私の第一の人だった。
その人は　もう　この世から消えた。
潮音《しおおと》も胸鳴《むねなり》も　ただ笑嘲めくばかり。
こうして　第一の海も　私から消えた。
その海の名は　チャンホラン、
海も人も　今はただ　空《くう》の空《くう》なる哉《かな》。

宮沢賢治が岩手県を「イーハトーブ」と呼び、その空想の世界を舞台に様々な登場人物に命を吹き込んでいったように、「チャンホラン」もまた現実世界と二重写しになった新二の理想郷であった。そしてそこには、いつもリリの影があった。

前掲の小説の「睡遊」というタイトルは「夢遊病」を意味する言葉である。作品の最後の方に次のような文章がある。

世には睡遊という、睡つていてしかも覺醒時の行動をなす、一種の病的現象が存在する、とマクベス夫人は主張しているが、私の場合は覺醒時に睡り病のような行動があつたのだから、これは一体何んなのか？

チャンホランは新二にとって、生まれ故郷の霊山と共に心のふるさとだった。日々の暮らしに疲れた時など、新二は白昼夢を見るかのように現実の世界から離れ、一人チャンホランに遊んだ。それは現実からの逃避というのではなく、詩人の魂に力を与えるささやかな営みであった。

第十七章　文洋社の時代

福島市の中心部に位置する宮町に福島稲荷神社がある。この福島稲荷神社のすぐ脇に一軒の小さな古書店があった。古書店の名は「文洋社」といった。この文洋社が、新二が経営し、また新二の終の棲家となった建物である。

福島稲荷神社は安倍晴明が御祭神を勧請したことが起源であると伝えられており、初詣や、神社周辺を屋台が埋め尽くす十月の例大祭などには多くの市民が集まることで知られている。稲荷神社の北東の一角には、戊辰戦争で官軍の参謀を務めていたが、傍若無人な振舞などのため仙台藩士の手により暗殺された長州藩士世良修蔵の墓がある。この世良の墓と狭い路地を挟んで済生会福島病院（昭和二十七年までは診療所。昭和四十一年に桜木町に移転）が立っており、文洋社はその東隣に位置していた。

◇　◇　◇　◇　◇　◇　◇　◇　◇　◇　◇　◇　◇　◇　◇

新二は教員組合での日々を過ごす中で、役所を退職し独立して事業を興すことを考え始めていた。もともと宮仕えは、自由な生活を愛する新二の性には合わなかった。また新二も既に四十代半ばとなっており、新しいことを始めるのであればば今がぎりぎりの年齢ではないかと思っていた。

新二は本来は文学で身を立てていくことが夢であった。しかし文学活動だけで食べていけないことも十分承知していた。仲間の詩人達も何らかの生業を持ち、仕事の合間に詩作を行っていた。それでも新二はもっと自由になる時間が欲しかった。例えば出版事業を行いながら詩を書いていくということなどができるのであれば、仕事自体も自分の嗜好に合うものであり、まさに自分の目指していくべき方向であるように思えた。

これまで新二は、論文などを書く度に賞をとるなど、何をやってもうまくいっていた。福島師範時代に発行していた『丘陵詩人』が大評判をとり、毎号売り切れとなったことも忘れられなかった。出版事業であっても、自分の能力をもってすれば成功しない訳がないという自信があった。

教員組合で「夏休み・冬休みの友」を制作していたノウハウもあったことから、とりあえず学習教材の出版、販売を中心に、文学関係の出版も行っていくのはどうかと考えを巡らせた。

しかし新二自身は会社の経営に興味がある訳ではなく、会社経営の知識もなかった。また何をやるにしてもそれなりの資金が必要であった。新二は福島女子商業学校で同じ時期に教鞭を執っていた菅野慶助に話を持ち掛けることとした。

菅野慶助は明治四十年生まれ。新二より一歳年下であったが、福島県師範学校では新二の一学年上に在籍していた。菅野は福島県師範学校を卒業後県内の小学校に勤務し、その後東京の飯倉尋常小学校への出向を経て、昭和十八年から福島県師範学校の教師となっていた。菅野は福島県師範学校に勤めながら、週に三時間福島女子商業学校でも東洋史の講義を受け持っており、そこで新二と面識ができたものである。

菅野はまた、戦時中の昭和十六年から、妻の八千代と共に洋裁学校の経営も行っていた。大町に校舎を構えていた福島高等洋裁学院である。後年には菅野夫妻は福島高等洋裁学院を発展させ、緑が丘高等学校（現東陵高等学校）、緑が丘女子短期大学（現福島学院大学）を開設することになる。

新二は菅野が会社経営を知悉していることや、それなりの資金力を有していることに目を付け、新たな会社の設立に協力してくれるよう頼み込んだ。菅野は新二の話を聞いてその計画に賛同するが、後の顛末を考えれば新二の雲をつかむような計画に巻き込まれた形となった。

菅野の協力を得られることになった新二は早速県を退職し、昭和二十六年十二月に株式会社を立ち上げる。キミを始め子供達は新二に会社の経営ができるとは到底思えず、新二の起業には猛反対であった。長女、二女は共に社会人となっており、親にも意見を言うことができる年齢になっていた。長女ヤス子は県庁に勤めており、二女照子は昭和二十四年に福島県師範学校を母体に設立された福島大学の図書館に勤務していた。幼少時から心臓病を抱え二十歳まで生きられないかもしれないと医者から言われていた照子も、病気と折り合いをつけながら何とか成人を迎えていた。

しかし新二は家族の再三の説得にも耳を貸すことはなかった。それならばせめてあと半年、恩給の受給資格ができるまで県を退職するのを待って欲しいとの家族の必死の頼みも新二は聞き入れず、一旦こうと思い込んだ新二を止めることは誰にもできなかった。

◇　◇　◇　◇　◇　◇　◇　◇　◇　◇　◇　◇　◇　◇

新たに設立する会社の社名は「文洋社」とすることとした。

二年後に新二が刊行した『現代福島県の文化事典』には文洋社の広告が載っており、それによれば文洋社の営業内容は、「出版部」が出版、編集、図案、印刷、「ミシン部」がジューキミシンなど高級特価品の販売修理、「教材部」が視聴覚教材の紹介販売・貸出、学童用品の紹介販売、「図書部」は特価本・新刊雑誌の販売、中古本の買入販売とされている。

文洋社の社名も、その事業内容である「文化」と「洋裁」から一文字ずつ採って組み合わせたものであろうと思われる。

文洋社の社長には菅野が就任し、新二は専務として会社の運営全般を担うこととなった。

文洋社の事務所は宮町に置かれた。宮町には福島高等洋裁学院の分校舎と寮があり、戦時中沖電気の寮となっていた割烹「三松」、「万松」の建物を菅野が買い取って利用していたものであった。その建物の一部を文洋社の事務所としたが、程なく新二は退職金を使い、敷地の中の道路に面した十坪程の土地に、小さな二階建の事務所を建てる。

昭和五十七年に菅野が発刊した『私のあしあと』に、この辺りの経緯が書かれているので引き写す。

（前略）終戦後間もなくでなかったか、「理科の副読本を出版して理科教育に協力したい。ついてはいっしょに会社組織にしてやりたい。参加してほしい。」という意味の話があった。いいことなのでいっしょにやることにした。昭和二十六年十二月十三日付文洋社設立株式申込証拠金として十五万円、菅野八千代の名儀で五万五千円、佐藤清助名儀で五万円、三浦進名儀で三万五千円、計二十九万円を日本興行銀行福島支店に振込んだ。そして私が社長ということになった。

事務所は私の洋裁学校の教室、寮にしていた「三松」の一画にした。私の学校で取り扱っていたミシンの商売もここに移した。高橋さんが専務として一切を切り回した。水野先生も一万円を出して参加してくださった。事務所のところを高橋さんの資金で二階建の店にしてしまった。今の古本屋高橋さんの店である。

「事務所のところを高橋さんの資金で二階建の店にしてしまった」（傍点著者）と書いているように、新二の事務所建築は菅野の意にはそぐわなかったもののようである。実際同書では、後日菅野が宮町の分校舎を売却する際に、この事務所があったために売却価格が半値近くになってしまい痛手であったと追想している。

会社の業績は設立当初は順調であった。まだ新二は教員時代の仲間にも顔が利き、副読本や教材を買って使ってくれる人も多かった。

ヤス子と夫の茂木利夫、長男英則

新二は氏家という名前の夫婦を住み込みの事務員として雇い、店番や会社の経理などを一切任せていた。新二自身はといえば、この頃購入したバイクを駆って、県内各地の学校や知人などへの営業に走り回っていた。

二十三歳になる長女ヤス子が結婚し茂木姓となったのは、こうした慌ただしい生活に明け暮れる昭和二十七年五月のことであった。

◇　◇　◇　◇　◇　◇　◇　◇　◇　◇　◇　◇　◇　◇　◇　◇

昭和二十八年五月、新二は念願であった文化関係の書籍の出版を手掛けることとし、『現代福島県の文化事典　人物篇』を、福島県文化叢書の第一弾として刊行する。

『現代福島県の文化事典』はポケットサイズのＢ６判、約三百ページの冊子で、定価三百円で頒布した。発行者は現代福島県文化事典刊行会代表の東野邊薫。現代福島県文化事典刊行会は株式会社文洋社内と記されており、株式会社の事業とは分離した事業として、新二の個人的な資金により行ったものと思われる。

『現代福島県の文化事典』の巻頭には大竹作摩県知事、古張信二県教育委員長からの発刊を祝う文が寄せられている。本編は「経済篇」、「社会篇」、「文化篇」、「教養篇」、「芸術篇」、「政治篇」に分かれ、全部で約千五百人の福島県内文化人の経歴などが掲載された。

「刊行のことば」に「唯単に人物の経歴とか、住所を羅列するという安易な方法をとらず、できるだけ本人の手によって本人の抱負とか意見又は希望等を収録した」とあるように、掲載者本人が書いた随筆風な文章なども一部に見ることができる。

『現代福島県の文化事典』は発行当初は知人などを中心にそれなりの売れ行きを見せたものの、知り合いが一巡してしまえば次第に売れ行きが悪くなっていった。『現代福島県の文化事典』は「人物篇」の続刊として「作品篇」の刊行も予告されていたが、「人物篇」の売上げが伸びなかったことから、続刊が刊行されることはなかった。

◇　◇　◇　◇　◇　◇　◇　◇　◇　◇　◇　◇　◇　◇　◇　◇　◇

この頃から文洋社本体の経営も思わしくなくなっていく。

ミシンや学習教材の売上げも思うように伸びていかず、やはり所詮は素人商売だったと言わざるを得なかった。

前掲の『私のあしあと』には次のように記されている。

（前略）ところがそのころ業績上がらず、郡山の二瓶ミシン店から再三に亘り不信をなじられたことも忘れられない。水野先生には気の毒になったが、返す金もないわけ。私は自分で元金の一万円だけはお返しして少し気が休まった。

昭和二十九年（ロ）第四八七号で支払命令書が送られたには驚きだった。債権者は福島相互銀行、債務者は文洋社代表取締役菅野慶助、同じく債務者菅野慶助、高橋新二となっている。二十九年七月十四日貸した四十七万円のうち返済残金十一万六千九百六十六円を返せというのである。再三督促しても払わないのでの請求である。二週間以内に異議申し立てないときは債権者の申し立てによって仮執行の宣告をする。昭和二十九年九月三十日福島簡易裁判所裁判官間中彦次とあるのである。

会社の負債以外にも、福島県文化叢書刊行のために負った新二個人の借金もあった。

これらの借金は新二の家族をも大いに苦しめることになった。借金取りが昼間、渡利の自宅まで押し掛けてくることもあった。家族は雨戸を閉め居留守を使ったが、借金取りは容赦なく大声で名前を呼びながら戸を叩いた。こうした事件は当時小学生だった長男重義などの心にも深い傷を負わせることになった。また、朝から晩まで夫婦喧嘩も絶えず、高橋家は誇張なしに家庭崩壊の危機に瀕するような状況に陥っていた。

しかしいざとなると、生活力のない新二と異なりキミはたくましかった。キミは貸金業者からの借金だけは清算しなければならないと考え、月舘の実家、親戚、知人などの家を金策に走り回った。家庭の苦境を訴え、頭を下げ、何とか金を借り、借換えという形ではあったが、貸金業者からの借金についてはとりあえず全額返済した。

一方、文洋社では事業の業績が悪化するばかりでなく、ほかにも大きな問題が発生していた。事務員として雇っていた氏家夫婦の金の使い込みが発覚したのである。それは、金銭の管理を全て氏家に任せてチェックをおろそかにしていた新二の責任でもあった。この結果、それまで文洋社に住み込みで仕事をしていた氏家夫婦は解雇され、以後は代わりにキミが店番をしに渡利の自宅から文洋社に通うこととなる。

キミは親戚などから借りた借金の返済のために、何がしかでも自分でお金を稼ぎたいと思っていた。そこでキミが考え付いたのが本の委託販売であった。キミは新二に頼んで、事務所の一画に自分専用の棚を設置してもらうことにした。その棚に書店から販売の委託を受けた書籍を置き、本が売れた場合にはいくらかのマージンを貰うのである。

本は何冊も積み重なると、その重量は相当なものになる。本を包んだ重い風呂敷包を細い肩に食い込ませながら書店から事務所まで運んで歩く小柄なキミの姿が、街頭でよく見られるようになった。客からの注文があれば本の配達も行い、これは長男の重義が手伝うこともあった。

またキミ専用の棚には新刊書だけでなく古書のスペースも作り、不用になった新二の蔵書なども置くようになっていった。

これらは全て、自分の手で家族を守っていかなければならないと思い定めたキミの必死の発案であった。

こうしたキミの奮闘によって借金は少しずつ少なくなっていった。

借金はキミが中心となって返済していったが、生活費までは手が回らず、二女照子の給金に頼るところも多かった。

しかし昭和二十九年十月には照子も長女ヤス子に続いて結婚し、関根姓となり実家を離れることになる。

照子と夫の関根千代二、長男宏幸

◇　◇　◇　◇　◇　◇　◇　◇　◇　◇　◇　◇　◇

昭和三十年十月、新二は起死回生を期して福島県文化叢書の第二弾となる『福島県萬葉集』を発刊する。

『福島県萬葉集』はA5判の五百ページ弱の本で、頒価は六百円であった。刊行者は『現代福島県の文化事典』と同じく現代福島県文化事典刊行会代表の東野邊薫であり、出版者は文洋社代表高橋新二となっている。

『福島県萬葉集』には、県内で活躍している代表的な歌人五十七人の短歌をそれぞれ百首程度掲載した。

『福島県萬葉集』と『現代福島県の文化事典』

この本に掲載されている歌人の名前を一部挙げると、天城南海子、天野多津雄、一條和一、追分作助、大中一郎、公家裕、草野比佐男、作山暁村、佐藤晴二、佐藤汀花、清水延晴などである。

新二はこの本の出来栄えには相当の気負いと自信があったが、この『福島県萬葉集』も思い描いたようには売れなかった。『福島県萬葉集』には「第一巻現代短歌篇一」と記されており、新二は『現代福島県の文化事典』と同様に続刊を構想していたが、やはりこちらについても続刊されることはなかった。

『福島県萬葉集』の刊行に際して新二自身も、この本に掲載した五十七人の歌人一人一人に捧げる短歌を作り、パンフレットの形に取りまとめて作者達に配布している。パンフレットの「序詞」には次のように書いた。

序《ついで》詞《ことば》

万葉の歌よむ人らを訪ね、げに温き心つぎつぎと遇い、いつかは謝する形象《かたどり》もあらばやと日々に思いおりたるに、一と夜、俄に歌心のわき出たれば、再び歌うこともあらじと、痴人《しれじれ》しき詩人《うたびと》の拙き、羇旅歌《たびうた》をここにお笑い草にまで—。

また「跋歌」には編集の経緯について詠んだ短歌が七首掲げられており、『福島県萬葉集』の制作のために新二が県内をオートバイで走り回ったことを窺うことができる。跋歌から何首か抜き出す。

跋《あと》歌《うた》

万葉の峻険に耐え力ためす資本家ならず詩人たれ吾《われ》

会津路へかかりし時は吹雪なり上戸《じょうご》の旗亭にオートバイとめぬ

夜の道疲れてはしるオートバイへ寄する心のなおもなおも足りず

◇　◇　◇　◇　◇　◇　◇　◇　◇　◇　◇　◇　◇　◇　◇

少し脇道にそれるが文洋社時代の話として、この頃はテレビがようやく一般家庭にも普及し始まった時期である。庶民の娯楽はまだ映画が中心で、映画館全盛の時代となっていた。

福島市内にも、万世町に「福島日活」、置賜町に「福島大映」、栄町に「福島東宝」、仲間町に「福島松竹」、早稲町に「福島国際」、「国際第二」と、さほど広くもない街中に六軒もの映画館が林立していた。

新二は映画の興隆にも目を付けた。映画の宣伝にもなると言って福島東宝の支配人を誘い、菅野慶助も交えて三人で『文化時報』という月刊紙を発行した。現物は未見であるため内容は確認できていないが、『私のあしあと』で菅野は以下のように書いている。

このころ「文化時報」というのを高橋新二さんが発案し東宝映画館の支配人の高橋さんと私で、三分の一くらいずつのスペースを受け持って毎月出すことにした。タブロイドというのか、一枚四ページのだったが、自分の仕事の宣伝を頭においての編集だったが、その中に生まれて初めて俳句だか川柳だか十二くらいこれに載せた。（後略）

常に何かしら創造的な活動をせずにはいられない新二の性格が、ここにも現れている。

◇　◇　◇　◇　◇　◇　◇　◇　◇　◇　◇　◇　◇　◇　◇

結局のところ、株式会社文洋社は業績を回復することはできず、設立から僅か数年で解散せざるを得ない結果となった。

唯一比較的順調だったのは、キミが個人的に行っていた本の販売だけであった。このため、株式会社の清算後は本格的に古書店を経営することに決め、家族も渡利から宮町の事務所に引っ越し、古書店の開設に至ったものである。古書店の店名は、株式会社の名前をそのまま引き継ぎ「文洋社」とした。

文洋社では古書販売の傍ら出版事業についても当面継続することとし、自費出版の歌集など何点かを出版している。

古書店文洋社の代表は新二になっていたが、実際に店の一切の切り回しをしたのはキミであった。母カクや長男重義もたまに店番などを手伝うことはあったが、新二はせいぜい本の値付けをする位で、殆ど仕事にタッチすることはなかった。

キミは商売に関しては思わぬ才能があった。

この頃福島では屑屋がリヤカーを引いて街中を往来していたが、この屑屋から売り物になりそうな本を買い取ったのである。ゴミ扱いで殆ど値段の付かない古本を、安い金額とはいえそれなりの値段で買い取ってもらえるという情報が屑屋の間に口コミで広がっていき、市内の屑屋がこぞってリヤカーを引き文洋社に集まってきた。古書店は仕入れが生命線であり、屑屋からの古本の買取りは大いに店の経営に貢献することになった。

また、キミは仕入れた週刊誌をバラ売りだけでなく五冊一束にして店に置いた。これが大いに当たり、束にした週刊誌が飛ぶように売れていった。

文洋社の立地が福島大学の学生の通学路であったことも、店の繁盛の大きな要因だった。文洋社は浜田町にあった福島大学教育学部と福島駅のちょうど中間地点にあり、福島大学の学生達が通学途中に立ち寄って本を購入していくこともしばしばだった。


キミの奮闘により古書店の経営は順調に推移し、数年後には親戚や知人からの借金も全て返済することができるようになっていた。しかし、家族の意見も聞かず借金まみれとなり、またその返済はキミ任せであった新二への不信感は、これ以降家族の中に根強く残っていくこととなった。

数年後には文洋社の立っている敷地もキミは菅野慶助から買い取ることになるが、この時も新二への不信感から土地の名義を新二ではなく長男の重義名義にしている。

商売に関しては全く能力を発揮することができなかった新二であったが、皮肉なことに事業が失敗し仕事から離れることとなったため、否応なく新二が望んでいた自由な時間が手に入ることとなった。この自由な時間を使って、新二は本格的に創作活動を行っていくことになる。

◇◇◇◇◇◇◇◇◇◇◇◇◇◇◇◇◇◇

毎日を自由に過ごす新二のもとには、新二の文学仲間達が訪れることも多くなっていった。文洋社は家の中に上がってもらう程の広さもない建物であったため、新二を訪れた客達は店先の椅子に腰を掛け、帳場をはさんで新二と話し込んでいくのだった。

来客の中には現代福島県文化事典刊行会の代表を頼んでいた東野邊薫もいた。

東野邊は明治三十五年二本松町（現二本松市）生まれ。子供の頃父が上川崎尋常小学校の校長に赴任したことに伴い上川崎村に転居する。早稲田大学を卒業後長野県の中学校教師を経て福島県で教職に就いた。昭和十八年に、上川崎の集落で紙漉に生きる人々を描いた小説「和紙」を発表し、翌昭和十九年同作品により第十八回芥川賞を受賞する。昭和二十七年には教職を辞し、この頃は文学活動中心の生活に入っていた。

東野邊が来訪した時たまたま居合わせた照子は、細身の体にいかにも文士然とした風格を漂わせた東野邊の姿を見て、写真でしか見たことのない芥川龍之介はこのような人ではないかと思った。

新二は戦前から戦後にかけて評論や小説などの創作を行ってきたが、再び詩作に本腰を入れるように

文洋社の前で。前列左から新二、カク、重義、キミ、後列左から吟子、照子夫妻、ヤス子夫妻と長男英則。新二愛用のオートバイも見える

なっていた。この時期は事業の失敗とは裏腹に、詩人としては創作活動も旺盛で、最も脂の乗り切った時代となっていった。

昭和三十二年六月、新二は第三詩集『氷河を横ぎる蟬』を発刊する。

第二詩集である『鬱悒の山を行く』から実に二十八年振りとなる詩集の刊行であった。

第十八章　『氷河を横ぎる蟬』と県文学賞

終戦から十年が経過し、人々の生活もようやく落ち着きを見せるようになっていた。昭和三十一年に発表された経済白書には「もはや戦後ではない」という文章が書かれ、この言葉は流行語にもなった。生活に余裕が生まれるにつれ、文芸活動の活発化も顕著になっていった。福島県内においても、文芸誌や同人誌が何誌も創刊され、新聞にも詩などの文学作品が掲載されるようになっていった。新二は仕事を辞めて自由になった時間を活用して、これらの新聞や雑誌に次々と自作を発表していった。

幾多の変遷を経て昭和十三年に終刊となっていた『北方詩人』は昭和三十一年に第五次『北方詩人』として、佐久間利秋、大谷忠一郎らの手により復刊される。

新二はこの『北方詩人』に、「フランス詩抄」と題してフランス近代詩の訳詩を昭和三十四年まで六回に亘り連載する。第一回が昭和三十一年六月の『北方詩人』復刊号に発表した「水辺夕暮（スユウリ・プルユウドム詩）」で、第二回が同年八月に掲載した「ああ私はお前が欲しい（フランシス・カルコ詩）」である。以降、「むかし詩人あって（フランシス・ジヤム詩）」、「月のジプシー（ジヤン・ラオール詩）」、「暮風（フランシウス・カルコ詩）」、「猫（シヤルル・ボードレール詩）」、「献詩（フランシス・カルコ詩）」と続く。

この頃の新二は堀口大學に対する傾倒がまた一段と強まった時期でもあり、翻訳詩の創作についても、堀口の『月下の一群』に触発されるところが大きかったのではないかと思われる。

『福島県史』においても新二の詩業については、「アイロニーとパラドックスを手ぎわよく駆使して現代詩の世界で脚光をあびたが、その叙情は、月下の一群のフランス近代詩の世界を固守している」と書かれている。

なお翻訳詩に関しては、新二は中国の漢詩の訳詩も作っており、昭和三十三年から昭和三十八年までの期間、『福島婦人タイムス』に「支那秘女詩抄」と題した訳詩を連載している。

◇　◇　◇　◇　◇　◇　◇　◇　◇　◇　◇　◇　◇　◇　◇　◇

昭和三十二年六月、新二は第三詩集となる『氷河を横ぎる蟬』を刊行する。この時、新二の年齢は五十一歳になっていた。

第三詩集『氷河を横ぎる蟬』

『氷河を横ぎる蟬』は新二がここ数年書きためていた詩を取りまとめたもので、二百編を超える詩を収めた三百四十ページの大冊の詩集であった。定価七百五十円で昭和書院から出版された。フランス装丁とも呼ばれるアンカットの製本で、ここにも新二のフランス近代詩に対する思い入れを見て取ることができる。

詩集の自序で新二は次のように書いている。

いままで私の魂の底に沈んでいたものが、ようやく盛装をこらし、座立し、還身し、投影し、反転しながら、世の風へ去ってゆく。

（中略）

詩集「鬱悒の山を行く」から卅年振りで出版となる「氷河を横ぎる蟬」には、私の力では及ばなかった金襴銀伽の大天蓋は見えないが、私の抒情と思想と私を取り巻く自然を「月日」風《ふう》なものと「氷河を横ぎる蟬」派のものとに　私なりに唄い得たつもりである。

（中略）

今も詩の火煙は噴いて止まない。

阿武隈山脈の低いなだらかな囲撓地に生れ南国的な太陽と浪漫ふうな微風の下に育った。私の心と肉体がそうした故郷の陰影と断ち切れずに、ここまで辿りついたが、また涯しのない道が先につづいている。

当初、新二は書名を『雨中の蟬』とする考えであったようである。『現代福島県の文化事典』の高橋新二の項目には、「目下詩集「雨中の蟬」小説「チヤンホランのリリの陰翳」を整理執筆中」と記されている。「雨中の蟬」という最終的には採用されなかったタイトルのもとになった詩は、この詩集に収録されている「蟬　その一～その三」である。

蟬　その三

降りやまず　降り抜く　雨の日に
白樺の林のまん中で
蟬が一匹鳴いている。

谷間の水煙りの向う
雨風に叩かれた固い木肌をめぐり
霧浮かす白樺の幹　飛沫の谷川
鳴き鳴いているただの一匹

ひたむきに　また　空ろに
さまよいつづけ　いま　大木による
季節から捨てられて終つた雨中の蟬！

平成二十五年七月十三日から八月十日まで五回に亘り『福島民報』に連載された「ふくしま人（高橋新二編）」の中で、執筆者の澤正宏福島大学名誉教授は、この詩集について次のように書いている。
「氷河を横ぎる蟬」は、長い土の中の生活で忍耐強いが、一夏ひたむきに鳴いて終わるはかない命の蟬に自分を見て、そういう自分が氷河のように厳しい社会、現実を生き、生きて来た感慨を記した詩集である。

最終的な書名となった「氷河を横ぎる蟬」は、この詩集の最後に収録されている雄渾な詩である。この詩は宗像喜代次に捧げられた。

これも、前掲の「ふくしま人」から澤名誉教授の詩評を引用させていただく。

最後にこの詩が置かれる意味は、冒頭行と最後とにある「ゆけ、涯（はてし）ない虚空（そら）の孤線工夫」という一行にある。人生という「虚空」に詩人（工夫）よ詩（孤線）を印せよと新二は自分を奮い立たせるのである。（後略）

氷河を横ぎる蟬

ゆけ、涯《はてし》ない虚空《そら》の孤線工夫《みちつくり》、
何かは在り何もない、二度と帰らぬ氷河の路を——。
宇宙骨《そらほね》を求めて白銀の手油燈《てらんぷ》かざし
氷甲殻《こおりから》に身固《みがた》めた悲哭の一工夫！
インド・オーチヤの石と淮木の契りにならつて　死婚するのか、
ガンジヤムの女にまねて　太陽反射と焼婚するのか、

いま　光り射る大眼小眼《おおまなこまなこ》へ
十六方世界を映しながら
真下、側、頭に、氷河が見えている。
青春と灰老の生死を飛ぶ
始音《はじめおと》も終音《おわりおと》もない羽打《はうち》は
刻一刻の移ろいに悠久を打つ無限時時計《とけい》！
誰れが背を撫でて死の枢機相となるか、
千年一回の羽擦《はずれ》を繰り返し
氷岩を磨滅させる幾億世紀の業時《わざとき》に
氷河の永い一日が僅にすぎる。
現実《じつ》と夢幻《ゆめ》に明け暮れる氷河の一日がすぎる。
天より落下する雪の大幕、縁《ふち》なく広がる氷の厚い敷布、
開かない雪の啞口《おしぐち》と　閉じない氷の鰐口《わにぐち》は
総てを語り包む秘神の無門関であり
何事も書き伏せ綴り込んだマンダレーのクソウ・ダウより重い氷の聖典である。
光闇《ひかりやみ》　闇光《やみひかり》
石蕊を押して氷河は流れ、磁石を潜めて氷河は澱む。
湾曲し直進し　湧き溢れ　盛り展び、
慕念の標高もとどかず　思索の深渊も隠せず

緩緩《ゆるゆる》と氷鑑は旋回し　重重《おもおも》く雪量は垂れこめる。
有《う》を限り　無に広がる　極《きょく》の星数《ほしかず》と辰気《しんき》。
真の證《あかし》もなく　偽りの仮言《かりごと》もなく、
七十年一言《ひとこと》も発しなかつたアデール・ユーゴーの喉のように乾《かわ》き
一時《ひととき》に数十万の落友《おちとも》を失くしたコルチヤツクの足のように凍《し》み
氷河を横ぎる一物質　小昆虫、
死齢《しにどし》を超えてゆく魂の激しさ！
獄音《ごくおん》に生き抜いてゆく羽力《はちから》の鋭さ！
ルダギに負けまいと嚙む氷酒《こおりざけ》に
白酔《しらよい》の節《ふし》なき詩《うた》は　面《めん》もない譜を滑《すべ》り
転寝《うたたね》の空耳《からみみ》に　いつまでも　消えて消えない。
不死身《ふじみ》の首にまといつく象気の蛇、
不動の獅子頭《ししがしら》に花つく草氷《くさごおり》、
千谷の冷たい雫を掻き攪す　無性の憤り有生の焦り、
ゆく的《あて》もなく　留まる場もない　この孤独な飛性物《ひしょうぶつ》！
次第に過ぎる白色の大きい無蓋無輪車の上に
余りに高い一点となつては進まず、
速さを貫く光閃の直線となつては動かず、
遙なクマリの海の七つの色を反映する類ない河肌の潤光《つや》を浴び

エジプトの跳《はね》つるべのように　太古《むかし》死に現今《いま》も生きている歌を唄えば
デボルトの高貴な詩さえ調《しらべ》失せ律《りずむ》狂《くる》い、
嘲笑ある賞讃の洞窟に入るようだ。
ファリド・エド・デインの被《か》ぶつた金属の覆面よりも、また　順治木乃伊《ミイラ》帝の乾干《ひぼし》よりも崩れず痛まず
氷《こおり》甲殻《から》に身固《みがた》めた哀傷の一工夫！
宇宙骨《そらほね》を求めて白銀の手油燈《てらんぷ》かざし
ゆけ、涯《はて》ない虚空《そら》の孤線工夫《みちつくり》！
二度と帰らぬ氷河の路を——
何かは在り何もない氷河の路を——

詩集の末尾に添えられた後詩は、第二詩集『鬱悒の山を行く』の後詩「山の山……」をその一とし、その二として次の詩が加えられた。新二は詩集を出す毎に後詩を付け加えていき、第四詩集の『小さい別れの手』では、さらに三つ目の後詩が添えられることになる。

後詩　その二

無数の星屑《ほしくず》を眺めて、私は数《かず》を知つた。
死の際《きわ》にいたつた時、はじめて生の悪が判つた。
なんにせよ　そうだと思つた。対位が、対位こそが　有力な思想だと。

長い間詩作から離れていた新二であったが、「今も詩の火煙は噴いて止まない」と自ら語っているように、新二の詩に対する情熱は消えていなかった。

『氷河を横ぎる蟬』は新二の最も円熟した時代に編まれた代表的な詩集となった。

◇　◇　◇　◇　◇　◇　◇　◇　◇　◇　◇　◇　◇　◇

昭和三十二年十月、『氷河を横ぎる蟬』は福島県文学賞を受賞する。


福島県文学賞は新二も創設に関わった賞である。昭和二十三年度第一回の受賞者は小説の部では影山稔雄の「巷の歴史」と川内潔士の「天中軒雲月」で、賞金は各五千円。賞金一万円とされていたところ、受賞者二名のため折半したものと思われる。詩集の部は大谷忠一郎の『月宮殿』で、賞金三千円。歌集の部は高見楢吉の『半田良平』、句集の部は山下率寶子の『凍土』で、賞金はそれぞれ二千円であった。川内潔士は本名川内潔。川内康範というペンネームで、月光仮面の原作や歌謡曲の作詞家として多彩な才能を発揮した。

また、大谷忠一郎は新二の詩兄的存在として、若い頃から親しく交友してきた詩人であった。

新二が受賞した昭和三十二年は、文学賞の制定から第十回目の年に当たる。

この年の正賞受賞者は、新二のほかに小説の部で「麻実子誕生」を書いた南浅二郎の二名であった。

十月二十七日の『福島民報』に文学賞決定の記事が掲載され、受賞者の喜びの声として新二の談も載せられている。

（前略）表題の「氷河」は無限の人生をたとえ「セミ」は小さな自分のことです。私はもともと心理詩集に没頭して、いささかの思想といささかの抒情と自然描写というものを人間の心理のうえにどのように関係づけられているかを表現しようという立場で書いています。詩というものは絶えず発展してゆかねばならぬものですが、私も現在の作品をぶちこわしながら新しいものに取り組んでゆきたいと思っています。

表彰式は十一月三日の文化の日に、文化・教育功労者の表彰と併せて福島県庁で執り行われた。県文学賞の関係では、新二、南のほかに、准賞、奨励賞、青少年文学奨励賞の受賞者十二名が出席した。自らが創設に関わった賞の受賞でもあり、新二にとってもひときわ感慨深いものがあった。

◇　◇　◇　◇　◇　◇　◇　◇　◇　◇　◇　◇　◇　◇　◇

時は下り約十年後のことになる。昭和四十三年度の第二十一回福島県文学賞の詩の部門の受賞作品に盗用が発覚し、受賞が取消となる事件が発生している。

昭和四十三年十月十六日の『福島民報』から記事を抜き出してみる。

県文学界の最高の栄誉である第二十一回県文学賞の受賞者は、十四日の県教育委員会で正式に決まり発表されたが「詩集の部」で文学賞を受けた作品が他人の著作を盗用したものであることがわかり、県教委は十五日「受賞取り消し」を発表した。この作品は詩集「地の表情」でいわき市内郷高坂町、会社員宮沢文雄氏が片岡文雄のペンネームで応募したもの。ところがこの詩集は高知市本宮町、日本現代詩人会員片岡文雄氏が二年前に出版した作品でいわき市平字赤井、ボイラーマン佐藤喜平さんが宮沢さんの名前を借用し片岡氏の詩集の奥付けに印刷してあった作者の略歴を巧みに切り取りニセの略歴を書き込んで応募したことが福島民報社の調査で明らかになった。このような賞金目当ての悪質な行為は県文学賞が発足して以来二十余年、初めてのことであり、二人の無軌道な行為に怒りの声がわき起こっているが、半面、第一線で活躍している詩人の審査員の一人が今春辞任したのに補充手続きが間に合わなかったなど審査上のミスもまぬがれず、伝統ある県文学賞に汚点を残した。

審査の段階では審査員は誰もこの不正に気付かなかった。これは、審査員として名を連ねられていた詩人の田中冬二がこの年は審査員を辞退し、審査員の中に詩人がいなかったことも大きな理由であった。新二のもとには田中冬二から審査員を辞退する旨の手紙が前年の十二月に届いており、新二は田中の辞任を知っていたが、県教育委員会では田中の辞任を伏せ、田中の名前を最後まで審査員の中に残しておいた。この教育委員会の対応もまた問題となった。

新二は以前から、県文学賞の審査方法や審査委員の選考方法などについて不満を感じていた。新二は県文学賞の制定には関与したものの、賞が具体化される前に異動となっていたことから、文学賞の制度設計にはタッチしていなかった。またこの頃、文学賞の審査について真偽は定かでないものの、黒い噂が新二の耳に入ってくることもあった。

新二は制定に関わった者として看過することはできなかった。新二は審査委員の一人を訪ね、七つの改革案を提言した。改革案は次のようなものである。

一　主催者は審査にタッチすべきでない。
二　委員はその一部を逐年更新する。
三　各部門の賞金を均一にする。
四　文学賞は純粋に作品賞にする。
五　審査方式を明定する。
六　部門別賞にし川柳賞も考える。
七　受賞者からも審査委員を選ぶ。

しかし数年待っても、新二の提言した改革案に対する反応は一切なかった。

盗用問題はこうした中で起こった事件であった。
新二は昭和四十三年十月三十一日の『福島民友』に「県文学賞問題」という小文を寄稿する。
新二は小文の中で、詩集盗用問題への県教育委員会や審査委員の対応に苦言を呈し、最後に以下の文章で締めくくっている。

県文学賞はどのような制度機構をもつべきか、審査委員はどのような権限と責任に立つべきか。審査方法はどのようなものを選ぶべきか。高をくくってはいけない。ミスを不運とすることなく、今回を好機に幸運へ変えることが必要なことだと思うのです。

この盗用事件が起きる二年前の昭和四十一年、新二は既に県文学賞とは一線を画した県自由詩人賞を創設している。県内詩人の育成がその目的であったが、県文学賞の改革が一向に進まないことに対する新二なりの抗議行動でもあった。

◇　◇　◇　◇　◇　◇　◇　◇　◇　◇　◇　◇　◇　◇　◇　◇　◇

『氷河を横ぎる蟬』を刊行した頃、新二は二つの出版物の編集にも携わっていた。

一つは『北陽芸術』である。

福島民報社を退社し渡辺到源と名を改めていた渡辺寛と新二は昭和三十一年に、「実作者集団による芸術活動と発表の場を作る」ことを目的として福島県芸術文化委員会を立ち上げる。県内第一線の文学者や文化人達が委員会の委員として名を連ねた。渡辺が会長となり、新二は事務局長の役に就いた。

翌昭和三十二年六月、福島県芸術文化委員会により『北陽芸術』が創刊される。発売元は文洋社であった。『北陽芸術』は文学のみならず美術関連の作品・評論なども掲載する総合芸術誌を目指しており、「良い作品ならだれにでも開放する」（「よい芸術を打ち立てん～北陽芸術について」昭和三十四年一月『福島民報』）ことをモットーとしていた。

編集は新二が中心となって行い、新二自身も自作の詩のほか、県内で活躍している芸術家や文化人との対談などを発表した。

文筆をもって自由なる人間性を確立していこうとする『北陽芸術』であったが、総合芸術誌という形をとったことから内容が総花的とならざるを得ず、次第に求心力を失っていき、昭和三十九年の第六号で終刊となる。

もう一紙が『福島県詩人協会報』である。

昭和三十三年に福島県詩人協会が結成され、大谷忠一郎が会長となった。この福島県詩人協会の機関紙として『福島県詩人協会報』が発行された。大判十数ページの体裁で、県内詩人の作品や動静などを掲載した。大谷忠一郎主宰で、新二が編集を担った。協会員から会費を徴収し発行の経費に充てることとしていたが、実際には大谷が経費の大半を負担した。

『福島県詩人協会報』について、新二が昭和三十六年一月の『現代詩手帖』と昭和三十七年一月の『詩学』に書いている文章があるので、それぞれから一部抜粋する。

団体の一年　~福島県詩人協会

詩と詩人の自由は保持されなければならない―といつた立場で、この協会は県内詩人の参加を積極的にすすめない。

しかし、県協会と名づけた唯一の団体なので、協会報だけは県下の全詩人に送つている。

その上、県内の刊行物諸新聞に掲載されたエッセイ・詩作品を対象として、その代表的なものを収録しているのが特色である。

したがつて、この協会報だけで、県詩壇を概観できるし、協会員だからと掲載の優先権はない。

（中略）

このような立場を特色とする本協会と協会報は、「詩はわれだけの城」といつた狭量を打破もできるし、その反面、詩人の安閑を揺さぶることもできるという訳である。

詩壇現地報告　～福島県

清規で明らかにうたつているように、〝県詩壇史料として、主として県内の刊行物より、適切な作品を集載する。〟ことになつている。つまり、一度発表になつた実作品から、優れたものを転載することを本体にしている。その間、詩集や詩誌の紹介にも誌面をさいているから、県詩壇の実と巾を持つた概観が生れてくるし、自然とアンソロジーとしての役目も果すこととなる。

誰れでも協会員になれるが、このような方針だから会員に会報掲載の優先権がある筈はない。従つて、グループ同人の世界だけで呼吸している人たちにも刺戟となるし、会員だからと安易な詩作もできないこととなる。

◇　◇　◇　◇　◇　◇　◇　◇　◇　◇　◇　◇　◇　◇　◇　◇　◇　◇　◇　◇

『福島県詩人協会報』は昭和三十六年の第十号まで発行され、大谷忠一郎の死去と共に終刊となった。

大谷忠一郎は明治三十五年生まれで、新二よりも四歳年長。白河市で酒造業を営む大谷忠吉本店の三代目当主であり、代々の襲名である「忠吉」が本名である。後年は白河市の市議会議長なども務める。大谷は若い頃から詩作に励み、『沙原を歩む』、『北方の曲』、『空色のポスト』など多くの詩集を発表した。『月宮殿』は第一回の福島県文学賞を受賞している。また萩原朔太郎に師事し、萩原も度々大谷家を訪れた。その縁から大谷の妹美津子が萩原に嫁ぐことになるが、結婚生活は短い期間で破綻している。

若い頃から新二は大谷を詩兄として仰ぎ、また詩の盟友として交遊を続けていた。

昭和三十八年に大谷が死去した際の新二の弔辞が、昭和五十年になって刊行された大谷の遺稿詩集『孤燈』に載せられている。

貴方は私を弟のように可愛がった。私のわがままをなんでもきいて下さった。
春らんまんに先だって貴方は亡くなられ　私は残った。私は貴方の生命に代っても良かったと思います。

『福島県史』の『北方詩人』の解説の中には、新二と大谷の作風を対比した文章がある。

（前略）当時大きな反響を呼んだ堀口大學の訳詩集『月下の一群』にみえるフランス近代詩の影響がかなり強く、しかもそれを最後までうけついだものは高橋新二であり、上田敏訳の初期象徴派の古典的な貴族趣味を最後まで守り通したのは大谷忠一郎であったといえるのかも知れない。

大谷の詩碑は白河市の富士見山墓地公園の脇に建てられている。大谷は富士見山を愛し、この山で友人達と酒を酌み交わした。詩碑もその友人達が建てたもので、裏には「大谷先生、此処で酒を呑む」と刻まれている。碑文は次のような詩である。

ああ　われ旅を好みて
外国《とつくに》のよろずの道を歩めども
ふるさとの裏山道は知らざりき

大谷　忠一郎

◇◇◇◇◇◇◇◇◇◇◇◇◇◇◇◇◇

新二は青年時代から、派閥にとらわれることのない地方詩壇と詩誌の必要性を痛感してきた。『丘陵詩人』もそうした思いにより刊行したものであるが、壮年期も終わりに近付いた新二は、これまで以上に福島県内の才能ある若い詩人を育てていかなければならないという強い使命感を覚えるようになっていた。

『福島県詩人協会報』は新たな詩壇と詩誌創生の嚆矢となるものであった。そしてこの思想は、やがて詩誌『エリア』に引き継がれていくことになる。

第十九章　夢の領界

新二の没後、遺品の中から一冊の作品集が見付かっている。

手書きの原稿用紙約二百七十枚を二つ折りにして製本したものであり、三十八編の連作短編のほかに、「序」、「目次」、「著者略歴」なども書かれ、手作りではあるもののしっかりとした「本」としての体裁が整えられている。

奥付には昭和三十四年七月とあることから、『氷河を横ぎる蟬』の刊行直後頃に書かれたものと推測される。

この作品集は新二が夜毎に見た夢をまとめたものであり、書名は『わたしの恥部』という。「序」に作品集創作の経緯が記されている。

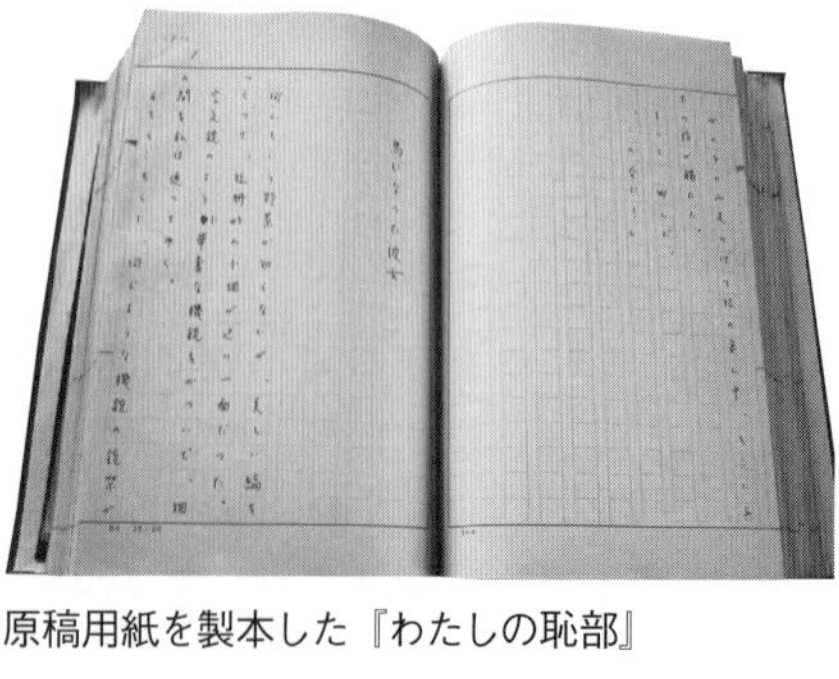

原稿用紙を製本した『わたしの恥部』

「わたしの恥部」序

私の目は窪み、頬はこけ、体重が十キロ以上も減った時、この記録の第一回目に、一応のペリオドをつけたいと思います。

夜の夢が、私へ私ふうなストリーを見せなかったら、こうした仕事に憂身をやつす必要はなかったでしょう。

この辺で、夢の記録を続けることから少時離れて、私は体と頭を休ませたいと考えます。もしそうしないと、此後の記録をまとめることは不可能に近いでしょう。というのは、この記録を書き続けて来た終りの一ケ月は、顔の反面が、触覚を失って来た程でしたから……。

この本に書かれたものは、散文詩でも小説でもありません。手法は別として、その内容に作為はなかったつもりですし、表現にも誇張や修飾を加えておりません。興味ある夢の再録―複写にすぎません。しかし、記録の素材となったメモを取る夜半の数分間は、一寸、辛いものでした。

夢だ、と気がついた瞬間を外さず、半意識（夢うつつということですが）中に―深夜であることが多い訳ですが―すぐとメモしておかねばなりません。その間の実状は記録第一号によって御判断下さい。常態に復した意識には、夢の僅かな断片しか残らないものだということが、多くの人は知っておられるに違いありません。

実際に私が見たと思われる夢の印象に比べますと、本書はなんとお粗末でしょう。しかし、夢の雰囲気にまで立入って詳しく書こうとすれば、まったく際限がありません。夢は超現実的に推移し、その上、名状し難い陰影を伴うのが普通ですから……。

なお、作品にヴァラエテーをつけるために、主人公である私が第二人称や第三人称で書かれてもいますし、また、相手方や第三者の立場で私を観察しているのもあります。この点お含みおき下さい。

私の日常生活は至って平凡なものです。

ところが、夢のなかでは、多分に人間性を発揮し、怖れ憤り、昂奮欲情し、妥協も臆面も消えてしまうようです。夢は私を裸にし、私の恥部をさらけ出してくれるのです。

題して、「わたしの恥部」ということに致しました。

なお、心理研究家の方々からでも希望があれば、この記録の根になった夢の裏や底にある、いろんな事実や心理について無数の註釈を私はつけることが出来るでしょう。


新二は夢を見たと気付くと深夜でも跳ね起きてメモをとり、そのメモをもとに文章に仕上げた。この作品の創作のために、新二は体力と神経を相当すり減らした。

第一話の「桃園に死す」の中にも創作の苦労が書かれている。


あゝ、無暴な六ケ月だった。夜の十一時になると、メモを整理し出す。眠りにつくのは三時頃・・・。

夢を見たナ、と気がつくと、真夜中でもむっくり起き、すぐに夢のメモを取る。その時が一番辛い。

半眠半意識の状態なのだから―。

メモを取ってしまうと、また眠む。

朝が来て、昼になり、夜になる。十一時にメモを整理し出す。

メモがヒントになり、夢の記憶が甦ってくるし、メモの行間にいろんな陰影が復活してくる。その時は楽しい。

しかし、疲れがたまってくる。一寸した打撃も、私を崩すのは容易だった。

「わたしの恥部」というタイトルはかなり煽情的であるが、「序」でも述べているように、潜在意識の表出とも受け止められる夢の中の情景を、夢にありがちな性的な出来事や恥ずかしい部分も含めて包み隠さず書いたものであった。

本の中には、覚醒後すぐに書き留めたメモの写真も挿み込まれており、メモには簡単なポンチ絵のようなものも描かれている。

新二は生前この『わたしの恥部』を誰にも見せておらず、こうした作品を書いていたことも新二の死後初めて明らかとなった。恐らく書いてはみたものの、発表するのに適当な場もなく、また内容が内容だけに発表を逡巡する気持ちもあったのかもしれない。

しかし「序」は明らかに読者を意識した文章として書かれており、また製本も専門家に頼んだものと思われるしっかりした作りであるなど、新二にとっては相当思い入れのある作品だったのであろうと考えられる。

◇　◇　◇　◇　◇　◇　◇　◇　◇　◇　◇　◇　◇

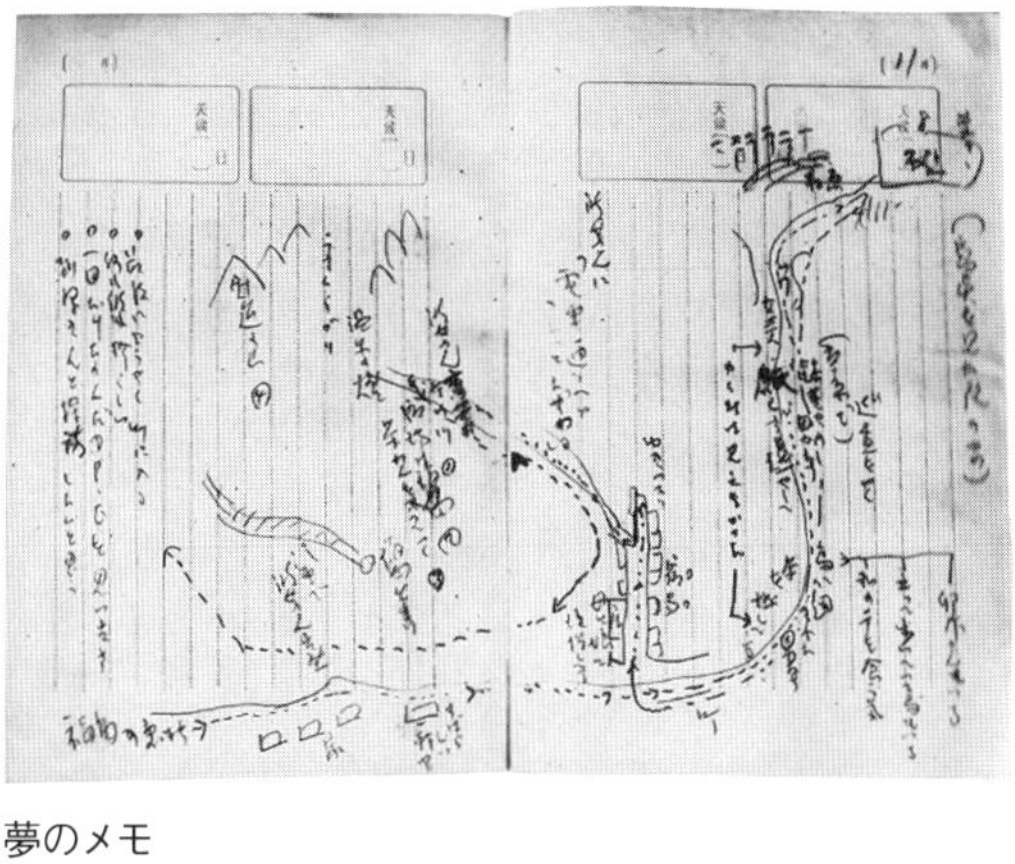

夢のメモ

以下に『わたしの恥部』全三十八編のタイトルを列挙したが、いずれも一読してみたいと思わせるようなタイトルが並んでいる。

一　桃園に死す
二　秘陰
三　隠し印形
四　衣裳と大根
五　禁断の花
六　女足袋
七　後祭り
八　真昼の殺人
九　兵士が指した谷
十　鳥になった彼女
十一　O氏の絶筆
十二　客ばかりの結婚式
十三　彼女の小椅子
十四　ドッグ・パレード
十五　ナナの手
十六　それを、一度見たことがある
十七　地上の町

三十七　彼の眼
三十八　死んだ海

誇張や修飾を加えず見たままの夢の内容を書いた、と言っても、夢をそのまま書いたのでは全く収拾が付かないものになってしまうであろうから、文章にする際には当然何がしかの整序は付けているものと思われる。

また「序」にもあるとおり、主人公の「私」を一人称で書いた話ばかりではなく、三人称で書いてみたり、第三十一話の「簪のような女」や第三十三話の「暖い白い小蛇」のように女性が主人公となっている話もある。

それぞれの作品の内容を要約することは困難であり、どのような内容かについては読んでいただくのが一番手っ取り早いと思うので、ここでは第二話「秘陰」の全文を紹介することにする。

秘　陰

大した坂もない道を、私と四つほどになった子供が歩いていく。

手はつないでいないが、私の心は綱のようにその子供に絡みついていた。

いろんな草が道の両側に生えていた。花は見えない。

朝鮮の田舎道にポプラが並んでいるように、欅の木が向い合って二列縦隊をつくり、遠くの方で道を隠していた。

私と子供は何故離れないで歩いているのか、何処へゆくのか、はっきりしなかった。

小川に手すりのない小橋がかかっていたのに気がつくと、小橋の上に二匹の小牛が見えた。

小橋の手前にも一匹いて、もう足早にまっすぐ二人に向ってくる。

嫌な牛らだ。小牛のくせに大きい角を持っている。

先頭の小牛が私の側をすれずれに通りすぎる。私の腰の辺りの背だ。

黒い丸太ん棒のように不気味な胴だ。それに、目の白いところが半月をなして恐ろしい。

しかし、小牛は暴れもしないで消えていった。

が、私の恐怖はつづいている。子供に代って戦いているようだった。

何処を如何なふうに歩いたのか、一軒の農家の前まで逃れた。

大きな、がらんとした玄関が口を開いている。あばら屋なので、内は薄暗い。「形の縁が巾広く土間に控えていた。

真四角な百姓炉には火も見えない。辺りの様子は古いという以外の感じがない。もちろん、人の気配など全くない。

私は子供のことを忘れてしまった。

何時の間にか炉の横座に座っていた。

すると、初めて気がついたが、右手に壁があったと思ったのに、それは大きな衝立で、上の方から光りが微かに私の辺りまで洩れていた。

よく見ると、その衝立は堂々とした堆朱の塗物だった。

桧皮色の漆地に、鶸萌黄の葉柄と紅の縞があるようだった。

「この家の主人は何者だろう?」

目を瞠っていると、衝立の下手から、音もなく、年配の女が出て来た。

背が丸くなる程肥った百姓女だ。

私の側にピタリと座る。

つづいて、衝立の上手から、信長みたいな老人が現れる。

私は横座をゆずって木尻へ下る。

すると、今度は表から、痩せて背高な、飛脚風な男が入って来る。

炉を囲んで四人が対座する。

誰れも話さない。炉には火がない。何処からの光りで、首から上だけが、それも俤のように空気に浮いている。


私は子供と一緒に町の方へ急いでいた。

町外れの小料理の軒下まで来ると、ほッとして、店の中を覗いた。

仕切りのところに女がいた。

顔は白いが打扇のように丸い面積の顔だ。

ニヤニヤ笑っている。妖婦型の大口だ。

Ｋ町の自転車屋の女房だった女だ。二十年も以前に毎日顔を合わせていた女だが、女が媚を見せれば見せる程、私は親しめなくなった女だ。

私は子供と並んで腰を下す。なるべく女の顔を見まいとして、外の方ばかり眺めている。

子供と私の間に薄汚ない紙包みがおかれている。

「変な紙包みだわイ。」と、私は気にして、じッと見つめている。

紙包みの内は黄色い糞だった。紙を通して黄色い水が流れて広がってゆく……。

「子供の糞だ！」

私は認めた。

その時、後ろで罵った。

「糞を置いてこうとするのか！」

女が岩のように押して来るのを感じた。

私は子供を連れて、またもや、一散に逃げ出した。

「糞ったれ！　何処かで逢ってやるぞー」

女の声が後ろに聞える。


知らない道ばかりだった。

学生時代にぶらついた武蔵野のようだった。

籔もある。畑道もある。小丘もある。

逃げていく二人の姿は、ときどき、土堤の間に挟まれる。木影がぱッとかかってくる。

低い松原の砂道まで落ちて来て、ようやく、足が地についたようだった。

遠くからは目のとどかない安全な場所と私は思った。

子供が身近に感じられて安心した。

ところが、それも束の間、
前方の喬木の下から、例の女が出て来たのである。

小牛と同じな半月目、憎みと怨みを含んでいる。

女は私と真正面に向き合った。

肉付きのよい女の体が私の目にいっぱいになる。

女の目にも私の体がいっぱいになったのだろう。

女も私も、それぞれに半分だけが愛情に燃えてるようだ。

私は右手を女の腰に触れる。私の指が女の股の温い秘陰に喰い込む。指先が女液で濡れる……。

しかし、その女液が先程の子供の糞と同じだと、私は思った。

私は子供を急がせて、再び、小道を走り始めた。

女のうっとりとした表情と柔かくなった体が、朝鮮の地下女将軍のように、道側にうなだれ突っ立ったまゝなのを後方に感じながら……。


一人の農夫に出合った。

農夫の猫背と青ぽい着物だけが印象に残った。

「この坂を越えると線路だ。三つ又の中の道が近い。」

農夫の教えてくれた坂の中道が、二人の足の下を降ってゆく。

モナ・リザの左手の背景に見えるあのような曲りくねった坂道だ。

空を飛んでゆくようにして、ようよう、坂の上に駆け上る。

一気に丘を横切ろうとすると、私の足が宙に浮いた。

「あッ！」垂直の崖だ。危い！

一瞬、私の後ろを電柱がすうッと上ってゆくのに気がついた。

私の手が後ろへ廻ったかと思うと、素早く、電柱を抱える。するすると地上に降りる。

其処は町だ。すぐ前が線路の踏切りだった。

二人は踏切りを駆け足で渡ろうとした。ところが運悪くバアーが下がってしまった。

「あの高速列車に俺たちは乗るんだ。」と、私は喚めいた。

踏切りを固めているのは数名の武装した自衛隊の連中だ。

振り返ると、一寸先の町民の群れに混じって、またぞろ、あの女の顔が見える。濃い夕霧のなかでも、白粉のようにくっきり見えている。

「もう、追いつかれた！」

バーが撥ね上ると、無中になって駅へ駆け入り、着いたばかりの高速列車に飛び込む。

列車が動き出す。音はしない。

部屋いっぱいに濃い夕霧が流れ込んでいる。私の側に、たしかに、子供がいる。ぼんやりと、顔が形だけ見せている。

「二人しか乗っていないのか？」

ますます濃くなって、まるで水液のようにべた付く夕霧を目の辺りから払いのけ、高速列車の部屋中を透かし眺める。

「しまった！」

大きな声を張り上げた。

驚いたことに、べとべとした夕霧のなかに、首だけ浮かせて、小牛も乗っている。農家の口利かない三人も乗っている。もちろん、あの女の顔も私を見ている。

指先だけで味ったあの糞のような女液のようなものが、今度は私の体全体にくっついてしまった。

まるで、雌の秘陰に体全体を埋没して性の交歓をするという、あの泥中のボネリムシの雄のように、
高速列車の秘陰にはまり込んだ私。

◇　◇　◇　◇　◇　◇　◇　◇　◇　◇　◇　◇　◇　◇　◇　◇　◇

夏目漱石に「夢十夜」という有名な小説がある。「夢十夜」は漱石が見た夢をそのまま描いたものではなく、かなりの部分創作が入っているものと思われるが、小説としては幻想的で見事な作品に仕上がっている。

新二の『わたしの恥部』は、本人も「散文詩でも小説でもありません」と言っているように、純粋な小

説とは言えないのかもしれない。しかし単なる記録と言い切ってしまうこともできず、やはり小説の範疇に分類するのが適当であろうと思われる。いずれにしても、『わたしの恥部』は、夢の世界の不条理さや淫靡さなどがよく表されている作品である。

『わたしの恥部』にまとめられた作品から、新二の深層心理を探ってみるのも面白い試みであろう。また、作品の中には新二と付き合いのあった多くの人物が実名或いは頭文字で登場している。一例を挙げれば、「詩人のO氏」は大谷忠一郎であろうし、「Hさん」は長谷川金次郎であろう。また竹夫人と思しき人物も所々に顔を出している。一連の作品を読み解くことによって、新二とこれらの人々との関係の不明であった部分が、もしかしたら明らかになってくることもあるかもしれない。

第二十章　郷土への想い

昭和三十四年十一月、磐梯朝日国立公園の吾妻連峰に、高湯温泉から浄土平を経由し土湯峠に至る磐梯吾妻スカイラインが開通する。

磐梯吾妻スカイラインは、「吾妻八景」と名付けられた「つばくろ谷」、「天狗の庭」、「双竜の辻」などの雄大な景色を道路の左右にパノラマのように俯瞰することができる全長約二十九キロメートルの有料道路であり、七年間の歳月を費やして完成した。頂上の浄土平には湿原が広がっており、浄土平からは噴火口のある吾妻小富士や一切経山にも登ることもできるようになった。

日本は高度成長期に入っており、モータリゼーションの進展と共に人々の観光に対するニーズも高まっていた。磐梯吾妻スカイラインは福島県の観光産業振興のための起爆剤ともなる一大プロジェクトであった。

十一月六日の『福島民報』の一面はスカイライン開通の記事で埋め尽くされており、当日訪れた作家の高見順の談話が掲載されている。吾妻の景色に手放しの絶賛であった。

お世辞ぬきにして日本最大の景観です。わたしは各地の風景を見ていますが、こんな雄大なちょう望ははじめてです。特に胸をうったのは浄土平の広大な高原の風景だった。いかにも東洋的な景観で、わたしは中国大陸の砂ばくに来たような気持になった。おそらく北海道にもこんな雄大な景色はないでしょう。映画のロケーションにはもってこいの場所だ。箱根の十国峠などとても足もとにもおよばない。わたしは阿蘇山のススキに感激したことがあるが、吾妻の景色にはもっと気をとられた。有料道路はさらに裏磐梯までのばす計画だというが、きっと万人に喜ばれるだろう。

◇　◇　◇　◇　◇　◇　◇　◇　◇　◇　◇　◇　◇　◇

この時期の新二は、県内各地の自然や風物を題材とした「風物詩」或いは「観光詩」といった作品を数多く発表している。

これらの作品は風物の写真と詩をセットにしたものであり、新二はこれらの作品群を「シルエット詩」と名付けていた。写真撮影を趣味にしていた新二が自ら撮った写真を使うこともあった。

新二は株式会社文洋社を経営していた時に、営業や編集のため浜から会津まで県内各地をバイクで走り回った。その際に、各地の山、海、湖など様々な風景に接し、改めて福島県の自然の多様さと美しさを感じとっていた。そして初老に差し掛かりつつあった新二は、自然への愛着と郷土に寄せる想いが自分の心の中でますます強まっているのを感じていた。

新二は、『福島民報』に昭和三十四、三十五年の二年間、「めぐるシルエット」（後半は「シルエットは招く」、「しっくシルエット」）と題した数十編の詩を発表した。

渡辺到源が発行していた『福島時事』にも同時期に「郷土風物」、「詩の風象」と題したシルエット詩を二十編近く掲載している。

食器や雑貨の頒布事業を営む「たくみ会」で発行していた『たくみ』にも、昭和三十五年から四年に亘り「旅情」というタイトルのもとに一連の作品を発表した。

またそのほかにも、昭和三十六年に「水の歌」十二編を掲載した『毎日新聞』や、昭和三十五年からの東邦銀行のカレンダーなど様々な媒体にシルエット詩を発表していった。

しかし最も長期に、かつ数多くの作品を発表したのが『観光福島』であった。

新二はこれらの作品の中で、霊山、安達太良山、磐梯山、吾妻山、阿武隈川、松川浦、勿来海岸、猪苗代湖、檜原湖などの有名な景勝地はもとより、福島駅前や県庁裏の隈畔など、ありとあらゆる風物を詩に写しとっていった。

しかし新二は単に風物を描くというのではなく、『氷河を横切る蟬』の受賞の言葉で「いささかの思想といささかの抒情と自然描写というものを人間の心理のうえにどのように関係づけられているかを表現しようという立場で書いています」と述べているように、風物に人間の心理を重ね合わせて詩を綴っていった。そして全ての詩に共通するのは、ふるさと福島への想いであった。

数多い作品の中から一編を紹介する。昭和三十四年六月の『福島民報』に「めぐるシルエット」として発表した詩である。

国立公園「いろは沼」

誰れもいない、この水にわたしは書こう

他人のように
潤色ばかりな　六月の空言を―
借景のように
一時をうつつにすぎる　花の佗文字を―
孤児のように
山檜葉にすがりつく　風の悲歌を―
愛の譜のように
ワタスゲ草にざれまわる　昆虫の密語を―
誰れもいない、この水にわたしは書こう

◇　◇　◇　◇　◇　◇　◇　◇　◇　◇　◇　◇　◇　◇　◇　◇　◇　◇

『観光福島』は昭和二十五年に観光福島新聞社により発刊されたB５判サイズ六ページ程の新聞であり、毎月一回発行された。県内の観光地やイベントに関する情報などを掲載し、観光案内所などにも置かれた。この観光福島新聞社の社主で『観光福島』の編集発行人であった清野市次から依頼され、新二は昭和三十四年から『観光福島』の表紙に詩を書き始める。表紙には毎号、県内観光地などの写真が載せられ、下三分の一程度のスペースにその写真に関連した新二の詩を掲載するという体裁をとった。

清野市次は掛田時代からの新二の知友であった。

清野は明治四十年柱沢村生まれ。第一章で書いたように、『霊山町史』には「大正十二年に石田の遠藤保隆（掛田製糸工場主・後ち石田町長）はハーレーダビッドソンなるサイドカーを駆って自宅から工場へ通勤した」という記述があるが、そのハーレーダビッドソンの運転手をしていたのが、遠藤の秘書を務めていた清野であった。

清野はその後、霊山の八合目広場に佐藤庄次郎が開いた霊山閣修道場の代表門人となり、約十年間を過ごす。

観光福島新聞社の社主となってからは、特技の腹話術を活かして、「平和太郎」と名付けた子供の人形を抱え、学校や様々なイベントなどで交通安全を啓発して歩いた。文洋社の店先でも、椅子に座り腹話術や手品で新二の孫達を驚かせる清野の姿がよく見られた。「平和太郎」の名前とちょび髭を生やした清野の姿は、この時代を過ごした多くの人には懐かしく思い出されることと思う。

清野は昭和六十年に没し、『観光福島』は平和太郎ともども娘の佐藤和子氏が引き継いでいくことになる。

新二は昭和三十四年から平成九年に死去する直前まで、三十九年間に亘り『観光福島』に詩を書き続けていった。詩の数は総数で四百編を超える。

新二は年毎に一つの主題を設けて、その主題のもとに毎月の詩を書いていった。年毎に付けた題名としては、「日月風色」、「月歌花声」、「虫木草花」、「山水雲」、「月冠花床」、「風笛ふたり旅」、「水涸れず」、「草思の影」、「旅つれ道づれ」、「春往秋來」、「旅帰る」、「鳥・草・水」、「影遠く花近く」、「朝夕かがやき」、「北の光北の風」、「北の呼び声」、「春花秋鳥」などである。昭和六十年から平成三年までは「南奥風土詩」、平成四年から平成九年までは「南奥シルエット」とした。

これらの観光詩の中には、新二の故郷の霊山を書いた詩もいくつかある。そのうち、昭和五十年十月に

「草思の影」の一つとして書かれた詩と、平成二年十一月に「南奥風土詩」の一つとして書かれた詩の二編を紹介しておきたい。表紙の写真はいずれも奇岩の連なる霊山の風景である。平成九年九月に新二が死去したため、新二の詩が最後に掲載された『観光福島』の十月号は後者の詩の再掲となっている。生涯霊山を愛した新二への最後のはなむけとなった。

草思の影（十）

ふるさとは　とおくなり
あの山は　はるかになった。
日に一度　小川をたどり
月に一度　裏山に空を恋い
年に一度は　登った　あの山。
季節の移りは　そのままに
わが身の移りは　定《さだか》ならず
とおくなり
はるかになった
紫明の峯影　心にかすんで……。

新二の詩が最後に掲載された平成９年10月号の『観光福島』

南奥風土詩

わたしら　俺たちの　山だから
こどもの村が　広く　たのしい
キャンプに　モデル遊具に
サイクル列車で　アストロファイダーで、

若もの　青春の　山だから
緑フレッシュな落葉松林
空《そら》突く奇岩　水割る怪石
谷わたるトビ・タカに白雲が舞う。

郷人《さとびと》　不忘の山だから
遠く離れても　望郷切《しき》り
いく月　いく年も　故山の花恋う
このふるさとへ　生涯をつなぐ。

歴史　千年の　山だから
黄　紅　緑　三色もみじ、

岩屏風《いわびょうぶ》の錦飾《にしきかざり》
太平太鼓も鳴りひびく……。

新二の死後は、『観光福島』の詩作を長男の重義が引き継ぎ、重義は平成二十六年に『観光福島』が終刊となるまで「山河遊行詩」と題した詩を書き続けていく。

◇　◇　◇　◇　◇　◇　◇　◇　◇　◇

昭和四十三年十月、福島テレビ（ＦＴＶ）は初の自社制作カラー特別番組「わがふるさとの風物詩」を制作する。

昭和三十四年のＮＨＫ福島放送局のテレビ放映開始に続き、福島テレビが開局されたのが昭和三十八年であり、福島テレビでカラー放送が開始となったのが昭和四十一年十月のことである。この頃はまだカラーテレビの普及率は二十パーセント程度であり、福島テレビでもカラー番組は一日五、六本の時代であった。

「わがふるさとの風物詩」は、十月二日の十一時二十分から四十五分までの時間帯に放映され、番組の中では各地のカラー映像をバックに新二の「組詩・わがふるさと」が流された。

「組詩・わがふるさと」は、秦功、岡嶋浩子の両アナウンサーがそれぞれ男女のパートを朗読し、新二自身も詩を朗唱した。音楽を担当した長沼

「わがふるさとの風物詩」の収録を終え、ＦＴＶスタジオで

康光は後に、川俣町でフォルクローレの国際的祭典「コスキン・エン・ハポン」を主宰し、祭典の中では「げんげ草」の歌を演奏することもあった。確認はできていないが、長沼が小学生だった時期はちょうど新二が川俣尋常小学校で教鞭を執っていた時期と重なり、長沼が川俣尋常小学校に在学していたとすれば、新二の教えを受けていた可能性もある。

「わがふるさとの風物詩」は県内の自然や風物を美しいカラーの背景にした、リリシズム溢れる作品に仕上がり、「組詩・わがふるさと」は新二の風物詩の総決算とも言える作品となった。

組詩・わがふるさと

1

（女）

春　と呼んだ名が
遠くなっていく時
淡々《あわあわ》と　こころ影が
帰ってくるからか
白いひびきを　かき消す
　ピンクの　しゃくなげ―
一日《ひとひ》ずつ　萌《も》やす
　　谷のみどり葉
思うだろう

―去年《こぞ》の雪を……
いつものような　晩春に
いつも　若い恋をするように

2

（男）山は高い。まだ雪が残っている。

（女）谷は深い。ハープのように　谷川は晩春を歌っています。

（男）大地は熱いのか、雪の下から噴煙を吹いている。

（女）でも、冷たい風が噴煙を消そうとしていますワ。

（男）熱かったのも　冷めるもので・・・

（女）あの巨きな吾妻噴火口さえ、今は黙って聞いていますけれど、内は熱いのヨ。

（男）一つの、季節に　真っかなセーターもあれば、グレイのワンピースも見える。

（女）季節を超えて、若さということでしょう。

（男）じっとしていて　山は永遠の姿だが、雲や噴煙は流れてやまない。

（女）山にも移り変りがあるでしょう。

（男）雲や噴煙は流れてやまないといいますけれど、かえって、永遠を感じさせませんか？流れ去る水にさえ―永遠の影があるようです。

（女）

3

（高橋）雲と水
ながれるものの
　　うたかたにも
真の影が
　あると　いうもの
（女）あれは　安達太良
　あれは　あぶくま

4

（女）欲《ほ》しがらず　衣彩《あや》なして
　　花は　きれいなり
語らずに　芯《こころ》ひらき
　　花は　きよらかなり
（男）リウキン花
水芭蕉
尾瀬は呼び
田代山は　こたえる。

（高橋）

5

訪ねもしなかった道なのに
なぜ　通《とお》ったと思うのだろう？
―それは　いつも　心にあったからです
見たこともなかったのに
なぜ　そこの草木《くさき》が判《わか》るのだろう？
―それは　求めていたからです。
雲の影さえ　偲んだことがなかったのに
なぜ　この辺りが好きなのだろう？
―それは　合性《あいしょう》の故為《せい》です
まして　遠い境の尾瀬なのに
なぜ　身近《みぢか》に感じるのだろう？
―それは　愛していたからです

6

（男・女）相見ては　たのしく　語り合い
別れ去っては　かなしく　偲ぶ。
（男）また　来年　会いましょう
（女）また　来年　会いましょう

7

（男）空気は　甘いクリーム
湖は　潤《うる》んだガラス
萱の原は　グリーン・カーテン
（女）谷は　白い糸を織って
紐となり　帯となる
山こえ　野こえ
はては　砂原の向うに　エメラルドの―大きなシーツをひろげる

8

（男）時が過ぎ　春の花も消え失せ……。
（女）そして　夏の花が咲きますネ……。

9

（女）山のあこがれは果しなく　海のあこがれは限りなく深い。
（男）山を心から愛そうというのなら、海を愛さなければなりません。
（女）山は父　海は母　といいますが―
（男）山の娘　海の若者というのも　応しい言葉でしょう。
（女）「老人と海」という言葉がありますけれど―。

（男）

「海と男」というのもありますヨ。
海もまた死なず。いつまでも若い—

10

（男）

この日　私たちは見るだろう
若い生命《いのち》が
風のように迫り　火のように駆けるのを……
馬蹄を蹴って
天心の旗一流《いちりゅう》に　歴史を揃えるのを……
千年の月日を超えて
人馬一体必の死があるのを……
そして　この日　私たちは知るだろう
雲雀ケ原に発し　海空《うみぞら》にひろがる
若い生命の　過去　現在　未来を！

11

（女）

いつも　いつも
昔も　今も
若い光と

身ぢかな歌を
遠い水天から寄せてきて
波一つずつ　船一つずつ
日々《ひび》　つぎつぎと
暮しの岸を渡してくれる
深い……　広い……
母の海！

（高橋）

12

朝々　夕々
とおく　ちかく
わたしを呼んでいるのは
風や鳥　花や影
あそこに　ここに
わたしの山が　わたしの水が……
住みなれたわが故郷《ふるさと》に
幸福《しあわせ》を願って
一《ひと》すぢに
わたしは　生きる

第二十一章　血　脈

昭和三十五年二月三日、新二の母カクが死去する。享年八十六歳であった。

この日はちょうど節分で、文洋社に隣接する稲荷神社では賑やかに豆まきが行われていた。

カクは高齢のため、ここ暫く文洋社の二階の部屋で寝付いており、キミが昼夜を問わず介護に当たっていた。また新二の姉鳴原マンの長女美智子が女医になっていたため、カクにとっては孫に当たる美智子がしばしば容態を見に来てくれており、この日も診察をして帰ったばかりであった。

『母の土』によれば、カクの死亡時の状況は次のように書かれている。


三日の午後四時ころ、母の室へ入っていくと、母は両手を布団からハミ出していたので、寒かろうと思いながら、私はその手を押し込もうとして、母の指先の色が変っているのに気がつきました。

ハッとして、母の頬へ私の頬を当てゝみますと、母の

母カク

は私のより、ずうっと冷たいのです。体温は感じられましたが、もう呼吸は聞き取れませんでした。

（中略）

私が二階から下りていって、

「お母アさんは死んだようだ……」と、告げると、私の長男と妻は階段を駈け上っていきました。

キミと美智子がカクに白装束の着付けや死化粧を施したが、文洋社の建物は狭く、居住スペース部分にはお棺を置くことのできる場所もなかったことから、普段は古本を並べている店舗の平台にお棺を安置した。

葬儀の後には、カクの遺骨も郷里掛田の三乗院の墓地に納められた。

◇　◇　◇　◇　◇　◇　◇　◇　◇　◇　◇　◇　◇　◇　◇

新二は母の死に、深い悲しみを覚えていた。昭和四十二年になって新二が書いた「ただの母」という小文があるが、新二はその中で、なぜそんなに悲しいのかという自分の気持ちを分析し、母が偉い母であったり自分が特別の地位にあったりしたのではなく、「ただの母、ただの子」であり余計な感情が入り込まなかったからだと書いている。

新二は若い頃から自分の思うままに自由に生きてきた。母親の苦労を顧みず、何の親孝行もできなかったという思いがあり、母親には頭が上がらなかった。

この辺りの感情は、文学をやり始めてから親不孝になったと言い、また一方で母親への敬愛の念を持ち続けた横光利一と重なる部分が多い。

同じく『母の土』から引用する。

始終、遠出をしなければならない私は、私を待っていてくれる母が、もう家にいないのだと思うと、何か張合いのなくなった気持ちで帰ってくるようになりました。

いつも待遠しがっていた母の顔を、母の部屋に見ることは二度とないわけです。

一つとして、母を喜ばせることの出来なかった私の悔いは、言い表わすことができません。文筆などに無中になっている人間が、かえって我がまゝで、世事俗交を軽んじ、利己的な生活に溺れ易い傾向のあるのを、つくづく、反省させられました。すべては、後の祭り、となったのです。

『母の土』はカクの三回忌に合わせて、昭和三十七年二月に新二が私家版として作成した冊子である。『母の土』には、新二が子供だった頃のカクの思い出や新二の母への想いが連綿と綴られている。

お茶が好きで、いつも膝元に茶呑を置いていた母。

毎朝仏壇に線香を上げていた母。

風呂敷を背負い商売から帰ってくると、おみやげを手渡してくれた母。

親類の子供にいたずらをして怒られた新二を、優しく慰め手を引いてくれた母、等々。

母の思い出はつまるところ、その殆どが郷里の思い出でもあった。母を思い出す時には掛田を思い出し、特に最近では、これまで以上に郷里を懐かしく思う気持ちが強くなっていた。

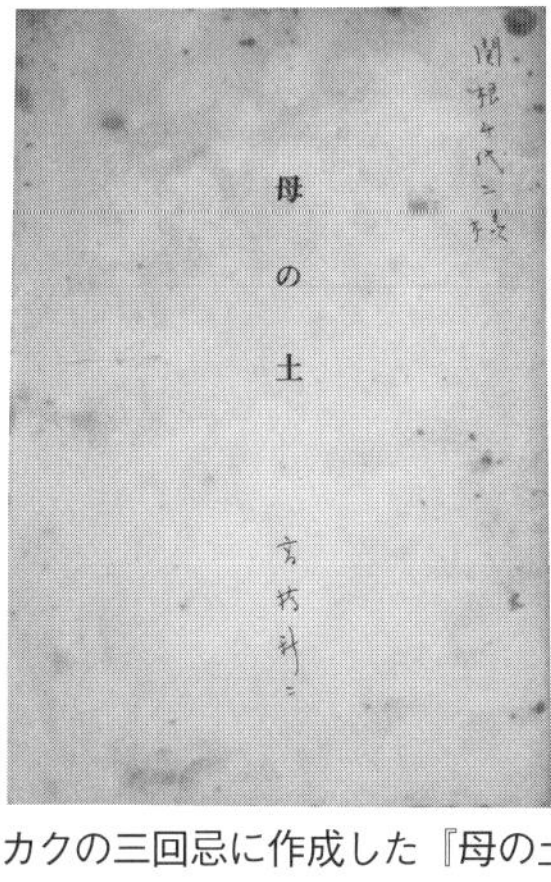
カクの三回忌に作成した『母の土』

昭和三十五年二月の『福島民友』に、新二は「日射しと影のなかで　すべては昔のままの野山」という
サブタイトルを付けて、「故郷物語～伊達郡霊山町掛田」という小文を寄せている。

日に数十回も故郷へ通じている電車や自動車の「掛田行」という文字が目に入ると、ハッとするほど、気がとられる。

（中略）

桜や桃の花が咲き、暖かい丘に熟柿がたくさん落ちていたのも昔と同じだった。青葉の舘山に登ったら、他県の山々が見えたり、遠い汽車の汽笛が聞えたりしたのも、幼い日と変りがなかった。

小川で男の子が裸で水泳していたし、大木の下で女の子が隠れっこ遊びをしていた。最後に掛田へ出かけた時は、秋も深くなった薄寒い日だった。お墓の側の古道を下って行った。すると、日射しと影のなかに、けわしい山と古い屋並みとゆるやかな畑と高い杉が、まとまってパッと目に来た。みんな見覚えのあるものばかりだった。

（中略）

掛田特有の日射しと影のなかの、こうした故郷の風物こそ、いつまでも忘れられないものであろうと考えた。そうしたものが私にとっては、一番なつかしいのだろうと思った。

また新二は、自分の祖先や家族達、そして母が還っていった掛田の土に、いつか自分も戻っていくことをしみじみと実感するようになっていた。それは寂しいという気持ちではなく、懐かしい故郷に抱かれる

ような優しく温かい想いだった。
これも『母の土』から。

昨日、故郷の山に、母をひとり埋めて帰って来ました。（中略）
母の墓穴へ最初の土を落し込む時、私はどんな感じをもったでしょう。父へも子へも、妹弟へも、この故郷の土を落し込んだのですから、この土が私たちの昔を知っている土であり、これからも私たちを語ってくれる土です。
その土の底ふかく、母は消えていったのです。こうして、故郷の土は母を知ってくれ、母を語ってくれる土……母の土となったのです。

（中略）

これからも、故郷を訪ねることはあるでしょうが、訪ねる度に、故郷を愛する心が深くなっていくでしょう。母の土は、やがて、私の土になるのですから……。
こうして、故郷は母を、私たちの心へつないでいくことでしょう。

母の死は新二の心に大きな喪失感をもたらした。しかし、滅び去っていく血がある一方で、未来へと受け継がれていく血もある。そのことを思い知らされる出来事が同じ時期にあった。
昭和三十八年、十九歳になっていた長男の重義が処女詩集を刊行する。

◇　◇　◇　◇　◇　◇　◇　◇　◇　◇　◇　◇　◇　◇　◇　◇　◇

長男重義。茶臼山にて

重義は福島大学付属中学校在学中から詩を作り始めていた。

重義は文学少年でリルケの詩集などを読み漁っていたが、ある日学校の図書室で偶然手に取った三好達治の『測量船』を読んだ時、めまいがする程の感動を覚えた。

新二に対しては、その家庭を顧みない行動などから反発を覚えていた重義であったが、新二の詩については認めざるを得なかった。詩作に関しては新二には到底かなわないと思った。重義は新二が留守になる時を狙って、書棚から新二の詩集を取り出し読み耽った。

中学時代には文学を愛好する何人かの仲間と集まりを持って、互いの作品を批評し合ったりしていた。当時、小林金次郎が付属中学校で教鞭を執っていたことから、小林を顧問に仰いだ。

小林金次郎は明治四十三年生まれで、若い時から詩作に秀でていた。昭和七年には小林の作った童謡「古い戸」が童謡雑誌『赤い鳥』で特選に選ばれる。この時の選者であった北原白秋から激賞され、これをきっかけに北原白秋に師事する。また戦後間もない時期には、『福島県新教育』の編集にも携わるなど、新二らと共に教員組合活動にも参加していた。

重義はこの頃書いた詩を、一度だけ新二に見せたことがあった。その時新二は「こんなものは詩ではない」と原稿を投げ捨て、それがまた重義の新二に対する反発心と対抗心を増幅させることになった。

昭和三十八年は、重義が高校を卒業し福島大学学芸学部（昭和四十一年に教育学部に改編）に入学した年であった。

詩集を出したいと言う重義からその原稿を見せられた新二は、しばらく時間をかけて一読すると、「お前の詩は抒情詩だな」と一言だけ言い、重義の詩集の出版を決めた。新二は重義が詩を作っていることは知っていたが、重義に詩作の指導をしたことは一度もなかった。詩の作風も新二のものとは異なり、若書きではあったが、作品はそれなりの完成度があった。

後に新二は『福島民友』のインタビューで重義の詩を評して、「日本現代詩とはほどとおい、世界詩潮派に影響されている」と述べている。

新二はいつの間にか成長した重義の顔を見つめ、親から子へと脈々と受け継がれていく血の流れの不思議さを感じていた。

重義の処女詩集の題名は『死んだ風景』。序文は新林富士朗と宗像喜代次に依頼した。詩集の末尾には新二が添え書きを付した。

父として　そえがき

十九才になった重義が、不意に、一束の詩稿と、それに金一万円をそえて、何んかの記念として詩集を出したい、と私に相談してきました。

昭和三十八年四月のある日です。

はじめて息子の十八才時代の詩稿を読んで、私なりに、出版させたい、という気持になりました。

昨年二月、八十六才の母を失くし、私の先の血が亡びた、とさびしがったが、いま、こうして私の後の血が生きた、と不思議な思いです。

そして、この詩集〝死んだ風景〟は、宗像喜代次・新林富士朗氏から序を頂くのが一番良いと感じますので、両氏の筆を煩すことゝしました。

装幀は私が工夫し、重義とならんで県内最年少者である、安斎良夫（詩集〝青い馬〟著者）君と、いよいよ親交を深くし、ながく詩作をつゞけるよう、父として息子に願うことにしましょう。

昭和四十一年、この『死んだ風景』の中に収められている「庭」という詩が、岩波書店から出版された岩波新書の『詩の中にめざめる日本』に採録される。『詩の中にめざめる日本』は山形県在住の詩人真壁仁の編によるものであった。

この書の中で真壁は『死んだ風景』について、「詩集ぜんたいに思考と技法の幼さをとどめてはいるが、その感性の質に新しい世代の肌を感じさせる。そしてこの世代にはめずらしく内的な心象を求める思索者の風貌を示している」と評している。

庭

高橋　重義

海へ行くと

重義の第一詩集『死んだ風景』

僕はそこに庭を見る
貝殻や海藻やその他
そういった雑多な庭を見る
波はそうして崩れている
遠い水平線から波が崩れてくると
その不思議な慟哭に
弓なりになった庭が見える
波はずっとむこうでも崩れている
そのずっとむこうでも
僕はたしかに庭を見る
波が崩れてくると
僕は虹のような庭を見る
波が湿った砂にしみこむ時
僕はやっぱり
貝殻や海藻やその他
そういった雑多な庭を見る

ああ僕の眼は宝石！
そうして

波はこのずっと沖の
闇のような深い色調の奥の奥から
ほっそりとおし返してきて
たまらないように崩れている

重義は、これ以降ほぼ毎年一冊のペースで詩集を発表していく。

生涯刊行した詩集は全部で二十二冊で、『死んだ風景』以降の詩集の一覧は以下のとおりである。

昭和三十九年『野と星の歌』、四十年『ミレエネ哀歌』、四十一年『第二ミレエネ哀歌』、四十二年『碧き 彼方への旅』、四十三年『少年追唱』、四十四年『夕ぐれ はるかな庭』、四十五年『みずの季』、四十六年『埋葬の街』、四十七年『ミレエネ翳』、四十九年『蒼生氾濫』、五十年『幽閉 荒涼館』、五十二年『焚書 赤死譚』、五十三年『八月すなわち海辺の狂人』、五十六年『はるかな窓』、五十八年『ならば愛』、六十一年『冬・オルフォウス頌』、平成五年『夏の栞 秋の栞』、十四年『雲のおるがん』、十七年『秋のぴあの』、十九年『天の音楽』、二十六年『花筐』。

最後の詩集『花筐』は、それまでの詩集から抜粋した詩を再録し、そこに未刊詩篇を加えたものである。

重義は陽気な性格の反面、自分を顕示したがらない内気な性格も持ち合わせており、しばらくはほかの詩人達とも交わらず孤高の活動を続けていたが、昭和四十六年には安斎良夫らの若手詩人と共に詩誌『卓』を創刊し、この『卓』は以後も長く続いていくことになる。

自分とは異なる独自の世界を創り歩き始めた重義に、新二はもう言うべきことは何もなかった。

重義は、常に周囲の人に対する気配りを欠かさない誠実な人柄で、新二とは正反対ともいえる性格であった。子供の頃から新二の行動を見て育ったため、新二が半面教師となったということもあったかもしれない。

しかし重義も福島大学を卒業後は、新二と同様に教員の道を歩み、教師生活を送りながら詩を書き続けた。

新二を尊敬する気持ちと反発する気持ちが重義の中で複雑に交錯しながらも、新二の血は確実に息子へと引き継がれていった。

◇　◇　◇　◇　◇　◇　◇　◇　◇　◇　◇　◇　◇　◇　◇　◇

昭和三十七年、大友文樹は新二らと詩誌『場』を創刊する。

一人の作者が見開きの二ページを使って、「大友文樹の場」、「高橋新二の場」というように、自分の作品を掲載するというスタイルの詩誌であった。この『場』は昭和三十九年の第五号まで刊行された。

新二はこの『場』の第三号から第五号に、「珊瑚樹」という詩を掲載した。

新二はこの時期、珊瑚樹をテーマとした詩を集中的に発表している。

『場』のほかにも、昭和三十八年元旦の『毎日新聞』や同年一月の『たくみ』に「珊瑚樹」を発表している。

新二は珊瑚のような赤い小さな実を付けるこの木に強く惹かれたもののようであり、前掲の『たくみ』には「〝珊瑚樹〟と新しい年」という小文を載せている。

清く美しい南方系のこの植物は、いつも葉なみが豊かで、その上、光沢があり伸びやかで、誰れにも愛される良さがあり、深いこゝろをただよわせています。

菩提樹・覇王樹とならんで、三大文学樹です。

県内浜通りに見られる野生木でもあり庭園木でもあるのです。

ここでは、これらの中から、『毎日新聞』に掲載した作品を紹介しておく。

珊瑚樹

渚を離れて
私のそばへ
珊瑚樹は寄ってきた。
緑やわらかいイマーシュが
昔のままに
いま　実相となる—新しい年
水と光をふくんだ
身ごころの　賢さ　優しさ、
船と人と土の匂いのなかに

私を起し　私を眠らす
生きた陽ざしのような珊瑚樹よ
命ほどに　無残な愛を
お前の日々へ
私は　歌いつづけるだろう

この頃を境に、新二が新聞や雑誌に発表する詩の数は次第に少なくなっていく。『観光福島』には以降も毎月詩を書き続けていくものの、後は「笑嘲詩」と名付けた作品がメインとなっていった。

親から子そして孫へと引き継ぎ、引き継がれていく血の流れを思いながら、新二の脳裏には世代交代という言葉が浮かんでいた。県内の若い詩人達に次の時代を託していく、そのための準備を始めなければならないと新二は思った。

第二十二章　空まで響け　ぼくらの校歌

平成二十三年、東日本を襲った巨大地震と津波、さらにそれに引き続く東京電力福島第一原子力発電所の事故により、福島県においては多数の県民が長期間に亘る避難生活を余儀なくされていた。県民の多くは、大切なものを失い、疲労とストレスを抱えながら、先の見えない日々を送っており、避難指示の出された市町村においては、住民が全国各地に分散して、地域との絆、住民同士の絆も絶たれつつあった。

こうした中、校歌を通して人と人との絆を結び直し、思い出の一つひとつを生きる力に変えて、故郷・ふくしまを再生させる原動力にしようという目的で、インターネット上に、「東日本大震災『絆』再生プロジェクト～校歌で紡ぐ心の復興」が立ち上げられた。母校の校歌を聴いて、懐かしさを感じるとともに勇気付けられた県民も少なくなかっただろうと思う。

また、東京に避難していた浪江町の人達は、新宿の歌声喫茶で定期的に「浪江町の小学校校歌を歌う集い」を開催し、地元に寄せる想いや互いの絆を確認し合った。

いずれも、校歌の持っている力について改めて認識させられる出来事だった。

◇　◇　◇　◇　◇　◇　◇　◇　◇　◇　◇　◇　◇　◇　◇

震災から遡ること約五十年前、昭和三十八年元旦の『毎日新聞』福島版に、「新年に贈る～辺地の子らに校歌を」と題した社告記事が大きく掲載された。全文を引用する。

毎日新聞福島支局では県下の辺地校に指定されている小学校百十四、中学校六十六、百八十校をおもな対象に、その希望により新春の贈物として校歌を無償作詞、作曲することになりました。

児童、生徒たちが心すなおに正しく育っていくために、また教育の理想を高揚するためにも、学校に校歌がなくてはなりません。民謡が民族の叫びとすれば、校歌は生徒たちの心の叫びでもあります。学窓を巣立ち故郷を離れても、校歌はいつも口にされ、うれしいときも、悲しいときも常に心のかてとなるものです。

このような校歌が、いろいろな事情で持ちたくともまだ持っていない学校がたくさんあります。とくに辺地校では大部分持っていないのが実情です。

都会地の学校なら、強いＰＴＡの協力もあって、一曲二十万円もする校歌を作ることもできますが、辺地ではまず望めません。辺地校の生徒たちは、土の中から生まれた自分たちの校歌を切実に望んでいます。うれしいとき、悲しいときにもちょっと口ずさむ校歌、学校を中心に教師、生徒、親たちが一つの心で結び合うきずな……。

今回の「贈り物」は持ちたいという希望校に対し、少しでも協力できれば、という誠実な気持から企画されたものであります。

作詞、作曲に当たられる四人の方々は、文歴といい、音楽歴といい、県下の代表的立場におられる権威者です。この企画には心から賛意を表明され、みずから無償作詞、作曲を申し出ておられます。県教育委員会、県当局からも絶大な賛意と激励を賜りました。

豊かに、楽しい校歌の誕生、これが本企画のひそかな願いであります。

さらに、作曲は紺野五郎、石河清、伊東英直の三氏が分担し、作詞は高橋新二が全校を担当することと記されている。

◇　◇　◇　◇　◇　◇　◇　◇　◇　◇　◇　◇　◇　◇　◇

その前年の昭和三十七年、新二のもとを、毎日新聞福島支局の吹山保忠支局長が訪れた。『毎日新聞』に新二が詩を連載していたこともあり、新二と吹山支局長は顔なじみの間柄であったが、吹山支局長のこの日の用事は、辺地校の校歌の作詞を新二に依頼するためであった。

この話を聞いた時、校歌制作に自ら積極的に関わっていくことに、新二は最初ためらいを見せた。

新二には、詩作に対する一つの信念があった。

それは、「詩人は自分の心のままに、パッションの溢れるままに、自分の書きたいものだけを書くべきだ」というものであった。だから「詩人は校歌は作るべきではない」という考えであり、その当時詩を作り始めていた長男の重義に対しても、折に触れこうした話をしていた。人に頼まれて作る作品は、依頼する側の意図や、様々なしがらみにしばられ、詩の純粋性を保つことができなくなることを危惧していたものと思われる。

しかし一方で、新二の心の中には、三十年以上ずっと小さな棘のように残っている、ある悔恨があった。

それは、福島県師範学校を卒業し初めて教師として赴任した茂庭尋常小学校を、早稲田大学に進学するために僅か半年足らずで退職し、自分を慕ってくれた幼い生徒達を放り出してきてしまったことであった。

そのことへの罪悪感と悔いは、いつまでも胸の奥に残っていた。

吹山支局長の話を聞いた時、新二の脳裏に浮かんでいたのは、茂庭小学校の子供達の姿だった。

そして、新二の迷いを決定的に打ち砕いたのが、辺地の小学生からの一通の投書だった。吹山支局長から見せられたこの投書の内容については、平成十四年四月八日の『毎日新聞』に、当時の近藤憲明支局長が執筆した「ふくしま有情～そして校歌が生まれた」に、次のように書かれている。


「バスで遠足に行ったとき、ガイドさんから『みなさん、校歌を歌ってほしい』と言われた。うちの学校には校歌がないので、恥ずかしい思いをした。」


思い起こせば、茂庭で過ごした時に、校歌のない学校の子供達の寂しさを一番身にしみて感じていたのは自分だったのではなかったか。

この時から、新二はこれまでの自分の考えを百八十度転換する。新二は吹山支局長の依頼を快諾し、以後四年間、校歌の制作に没頭していくことになる。

◇　◇　◇　◇　◇　◇　◇　◇　◇　◇　◇　◇　◇　◇　◇　◇　◇　◇　◇

作曲を担当することになったのは、紺野五郎、石河清、伊東英直の三氏であった。

紺野五郎は、明治三十五年生まれで、三人の中では最年長。新二よりも四歳年上で、音楽教師をしていた。この時点で既に、県内の四十校以上の校歌を手掛けているベテランであった。

石河清は、昭和三年湯本町（現いわき市）生まれ。小中学校教師を経て、国立音楽大学卒業後、郡山女

作詞・作曲者を囲む座談会。左から紺野五郎、高橋新二、石河清、伊東英直、玉川春雄、長谷川寿郎、吹山保忠
（昭和38年1月15日付『毎日新聞〈福島県版〉』より）

子短期大学の教師をしていた。この頃、平FG合唱団や平おかあさんコーラスなどを立ち上げ、合唱の指導に心血を注いでいた。後に県合唱連盟の理事長となる。

伊東英直は、昭和八年生まれで、最も若かった。松平頼則に師事し、現代音楽を中心に音楽活動を行っていた。当時の肩書は無職となっているが、その後、福島駅の「煮込みかつ弁」で有名な伊東弁当部の経営を担っていくことになる。

伊東は、前掲の「そして校歌が生まれた」の中で、インタビューに答えて次のように語っている。

「ぼくは現代音楽風のヘンなのを作ってきたので、校歌は作曲できない、と最初はお断りした。すると作詞の高橋先生から、『そのヘンなのがいい。いままでにないカラーを』と説き伏せられた。」

校歌制作に向けて、作詞・作曲者を囲む座談会が、県教育委員会の職員も交えて開催された。座談会の模様は、これも昭和三十八年一月の『毎日新聞』に掲載されている。

この座談会の場で、「本校を中心に校歌を送ることを第一条件」とすることが決められた。また、「いくら校歌を作っても、うたわれない校歌なら無意味です。乱作をさけるとともに、生命のある校歌を作ることが念願です」（石河）、「乱作はわれわれ芸術を愛するものからみれば一番さけたい。私としても年に十編はあげたい」（高橋）、「部落全体が一緒にうたえる流行歌にしたいというのが念願です」（紺野）、「オルガンでもひけるやさしい曲を作ることです」（石河）、「一本指でもひける伴奏、これがねらいです」（紺野）、など様々な意見が交わされた。

座談会は、県教育委員会玉川指導主事の発言で締めくくられている。

県内では、辺地のなかの辺地とでもいいましょうか、電灯のない学校がまだ十四校もあります。都市部の学校では想像もつかないことですが、それだけに、こうした辺地校に対しては、何でもいいから、子供たちの心のカテになるものを送ってやりたい。こんどの校歌などは、こうした意味でこのうえない贈りものになります。

募集に対して、多くの学校からの応募があった。

校歌贈呈の際には、新二の書いた「添え書き」が添えられた。そこには、「いつでも楽しく歌える校歌をと願って、用語も表現も平明なものにした」など、作詞に当たっての六項目の方針が書かれている。まだ旧態然とした風潮も残っている時代の中で、新二は、「新しい時代の新しい校歌」の作成を目指していた。

◇　◇　◇　◇　◇　◇　◇　◇　◇　◇　◇　◇　◇　◇　◇　◇　◇

二か月後には、早くも校歌の第一号が完成する。待ちに待った「ぼくらの校歌」の誕生である。第一号は石住小・中学校、差塩小・中学校の両校だった。

石住小学校の校歌発表会

石住、差塩は、いずれもいわき市（当時は田人村、三和村）に位置する小・中一貫校である。石住校は紺野五郎が、差塩校は伊東英直が作曲を受け持った。

新二は、作詞をする際には必ず現地を訪れ、学校周辺の風景を見たり、地域の状況を聞き取ったりした。また、校歌発表会には作曲者ともども出席し、作曲者が合唱の指導をすることもあった。新二は、これらの様子をノートにメモしていた。メモによれば、現地調査は、石住校が一月二十五日、差塩校が一月二十六日であり、校歌発表会は、石住校が三月十四日、差塩校が三月二十日と記されている。

いわき市のコミュニティ放送局ＦＭいわきが定期的に発行している『みみたす』の平成二十六年四・五・六月号は「石住散歩ひゃくよん」と題し、石住校の校歌を特集している。記事には、新二が現地調査で訪れた際、校長先生と生徒五人がジープに乗って、新二を御斉所から発電所まで案内したことが書かれており、その時案内した生徒の一人田辺（旧姓小玉）チヨノさんのインタビュー記事も載せられている。

発表会では、せめてものお礼にと、子供達や父兄が蕨を採りそれを売ったお金で、新二達に記念品を贈った。新二達にとっては、何よりもうれしい贈り物だった。

新二のノートには、「テレビも野菜も寺もない、二時半になると太陽が山にかくれる」などとメモしてあり、あまりの山奥のさびれた状況に、新二も心の中では驚いたのではないかと思われる。しかし、そうした、将来の展望も見えないような厳しい環境の中でも、子供達は、明るく元気に学校生活を送っている。
新二は、子供達に、未来への希望を伝えたかった。

田人村立石住小・中学校校歌

一　山から　谷から　元気よく
貝屋へ通う　よい子ども
あかるい窓が　迎えてる
なかよい友が　待っている
田人石住　みんなの学校

二　気だかく　やさしく　ほほえんで
すくすくのびる　にりん草
湯殿の森は　反響して
希望を胸に　よせてくる
田人石住　みんなの学校

三　鮫川　御斉所　山ざくら
励み教える　この故郷

霞の道を　踏み慣れて
今日も　よろこび　ひろげてく
田人石住　みんなの学校

◇◇◇◇◇◇◇◇◇◇◇◇◇◇

茂庭小学校には、同じ年の二月十六日に調査のため訪れている。一番雪深く厳しいこの季節を、新二は茂庭の生活では体験していない。訪問した日は、校庭を雪が白く染めていた。

茂庭小学校の校舎は昭和二十九年に建て替えられ、新二が教鞭を執っていた頃の校舎は移築され、地区の公民館などに使用されていた。

ほんの半年足らずしか在籍していなかった新二のことを、当時の教え子達ももう覚えてはいないだろう。それでも、あの時新二の授業を目を輝かせながら聞いていた子供達に、新二はもう一度詫びたかった。

校歌発表会は三月二十日。同じ日に、いわきの差塩小・中学校の校歌発表会も開催され、差塩校の発表会が終わってから茂庭に駆け付ける強行軍の日程だった。

滞りなく茂庭小の発表会が終了し新二が廊下に出ると、年配の女性達が新二を囲んできた。

「先生、私です」「みんなで待っていました」

とうに四十歳を超え、顔も不確かではあったが、当時の教え子達が満面の笑顔で新二を待っていてくれた。

当時の教え子で地元に残っているのは、女性が八人、男性が三人だけであった。そのうちの一人の家に誘われて、賑やかな宴会となった。

「先生に聴いて欲しい歌があります」そう言うと、教え子達は歌い出した。

驚いたことにそれは、校歌のない学校の子供は寂しかろうと、新二が茂庭小の教師をしていた短い期間に作って、子供達に歌わせていた即席の校歌だった。

「私達の子供は今度の新しい校歌を歌っていくでしょう。けれど、私達はやはり、先生の作った昔の校歌を歌っていきます」教え子達はそう言うのだった。

長い間心にわだかまっていた自分を恥じる思いが、新二の胸からようやく解け出していくのを感じていた。

新二は帰宅してから、ノートにメモを書き付けた。

「歌は生きている。歌うことによって、ふるさとも生きている」

飯坂町立茂庭小学校校歌

一　朝々の　社の光
門に立つ　桜のほこり
大杉の　小鳥のように
みんなはずんで　育ってく
天香森たかく　さわやか
さわやか　さわやか　茂庭小学校

二　御在所は　緑にはえて

茂庭小学校の校歌調査で子供達と。新二の右隣が作曲者の伊東英直

茂庭道　はるかにめぐる
摺上の　流れのように
みんな希望を　歌ってく
とき色の校舎　美し
うつくし　うつくし　茂庭小学校

三　空遠く　とびも飛んでる
鳩峰の　広い牧場
故郷の　姿のように
心みたして　励んでく
この窓は　いつも明るい
あかるい　あかるい　茂庭小学校

◇　◇　◇　◇　◇　◇　◇　◇　◇　◇　◇　◇　◇　◇　◇　◇　◇

辺地校はその大半が山奥にあり、行くだけでも半日がかりの所もあった。途中、車が故障し難儀するようなこともあった。

学校の先生やPTAの人達は、新二達の訪問を歓迎してくれた。新二のメモによれば、二、三の学校では対応の良くなかったところもあったようであるが、それでも「子供たちはみなかわいい」と書かれている。

校歌の発表会には、地区の住民達も集まり、様々なイベントも催された。この日のために練習を重ねてきた子供達が、小さな胸を張り、誇らしげに校歌を歌う。空まで届けとばかりに一所懸命歌う姿に、新二達はいつも目頭が熱くなるのを抑えられなかった。

新二達が学校を後にする時には、子供達が手を振り、走りながら見送ってくれた。

初年度である昭和三十八年には十五校の校歌が出来上がった。翌三十九年も同じく十五校。檜原湖の北西岸に位置する檜原中学校の校歌は、昭和三十九年六月、檜原小学校の校歌と一緒に発表している。作曲は石河清。

北塩原村立檜原中学校校歌

一　白樺の頂　たかく
　　宵待の岸辺　うつくし
　　糠塚を　胸にうかせて
　　奥道を　明け暮れ通う
　　ああ　この道を　幾年通う

二　おおらかに　日輪おどり
　　さわやかに　星にまたたく
　　希望　影　四十八島

若人の　夢夢むすぶ
ああ　この夢へ　若き日むすぶ

三　風ふけば　波波ひかり
雪降って　春は近づく
響く山　ささやく湖水
いつも歌う　ふるさと檜原
ああ　この歌に　忘れず檜原

昭和四十年は八校、四十一年は十校の校歌を作詞した。天栄村羽鳥湖の近くにあった羽鳥小学校の校歌は、昭和四十一年十一月に完成。作曲は伊東英直。

天栄村立羽鳥小学校校歌

一　春秋　湯けむり立ちのぼる
鳳坂峠　空にみて
こころおどらす　通い道
その名も羽鳥　のびゆく小学校

二　あこがれ一つに　肩くんで
　　二岐山の　風よばり
　　軒に日の丸　高くあげ
　　その名も羽鳥　はばたく小学校

三　湖ひろがり　影きよく
　　星か瞳か　さくら草
　　夢も平和な　天栄に
　　その名も羽鳥　胸わく小学校

　毎日新聞社による校歌贈呈活動は、昭和三十八年から四十一年まで続いた。最後の贈呈は三年間の間を挟み、昭和四十五年の西会津町立奥川小・中学校弥平四郎分校となる。原則として分校は贈呈の対象としないこととしていたが、弥平四郎分校は例外的な制作となった。

会津若松市立共和小学校の校歌調査。猪苗代湖畔で

金山町立玉梨小学校の校歌調査の帰り、子供達の見送り

この活動による校歌贈呈校は計四十九校になる。新二はこの間、辺地以外の学校からも校歌作成の依頼を受け、多くの校歌を作詞している。生涯作った校歌は、補作も含めて、高等学校四校、中学校十七校、小学校（小・中学校含む）七十四校、幼稚園・保育園・特殊学校六校に上る。

◇　◇　◇　◇　◇　◇　◇　◇　◇　◇　◇　◇　◇　◇　◇　◇　◇　◇

昭和五十八年には、故郷霊山町の、上小国小学校と下小国小学校が統合されてできた小国小学校の校歌制作を引き受ける。統合前の上小国小学校、下小国小学校共に新二が校歌を手掛けていた。作曲は上小国出身のバイオリニスト佐藤陽子で、校歌の作曲はこれが初めてであった。

翌五十九年三月に、佐藤陽子を招き、華々しく校歌発表会が催された。

平成七年八月発行の『雑誌霊山』に掲載した「校歌よグッバイ今日でお別れ」で、新二は次のように書いている。

私は霊山町掛田生まれ、小国《おぐに》区は隣村であった。

（中略）

上小国は水源地、下小国は桃源帯……小川で小魚を掴んだり、桃園でオニギリを食べたり、森林と大堤に挟まれた高台の大きな新沼の水辺からふるさと眺めを楽しんだりの我が少年期の思い出があるので、校歌詩は思い存分だった。

（中略）

小国小学校の校歌発表会。右が佐藤陽子

ところが、五六年初め頃、両小学校の統合が決まり、校歌の打ち切りが予定された。それからはその郷へ帰る毎に、私の心は少年路の哀惜に咽んだ。

しかし幸いなことに、その後しばらく経って、合併霊山小国小学校の校歌詩のペンが私へ依頼されてきた。加えて、作曲は小国生れ━国際バイオリニストの佐藤陽子さんを是非ともお迎え致したいとの旨だった。私は安堵の胸を撫でた。

霊山町立小国小学校校歌

一　小国川　ささやき流れ
母子草　やさしくさいて
丘みち　畑みち　学校みち
通う朝夕　ただひとすじに
霊山小国　あかるい学校

二　館山に　光をあおぎ
すくすくと　若草育つ
この窓　この軒　この庭に
学んでいくとせ　夢たくましく
霊山小国　たのしい学校

三　アカマツに　月雪桜
霊山は　山なみはるか
あこがれひろげて　高くとべ
人は百年　ふるさと千年
霊山小国　みんなの学校

平成七年には、裏磐梯中学校の新校舎の完成に合わせ、新しい校歌を作詞する。作曲は、シンガーソングライターの小椋佳。

新二は昭和三十九年に、この裏磐梯中学校の旧校歌も作詞していた。作曲者の小椋佳は、大学三年の夏休みに、檜原湖の北岸に位置する早稲沢地区の民宿「山城屋」に一か月余り滞在し、宿の主人を始め周囲の住民が皆小椋姓であることを知り、この名を気に入って、「小椋」というペンネームを付けたという逸話がある。

北塩原村立裏磐梯中学校校歌

一　広い高原　輝く湖水
月雪花を　友として
歌う青春　高らかに

通って楽し　希望の道
この道　この道　裏磐梯中学校

二　仰ぐ磐梯　遥かな吾妻
教えの光　まねきつつ
若き夢々　競いあう
揃って励む　学びの窓
この窓　この窓　裏磐梯中学校

三　父母の山川　あこがれふかく
心の木霊　朝夕に
呼んで　応えて　友と友
北塩原の　檜原の郷
この郷　この郷　裏磐梯中学校

◇　◇　◇　◇　◇　◇　◇　◇　◇　◇　◇　◇　◇　◇　◇　◇　◇

新二が校歌を手掛けた辺地校は、その後生徒数も減少し、その多くが統合や廃校となっている。平成二十六年に、校歌贈呈第一号だった石住小・中学校が田人小学校及び田人中学校に統合、平成三十年には、茂庭小学校が飯坂小学校に統合されている。

新二は、うれしい時も、悲しい時も、いつでも歌える、新しい時代の校歌の誕生を願った。学校を卒業すれば、皆それぞれ別の道を歩んでいく。地元に残る者もいれば、街に出ていく者もいる。社会に出れば、楽しいことばかりではなく、苦しい出来事、辛い出来事も待っている。そんな時、気が付くとふと校歌を口ずさんでいる。懐かしいふるさとや子供の頃の思い出が蘇り、少しだけ心が楽になる。そして、いつの日か再会した時、みんなでまた一緒に校歌を歌う。新二が作りたかったのは、そんな校歌だった。

中山行雄氏が作詞し、新二が手を加えた「お別れの詩」という詩がある。新二は校歌発表会の終わりにはこの詩を朗誦したという。「お別れの詩」については確認できていないが、新二のノートに中山行雄作とメモされた詩があったので、最後に掲載させていただく。

ぼくたち　大きくなってから
　また　この道で　会うかしら
また　この道で　会ったとき
　どんな話を　するかしら

第二十三章　地方詩人の矜持

新二は年を経るとともに、自分で詩を作ることよりも、詩壇の形成や県内詩人の育成に活動の力点を移すようになっていった。

派閥にとらわれることなく、優れた作品であれば誰にでも開放する詩誌や、優れた詩人であれば誰でも育てていこうとする詩壇の存在は、新二の若い時からの一貫した願いであった。

昭和三十七年に『詩学』に寄稿した「詩の広場～詩壇詩誌が欲しい」でも新二は以下のように書いている。

大正末期―昭和初期のような詩壇の自由は、今は眠つているようだ。

昔はよかつた話ではないが、作品が優れていれば誰れのでも載せるといつた、日本詩人や詩神のような詩壇詩誌が、今のところ、ないからだろう。割に詩壇的な誌（同人誌を指さない。）でも、一、二、誰れかのボス臭が強いし、それにコネした詩群が平伏している様子に見える。

これは、中央も地方も責任がある。自分の息のかゝらない詩人のは見向きもしないし、見向かせるためには犬馬の偽態もやりかねない、両者の野合結晶なのだろう。

自分にとつて主流であろうと反流であろうと、優れたものを見出し、発表の機会を設定すべきだし、地方詩人も自己の環境に生き抜いて、中央への帰属的―亜流詩から去るべきだ。

要は、現代詩を島国から大空へ飛び立たせるために、広場―詩壇詩誌が必要だということ―。

（中略）

この小文に先立ち、新二は既に『毎日新聞』の「毎日文園」やラジオ福島の詩選者として、県内詩人の作品の紹介に努めていた。また昭和三十四年から三十六年にかけては、『福島民友』に「詩の味わい～県詩壇秀作抄」と題した詩評を連載し、県内の若手詩人の作品を中心に批評と紹介を行っていた。「詩の味わい」は全三十三回に亘る長期連載となっている。

◇ ◇ ◇ ◇ ◇ ◇ ◇ ◇ ◇ ◇ ◇ ◇ ◇ ◇

昭和三十八年、新二はいよいよ新しい詩壇の形成に向けて動き出す。

新二には三つの大きな構想があった。一つは新しい詩誌の刊行であった。二つは県内詩人の交流の場の創出であり、三つ目は優れた詩人を称揚する新しい文学賞の創設であった。

新二はこれらの実現のために、まず詩社エリアを立ち上げる。

「詩社エリア規定」に書かれた設立の趣意は次のとおりである。

詩社エリアは、積極的に作品を創成し、世界文学の詩潮を理解し、文学上の自由と個性と互に尊重し得る詩人を同人に迎える。

詩誌エリアは、グループ誌でもなく、会員誌でもない。有意な県関係詩人の実作的な集団誌である。

昭和三十八年二月には、県内の詩人達に、詩社エリアの活動について協力を呼び掛ける文書を送付する。詩社エリアの責任者は高橋新二、企画責任は宗像喜代次、新林富士朗の二名であった。

詩社エリアにおいては、「詩は文学であり、音楽である」との理念に基づき、詩の朗読と音楽を組み合わせた新しい試みである「エリアポエテック・コンセル」と称するイベントも開催した。会場は、福島市内スズラン通りのクローバー百貨店のギャラリーだった。

福島市のシンボルだった福島ビルヂング（『ふくしまの歴史』より）

万世大路に並行して、本町から置賜町を通り万世町に抜ける南北の道路は、昭和初期にスズランの傘を付けた街灯が建てられたことから、「スズラン通り」と称されていた。駅前通りとスズラン通りの交差点には、「福ビル」の愛称で市民から親しまれ福島市のシンボルともいえる福島ビルヂングが立っており、通りの本町側には山田百貨店、ツタヤ百貨店、置賜町側にはクローバー百貨店などが軒を連ね、スズラン通りは市内でも最も活気のある商店街として賑わっていた。福島ビルヂングは昭和四十二年にはクローバーに買収されることになる。

詩誌『エリア』は昭和三十八年十月に創刊された。

『エリア』はB5判の冊子で、表紙にはフランス語で「ARÉA Poétique Périodique」と書かれ、中央にイラストをあしらった瀟洒な詩誌であった。同人達の詩作品が主な内容を占めたが、その他随筆や過去に発表された作品、資料なども掲載された。『エリア』は、年齢、経歴、地域、著名であるか無名であるかなどは一切問題とせず、優れた作品であれば掲載するとした。

詩誌『エリア』のほかにも、ガリ版刷りの『エリア便り』が不定期に発行された。こちらは、同人や県詩壇の動向、消息などを載せたものであった。この年の四月に大谷忠一郎が死去し『福島県詩人協会報』の終刊が決まったことから、県詩壇史料として過去の優れた作品や詩壇の動向を紹介するという『福島県詩人協会報』の趣旨は、この二誌に引き継がれることになった。

新二が主宰した詩誌『エリア』

新二自身は、『エリア』には過去に発表した作品の再録を除いては自作の詩は掲載していない。新二が書き下ろしの形で『エリア』に発表したのは、「生体詩論」と名付けた詩論のみであった。「生体詩論」は「海を釣る男」、「死んでいく女の時」、「鼠穴」、「影のない影」の四部作で、創刊号から第四号までに連載された。

この「生体詩論」については、澤福島大学名誉教授が前掲の「ふくしま人」の中で以下のように論評している。

（前略）これは詩の一切の対象を溌剌とした生命感あるものとして捉えるという論（大学の翻訳詩の影響もある）である。特に「対位」（物事を対置する考え方）という方法で性差（ジェンダー）に

第三回「青葉の集い」

注目、一切の男性性が女性性に移行し、その究極にはある深い共通性（つながり）があるとする独自の論は、心理学者ユングの母型の考え方への接近を思わせる。

しかし、新二は人生の後半期で試みた、リアルな批判精神の詩作と、一切を女性性に向かう生命感で捉える宇宙論的な詩論とを結合させることはなかった。壮大過ぎて人生の時間が足りなかったのである。（後略）

『エリア』は昭和四十七年十二月発行の第十三号まで続き、新二の詩碑建立を特集した昭和四十九年の特別号で終刊となった。

◇　◇　◇　◇　◇　◇　◇　◇　◇

昭和三十八年六月、県内詩人の交流の場となる「青葉の集い」が開催された。

「青葉の集い」は、毎年青葉の季節の六月に県内で活躍している詩人達が集まり、歓談、意見交換などをしようとする企画であった。「青葉」という言葉には、永遠の青春を祈るという新二の願いも込められていた。

第一回の「青葉の集い」は福島市の純喫茶「えりいぜ」で、第二回も福島市信夫山の茶亭で開催された。三回目以降は、毎年開催市町村を変えていく。

第十回までの開催地を記載すると、第三回は本宮町の簗場温泉、第四回は須賀川市の牡丹園、第五回は浪江町請戸の小松屋、第六回は二本松市霞ケ城公園の洗心亭、第七回はいわき市小名浜富ケ浦公園の萬里荘、第八回は会津高田町の伊佐須美神社、第九回は北塩原村大塩温泉の磐峡荘が開催地となり、昭和四十七年の第十回は発足十周年記念集会として福島市の「えりいぜ」で開催された。

第十二回は新二の詩碑の除幕祭の日に合わせ霊山町掛田公民館で開催され、「青葉の集い」はこれ以降も福島市の花見山、いわき市の藤間などを開催地とし、『エリア』が終刊となった以降も何年か続いていった。

「青葉の集い」においては、詩人同士の意見交換のほかにも詩集出版のお祝い、小講演、アトラクションなどが催され、毎回四十名前後の詩人が参加し盛会であった。大友文樹などは「県主催のより、いつもこの会の方が盛大なのはどういうわけか」との感想を漏らしている。

◇　◇　◇　◇　◇　◇　◇　◇　◇　◇　◇　◇　◇　◇　◇　◇　◇

新二の構想の三つ目が新しい文学賞の創設であった。

昭和四十一年、新二は福島県自由詩人賞を創設する。この賞は、「詩人のための、詩人による、新しい詩人賞」という謳い文句のもと、渡辺到源が理事長となり設置された。朝日新聞福島支局が後援者となった。著名な詩人を長く記念する趣旨もあり、祓川光義賞と大谷忠一郎賞の二賞が設けられた。審査方法についても、新二が県文学賞に対して提言していた改革案の殆どを取り込んだ内容になっている。

昭和四十一年一月十日の『朝日新聞』には、「県詩壇発展に新しい試み〜「自由詩人賞」を新設」と題した記事が載せられている。

「詩人のための、詩人による、新しい詩人賞」をテーマに、県自由詩人賞が評論家渡辺到源氏（県芸術文化委員会会長）らを中心に新設されることになり、その第一回運営理事会が九日、朝日新聞福島支局で開かれ、規約や選考規則、四十一年度の実施要項を決めた。

自由詩人賞は、県内の〝在野〟の詩人が自由な立場で県詩人の実作活動を励まし、県詩壇を充実発展させるとともに、著名な詩人を長く記念するのが目的で、朝日新聞福島支局が後援する。

自由詩人賞は毎年一回、県内在住または県内出身者を対象に贈られるが、ただ一つが最高のものという考え方を避け、二人以上の受賞者を選ぶのが建前になっている。

四十一年度（第一回）は今月末と四月の二回、朝日新聞福島版で募集発表をし、応募を七月末に締切り、九月末に選考を終って十月中に受賞の発表をする。賞目は祓川光義、大谷忠一郎の両賞で、いずれも一万円の賞金と副賞として朝日新聞社から記念品が贈られる。

理事会の役員は次の通りで任期は二年。このほか選考理事七人は近く決るが、任期は一年とし固定化を避けるため過半数の交代制をとっている。

理事長　渡辺到源、副理事長　長谷部俊一郎

運営理事　川上春雄（若松）、伊勢明弘（須賀川）、渡辺三樹男（東京）、宗像喜代次（福島）、柊立星（原町）、高橋新二（福島）＝常任理事

第一回の選考理事は、勝承夫（東京、選考理事長）、岡村史夫（福島）、大友文樹（伊達）、高原木代子（石川）、渡部武（会津若松）、酒井淳（同）、上田令人（平）というメンバーであった。

第一回の自由詩人賞には六十八名もの応募があった。

「県文学賞問題」の中でも新二は、「民間の自由詩人賞が県文学賞詩の部の二、三倍の応募者数を得ておるのだから皮肉なものです」と書いている。

選考の結果、受賞者は草野比佐男、高ゆき子、大沢静江の三名に決まり、受賞者が三名であったことから、この年は祓川賞、大谷賞の区別は付けなかった。第二回の受賞者は鈴木八重子、渡辺元蔵、第三回は太田隆夫、大井義典で、この回から選考理事長に田中冬二が就任している。第四回は羽曾部忠、鈴木勝好、第五回は高ゆき子、伊東良、第六回は物江秀夫、伊東良、第七回は大沢静江、太田隆夫が受賞した。第七回の選考理事長は北川冬彦と記録されている。

◇　◇　◇　◇　◇　◇　◇　◇　◇　◇　◇　◇　◇　◇　◇　◇

昭和四十五年十一月一日、新二らは県自由詩人賞設定五周年及び福島県詩誌連盟結成を記念して、福島市で「詩人集会」を開催した。

この日は東京から、中央詩壇で活躍している福島市出身の田中冬二、上野菊江の両詩人をゲストとして迎え、集会には八十名もの詩人達が出席した。田中、上野両氏からのスピーチの後に、佐久間利秋、宗像喜代次から県詩史についての話がなされた。福島テレビで前々年に放映された「わがふるさとの風物詩」の映像も流され、添田啓一が撮影した写真の展示による県詩人史展も同時に開催された。

昭和四十七年十一月十九日には、「詩人まつり」が開催される。

この年は「青葉の集い」の発足十年目にも当たる年で、第七回県自由詩人賞の授賞式の後、自作詩や著

「えりいぜ」で催された詩人集会

名詩人の詩の朗読やギターの弾き語りなど様々なアトラクションが繰り広げられた。

これらの催しが福島市で開催される際に会場となったのが、稲荷神社の南側、県庁通りに面した藪内ビルの地下にある純喫茶「えりいぜ」であった。「えりいぜ」の経営を行っていたのは河野保雄である。

河野保雄は昭和十一年福島市新町生まれ。生家は寿屋という酒屋を営んでおり、寿屋と文洋社とは、稲荷神社を東西に挟んで二百メートル程度しか離れていない位置関係にあった。

河野は福島商業高校時代から文学活動に興味を持ち、宗像喜代次に師事した。昭和三十一年には宗像らと文芸誌『メルヒェン』を刊行する。この『メルヒェン』には新二も「チャンホランの海」と「古い帽子」の二編を寄稿している。河野は宗像の影響を受けながら、文学のみならず音楽や美術評論などの分野でも幅広く活躍した。仕事の面では、キャバレーの経営や、屋号から名付けた寿ビルの貸しビル経営などで成功を収め、平成二年には、それまで収集してきた長谷川利行などの絵画を展示する「百点美術館」を、稲荷神社向かいの寿ビル三階に開館した。

河野が経営していた純喫茶「えりいぜ」は、当時の福島市内においては上品な雰囲気のハイクラスの喫茶店で、市内の芸術家達が集まる場所にもなっていった。

昭和四十二年まで県文学賞の審査委員を務め、昭和四十三年からは県自由詩人賞の選考理事長になった田中冬二は、福島市出身であったことから、県内詩人の集まりなどにも度々出席していた。

田中は明治二十七年福島市栄町生まれであり、両親の死去により明治三十九年に上京するまでは福島で暮らしていた。

◇ ◇ ◇ ◇ ◇ ◇ ◇ ◇ ◇ ◇ ◇ ◇ ◇ ◇ ◇ ◇ ◇

昭和四十一年に、田中は新二達と霊山にも登っている。

霊山に登山したのは六月八日。田中は六月六日須賀川市に宿泊し、翌七日に須賀川高校と須賀川女子高校で講演を行い、その足で掛田に向かい、掛田の鈴木屋旅館に投宿した。鈴木屋旅館では、新二のほかに長谷部俊一郎、大友文樹、長谷川金次郎、伊勢明弘、橘木雨が同宿した。

翌日は爽やかに晴れわたった日となり、一行は霊山閣まで車で行き、そこから徒歩で頂上まで登っていった。『丘陵詩人』の発行人で、掛田で文化堂書店を経営していた長谷川金次郎が案内役を務めた。霊山の山頂からは太平洋が眺望され、田中も霊山の景色を堪能した一日となった。その後田中は福島市に戻り、「えりいぜ」で二十数名の詩人達と歓談を行っている。

新二は登山の途中で目にした、いわゆる「十年枯病」などと呼ばれる竹藪の風景が印象に残ったようであり、昭和六十三年『福島県現代詩集』に発表した「笑嘲詩」の一編に書いている。

花開いて　枯れ死んでいく竹籔を見ました
田中冬二さんと共に霊山へ登った六月。
この哀れ　誰れに告げんものかワ……

◇　◇　◇　◇　◇　◇　◇　◇　◇　◇　◇　◇　◇　◇　◇　◇　◇

ここで、これまで何度か名前の出てきた長谷部俊一郎についても記しておきたい。

長谷部俊一郎は明治三十七年、女神山の麓の伊達郡小手村に生まれる。小手村は町村合併により月舘町となり、合併後は新二の妻キミと同郷ということになる。

長谷部は若くしてキリスト教の洗礼を受け、仙台市の長町教会の牧師となるが、太平洋戦争時スパイ容疑で家宅捜索を受け、これを機に牧師を辞す。昭和二十年には月舘に戻り農耕生活の傍ら詩を書き続けた。山の自然をテーマにした詩が多く、新二が『氷河を横ぎる蟬』で県文学賞を受賞した際の準賞は長谷部の『山の家』であった。昭和三十七年には詩集『山に生きる』で県文学賞の正賞を受賞しており、ちなみにこの時の詩の部の準賞は佐久間利秋の『心耳抄』であった。

昭和三十七年七月の『福島民報』に、新二は「祈りの門」と題して長谷部の詩集『山に生きる』の詩評を書いている。詩評は「私は久し振りに涙を落した」という文章で始まっている。同書に収められた「仙台長町教会」という詩を読んでの感想である。

このような詩の訴えるものは、単に思想とか感情とかではない。高貴な庶民の祈りであり、坦々とした非凡の精神であろう。

（中略）

腕をなすることなく、肩を怒らすこともない、この稀少な詩人と詩の〝祈りの門〟に立っては、私などただ奇怪な汚れ犬─町の無頼でしかないだろう。

長谷部の「仙台長町教会」は次のような詩である。

仙台長町教会

長谷部　俊一郎

みてあるいた
二十年の歳月があつた
忘却にさらわれず
塔にも
ヒマラヤ杉にも呼びさます
どうしてこんなに目がしらがあつくなるか
坐席にひざまづいて
たえがたくいのつた
長町の教会は

それはいのちをこめたものであつた
いまいのりの塔がまぶたにうかぶ
そこにいる　そこにいる
耐えて祈つた若い魂と
　ふるえる手が

長谷部は、新二が「まったく特異の詩世界にこもる人として、県内では勿来の冬村春踏に通じるだけである」と書いたように、山にこもりながら独自の詩世界を綴り続けた詩人であった。

◇　◇　◇　◇　◇　◇　◇　◇　◇　◇　◇　◇　◇　◇　◇　◇

新二には地方詩人としての自負と誇りがあった。

しかし一方で新二にも、中央詩壇への憧れと、人並みに名声を求める気持ちもあった。大学卒業後そのまま東京に残っていたならば、と夢想するようなこともあった。

昭和四十四年に『詩学』に発表した「地方詩人の幻想」には次のような文章がある。

　ふるさと福島から他県へ—まして中央へ足を向けないで暮している私が、時々、異郷向け原稿を書く場合ほど、福島人—地方人にすっかりなってしまったと気づく時はありません。これでよいのだと私が構えれば、これでよいのかと私が反発します。（後略）

だが中央への憧れは、他方で既成の権威に反発する新二の性格から、中央詩壇への強い対抗意識にもなっていった。

前掲の「詩の広場～詩壇詩誌が欲しい」の中では、「地方詩人も自己の環境に生き抜いて、中央への帰属的―亜流詩から去るべきだ」との意見を述べており、また「地方詩人の幻想」でも次のように書いて、地方詩人への警鐘を鳴らしている。

育ちは思想や知性に先行するらしい。地方にはゆたかな自然があり、自然は音楽であり光りであり、時の推移や永遠も明確に告げてくれます。地方人皆が自然詩人のように生きています。相聞も挽歌も底ふかく心そのものになっています。

（中略）

けれど、一面、裏山道を忘れがちに、中央の詩誌や詩人方に歓迎されそうな作品を詩いたがってもいるのです。

それぞれ誰にも幻想はあるでしょう。

その作・その人となりを問わずに、その肩書・その著名に追従すれば、何かよい託宣を得られるものと考えないでしょうか。自分の発表の場を得ようとするのはよいとしても、そうした関係から自分のよい詩が生成できるでしょうか。

自分を省み、自分の詩に打ちこみ、自然な純理性を持しながら、自分の道を拓いていくべきだと知っていながらも、そのようであるのは哀れな幻想です。

地方詩人へ問い掛ける形をとりながら、新二は自分自身への戒めとして、自らの心にも言い聞かせていた。

◇　◇　◇　◇　◇　◇　◇　◇　◇　◇　◇　◇　◇　◇

福島県内における詩壇は、実質的にはそれぞれの詩誌を中心にして、各地方毎に形成されてきた。詩人の全県組織化を目指した福島県詩人協会は、大谷忠一郎の死去に伴い、自然消滅の形となっていた。『エリア便り』によれば、昭和四十五年三月時点における県内詩人の人口は、把握できた範囲で四百四十七人であり、詩社エリアもまた、これら県内詩人の組織化を目指すものであった。詩社エリアは県内詩壇の形成に大きな役割を果たした。しかし、新二にも老いが迫りつつあり、それに伴い詩社エリアの活動も徐々に終息していくことになる。

福島県における詩人の全県組織となる福島県現代詩人会が結成されたのは、昭和五十三年のことである。新二はこの会の名誉会員に推挙される。

第二十四章　詩史遍歴と笑嘲詩の世界

昭和三十七年、福島県において『福島県史』の編纂事業が始まる。十年間をかけて、全二十六巻の県史を編纂しようとする県の一大事業であった。この県史編纂を実質的に取り仕切り、編集長のような役割を担っていたのが宗像喜代次であった。

新二は『福島県史』の明治から昭和前期にかけての「詩」の章の執筆を、宗像から依頼され引き受ける。県史をまとめる作業は、過去の新聞記事を丹念に漁ったり、膨大な資料と向き合ったりと、多大な労力を要する仕事であった。特に詩の歴史については公的に保存されている資料が少なく、詩人の遺族や関係者に照会するなどの手間も要した。しかし、自分自身や仲間達の歴史を改めて辿り、既に他界したり忘れ去られてしまった詩人達の足跡にも光を当てることができることから、楽しくやりがいのある作業でもあった。また、宗像喜代次が詩史の共同執筆者となったことも大きな支えとなった。

三年後の昭和四十年に『福島県史第二十巻　文化1』が完成する。新二と宗像の執筆した文章は、第二編「文学」のうち第二章「詩」の第一節「明治・大正期」、第二節「昭和前期」、第三節「第二次世界大戦後」、第四節「福島県年代詩抄」として収録された。

また昭和四十六年には、『福島県史第五巻　通史編近代2』が刊行されるが、こちらに収録した県詩壇

宗像喜代次の描いた油絵

『福島県史』と『霊山町史』

の要約編ともいうべき文章は新二の単独執筆となった。

◇　◇　◇　◇　◇　◇　◇　◇　◇　◇　◇　◇

宗像喜代次（旧姓黒沢）は、明治四十五年信夫郡大森村（現福島市）で生まれる。女子師範付属小学校高等科卒業後は、農家であった生家の手伝いなどをして過ごす。その後朝鮮羅南野砲隊に入営し、除隊後は数年間放浪生活を送る。昭和十一年福島県に入庁するが、太平洋戦争の勃発により応召される。終戦後の昭和二十六年、小説『魔女』で第四回県文学賞の正賞を受賞したことをきっかけに福島県を退職し、筆一本で生活していくことを目指し上京するが、文学活動では生活が成り立たず、昭和二十八年には帰郷し福島県に再就職する。二本松土木事務所に勤務している時に県史編纂の担当として宗像に白羽の矢が立ち、昭和三十八年からは県の文書広報課で県史編纂に携わっていた。

宗像は小説、詩、評論のみならず絵も描くなど芸術全般に才能を発揮し、数多くの著書を刊行した。

宗像の生活はいつも貧しかったが、独自の芸術理論を持ち、自分の作品には絶対の自信を有していた。宗像と師弟関係にあった河野保雄が経営していた純喫茶「えりいぜ」で、自作の絵を展示販売したり、個展の開催なども行った。

著者の家にも、新二が新築祝に贈ってくれた宗像の油絵がある。ゴッホを連想させるような大胆な筆致でポプラ並木を描いた、全体が黄色に彩られた絵である。「えりいぜ」に展示されていたこともあるこの絵は、宗像の還暦記念個展の目録にある「黄色い風景」ではないかと思っている。

宗像の人となりについては、河野保雄の著書に詳しい。昭和五十年に河野が出版した『ホットな男のクールな青春』に収められた同名の自伝的小説から一部引用してさせていただく。文中「少年」とあるのは河野のことである。

宗像は東野辺とすべての面において正反対であった。東野辺は作家らしいスマートさをもっていたが、宗像は昨日まで田んぼで草取りか田植えなどをしていた百姓が、きょうから洋服を着て出てきたような、およそ作家にはにてもにつかぬ感じであった。

（中略）

宗像は学歴がないのを自慢にしているような人で、話すことばにもなまりがつよく、その風貌はまるで孫悟空を現代に持ってきたようなものであった。

「作家は作品が勝負である。新しい文学には人間の存在につちかった新たなる認識の発見がなければならない。」

宗像はこのような主張を少年に繰りかえし教えた。宗像は少年に対してだけでなく、文学とつながりをもつ者に自分の芸術理念をくどいくらい強く主張するのである。その態度はつよい信念に貫かれたもので、オーバーな表現をすれば、その相手が赤ん坊であっても一歩も譲らず熱心に語るのである。

少年が宗像の家に遊びにゆくと、そこはひどいあばら家で、何でも徳川末期から明治のはじめごろ三回も火事にあってようやく造った家とかで、柱は丸太の細木で荒壁はくずれていまにも落ちてきそうな感じであった。もちろん書斎などはなく、ちゃぶ台が原稿を書く机を兼ねていた。驚いたことに、自分の書いた本以外の書物や辞書類は一冊もない。

宗像は新二とは対照的ともいえる性格であったが、互いの文学については認め合い、また文学一筋で世間を顧みないという点では共通する点があり、長い付き合いを続けていた。

昭和三十五年に宗像が刊行した詩集『愛の化石』の末尾に、新二が「著者紹介～宗像喜代次氏の文学ブロック」と題した文章を書いており、また同年十二月の『福島民友』には、「「愛の化石」をめぐる会話」という詩評を掲載している。新二は「著者紹介～宗像喜代次氏の文学ブロック」の中で次のように書く。

それぞれの世代にあって、日々の思想・科学へ自己の論理と意識を密着させ、天資の解析力と無縫の人間性を起伏止揚させて来た人、その人を宗像喜代次氏以外に私は知らない。氏の作品は、万物の個々の存在に優位して関係づけられるもの—たとえば、自然と人間の戻反性を越えた相互性を、植物と馬糞から・石と愛情から・空と命から、生と知の流れにおいて捕えようとしている。

従って、未完の宇宙的混沌も作品毎に美しい定則を得て、自然相と人間像が不離不即に構成される。思考と観測の関係では、太陽も肉体の一部であり、肉体も太陽の因子だということ、これが氏の文学の出発であり終末なのだ。

『愛の化石』から、宗像の代表的な詩である「ガラスの砂漠」を紹介する。

ガラスの砂漠

宗像　喜代次

ガラスの砂漠に
黒い月が照つていた
ガラスの砂漠の中に
散乱している私の肉体
手　足　頭
それらを拾い集めながら
涙を流していた
何か足りなくなつている
何が足りないのか
私にはわからない
泪を流しながら
私は散らばつてる
私を拾い集めていた

◇　◇　◇　◇　◇　◇　◇　◇　◇　◇　◇　◇　◇　◇　◇　◇

昭和三十九年十二月、『福島県史』の草稿を県庁に届けに行った新二は、知友の冬村春踏が十二月十四日に死去したことを宗像から知らされる。

冬村も県職員であり転勤族であったが、冬村の長男が福島大学付属中学校に在学していた時、新二の長男重義と同級生だった縁もあり、新二と冬村は親しく交友を続けていた。冬村の重い病状を知らなかった新二は、この訃報に接して愕然とした。

冬村春踏、明治三十八年双葉郡浪江町生まれ。福島県庁で西白河地方事務所長、薬務課長、医務課長、安積財務事務所長などを歴任する。昭和三十五年からは勿来市（現いわき市）の助役を務めていた。『耽溺の丘』、『想念の岸辺に立ちて』、『苦悩の猟人』など数多くの詩集を上梓し、詩壇とは一定の距離を置きながら独自の詩世界を構築していた。

新二は冬村を「佗しい」人と称し、長谷部俊一郎と共に「まったく特異の詩世界にこもる人」と評している。冬村が昭和二十三年に刊行した『苦悶の微笑』には、新二が「「苦悶の微笑」に寄せて」と題した序文を書いている。

詩を作る人は多い。然し、詩を心にし心を詩にする人は少い。

冬村春踏氏はその少い人に屬する。

氏にあつては、心が何より問題なのである。而も、その心は、佗びと寂びに盡きているし、そうした心をどんなものにも求めている。

（中略）

氏には名利とか名聲とかは一顧だに價しない。巷間の飢犬の如く、詩壇とか作家などと大きな口を利くものに耳を藉さない。一切のものは「ただ流れゆくもの、流れ去りかつ消えゆくもの」（地上）として、靜に觀照しつつ、「百年後のことを考え乍ら」、ただ生きて心を詩にしている姿はまたとない尊い姿だ。然し、この姿は數多い惱みを通つての後に、ひとりでに出來上る姿に違いない。

それがまた詩の姿だ。

新二が「侘びと寂びに盡きている」と評した冬村の詩の一編を、『苦悶の微笑』から紹介する。

窓邊に倚りて
冬村　春踏

足れるを知れば
貧もまた愉しきものぞ
ただ獨り窓邊に倚りて
遙かなる雲の行方に
はるかなる心を問へば
涙垂る何の思惟ぞ

あはれ諸々
そも何をか言はむ
無一こそ實《げ》に有の果てなれ。

昭和四十年六月発行の『エリア』に、新二は冬村の追悼文を掲載している。その「お別れのことば〜冬村春踏氏死す」の中に、次のような文章がある。

役人としての品川さんは、厳しさを貫き通しました。けれど、詩人としては、佗しい方でした。だから、厳しいものと佗しいものを取り合わせ、冬村春踏と名のったのでしょう。

冬村春踏の本名は品川一男。重義と同級生だった長男の萬里氏は、郵政官僚を経て、平成二十五年に郡山市長となる。

なお郷土史に関して付け加えると、新二は『福島県史』のほかに、郷里の霊山町からも町史の執筆を依頼され、平成四年には『霊山町史第一巻　通史』が刊行される。新二の著した明治から現代までの霊山の文化の内容については、第一章でその一部を紹介しておいた。

◇　◇　◇　◇　◇　◇　◇　◇　◇　◇　◇　◇　◇　◇　◇　◇　◇

この頃の新二の文学活動はどうであったか。

晩年の新二は「笑嘲詩」と名付けた一連の作品を中心に、詩を書き続けていた。

新二の著作の中に初めて「笑嘲詩」という言葉が出てくるのは、昭和三十二年刊行の『氷河を横ぎる蟬』である。この中には四編の笑嘲詩が収められている。

笑嘲詩　その一

不幸な私の相手になって呉れたのは　いつも一人、
一人の男か　一人の女だった。
私の頭には一人前の耳しか付いていないし
私の顔には普通《なみ》の眼《まなこ》しか用意できていないから……。

笑嘲詩　その二

とかく人生は不可解だと、
彼は数百の詩のなかで

なぜか　なぜか　と　問いつづけた。
得意な高校教員が　哀れな受験生に口頭試問をするように……。

笑嘲詩　その三

一行の上に　さらに　一行を重ねようとして　彼の苦心は惨《みじめ》なもの。
なんと　古今に絶した二重詩が出来ることか！

笑嘲詩　その四

私は詩のために骨身をやつすが
詩集など　名刺程の　足《た》しにもなるまい
言葉の間遠《まど》ろしさを知つている世の賢い人人《ひとびと》よ
私が死んだ後は、せめて、サイレントのように口だけ動かし　心を通じ合つて呉れ！

◇　◇　◇　◇　◇　◇　◇　◇　◇　◇　◇　◇　◇　◇　◇　◇　◇

日本語に「嘲笑」という言葉はあっても、「笑嘲」という言葉はない。恐らく、フランス象徴詩の「象徴」という言葉に、嘲り笑うという意味の「嘲笑」を掛け合わせて作った新二の造語であろう。
笑嘲詩は詩というよりも、むしろ諧謔に富んだアフォリズムとでもいった方が近いのかもしれない。社会のみならず自分自身をも笑いのめす辛辣な目線で書かれた作品群が笑嘲詩であった。

新二は『氷河を横ぎる蟬』以降も、様々な詩誌などで笑嘲詩を書き続けていった。

新二が笑嘲詩を発表した文芸誌などを列挙すると、昭和三十三、三十五年の『日通文学』、昭和三十六、三十九年の『北陽芸術』、昭和三十七、三十八年の『場』、昭和三十八年の『詩学』などである。

昭和四十二年から昭和四十六年までは、渡辺三樹男発行の『季刊北東』に「聖と性のはざま」と題して笑嘲詩を発表。また同じ昭和四十二年から昭和四十八年まで、『古酒』から改題したばかりの『真珠母』にも笑嘲詩を連載している。さらに福島県現代詩人会が年一回発行している『福島県現代詩集』にも、昭和六十三年から新二が死去する平成九年まで、過去の作品の再録を含めて笑嘲詩を掲載している。新二は『季刊北東』に連載した笑嘲詩を「第一次」、『真珠母』に連載した笑嘲詩を「第二次」、そして『福島県現代詩集』に連載した笑嘲詩を「第三次」と位置付けていた。

『観光福島』に連載していた観光詩も、昭和四十五年及び四十六年については「三誌連載笑嘲詩」というタイトルで笑嘲詩を掲載した。

これ以外にも『政経通信』に笑嘲詩を発表したとの記録もあるが、確認はできていない。

これらの詩誌などには、一回の掲載につき十編前後の笑嘲詩がまとめられており、新二が作った笑嘲詩の数はおよそ三百編を超えると思われるが、だぶっている作品や未確認の作品もあるため、正確な数字は把握できていない。

数多い作品の中から、「詩」に関して書いたものをいくつか拾ってみる。

女に恋するのは小さい虚飾。
詩を生むことは大きい虚飾。
小さい冠肉を頭にのせ
大きい羽根を尻尾に張つて
孔雀が詩人の空真似している。

（昭和三十五年『日通文学』）

詩を書いても銭になる小説家。
腸を千切って見せても一銭にならない詩人
詩人は天国に入れるだろう。

（昭和三十七年『場』）

暴風に吹き飛ばされても飛ばされても
自分の方向を見失わない
蟻は立派な詩人です

（昭和三十九年『北陽芸術』）

詩は馬鹿が書き　高貴な人に読まれ

小説は悧口者が書き　馬鹿が読む
（昭和四十二年『季刊北東』）

詩人よ　紙《かみ》を敬え！
お前の詩のために汚《けが》され　犠牲となっていく紙《かみ》を
神のように　敬え！
（昭和四十四年『真珠母』）

詩は性的であり　男か女の誰れかに迎えられ
小説は中性　男女区別なしに好まれ
そして　評論は無性です。男にも女にも愛されない。
（昭和六十三年『福島県現代詩集』）

昭和四十五年前後からは、『観光福島』に連載している観光詩以外には、新二の書く詩はほぼ笑嘲詩だけになっていく。

澤福島大学名誉教授は「ふくしま人」の中で、笑嘲詩について「新二が人間の生命を奪う「都会」の虚飾の批判、自己批判を含めた詩人の虚飾の批判という、社会、人間をリアルな目で捉える境地に進み出ていることが分かる」と書いている。しかし、この頃の新二は、次第に若く瑞々しい感性も失われつつあり、若い頃のような感傷的な詩が書けなくなっていたことも事実だったのではないかと思われる。

最晩年まで筆を飛ばすが、平成三年に発行された『福島県現代詩集』に掲載された「笑嘲詩」の中には、次のような一編がある。

詩を書かなくなった。
詩が書けなくなった。
詩を書くとき
いつも　涙がこぼれた。
涙は辛《から》い塩《しょ》っぱい……。

詩を作ることは、新二にとって人生の全てであった。その詩が次第に書けなくなっていくのを自覚することは、哀しくもやりきれない思いであった。

◇　◇　◇　◇　◇　◇　◇　◇　◇　◇　◇　◇　◇　◇　◇

昭和四十七年、新二は生涯最後の詩集となる第四詩集『小さい別れの手』を刊行する。

第二十五章　小さい別れの手

毎年十月の体育の日を含む三日間、福島稲荷神社の例大祭が行われる。町会毎の山車が町中を練り歩き、神社内とその周辺の通りには数多くの屋台や露店が軒を連ねる。神社と地続きの中央公園には見世物小屋、お化け屋敷、サーカスなどのテントも立ち並んだ。子供達は皆年に一度のこの日を楽しみにしていた。

文洋社は稲荷神社にほぼ隣接している場所にあったため、文洋社の前にも露店が店を出し、香具師が玩具などの商売道具を広げていた。この日は新二の娘達も文洋社に一同に会し、孫達は小遣いを貰うと、一日中飽かずに祭りを回って歩いた。

新二は生涯七人の孫に恵まれる。昭和四十一年に還暦を迎えた時点では、新二には四人の孫がいた。長女ヤス子の長男英則と長女則子、二女照子の長男宏幸、三女吟子の長男敏邦の四人で、英則は中学生、則子と宏幸は小学生、敏邦はまだ生まれて半年程の年頃であった。四人とも外孫であったが、新二は孫達に愛情を注いだ。

稲荷神社例大祭の日のキミと孫達。孫は左から茂木英則、関根宏幸、茂木則子

◇　◇　◇　◇　◇　◇　◇　◇　◇　◇　◇　◇　◇　◇　◇　◇　◇

照子の長男の宏幸は、幼い頃自宅のある瀬上から福島市内の幼稚園まで、一人で路面電車で通っていた。このため、新二は毎朝路面電車の停車場に迎えに出て、幼稚園までの道のりを宏幸の手を引いて歩いた。

宏幸が小・中学生の頃、毎週土曜日になると照子は買い物などを兼ねて実家に遊びに来ていたため、宏幸も学校が終わると文洋社で半日を過ごした。小学校の高学年になると、新二は宏幸を連れて近くの中合百貨店に出掛けるようになった。娯楽施設の少なかった時代のデパートは総合レジャー施設のような存在であり、大概のデパートの屋上には子供の遊園地があった。中合百貨店の屋上には「ミサイルタワー」と称したロケット型の展望台もあり、新二と宏幸は遊園地でゲームをしたり、ミサイルタワーに登ったりして遊んだ。

中村合名会社通称「中合」は、大町にあった中村呉服店が昭和十三年に百貨店として開業したものである。昭和四十八年に福島駅前に移転するまでは、県庁通りの県庁と稲荷神社のほぼ中間地点で営業を行っていた。当時の県庁通りは、近くに福島交通のバスターミナルがあり、駅前通りやスズラン通りには及ばないものの、それなりの賑わいを見せていた。通りには前述の純喫茶「えりいぜ」や、店内に噴水があり高級感溢れる喫茶店「サボイア」などもあった。「サボイア」のある四つ角を挟んで北向いと西向いには、いずれも現在も営業を続けている洋食店の「キッチンカロリー」と「オジマ」という名前のパン屋があった。

「オジマ」の奥には小さな喫茶スペースがあり、中合で遊んだ後、新二は宏幸を連れてここに立ち寄るのが習慣となっていた。「オジマ」で注文するメニューは、決まってコーヒーとバタートーストであった。

新二はいつもトーストにアジ塩を振り掛けて食し、宏幸もトーストはそうして食べるものかと新二を真似た。子供が喫茶店に入ることにはまだ多少の後ろめたさを感じるような時代であったが、宏幸は「オジマ」で初めてコーヒーの味を覚え、大人の仲間入りをしたような気になった。

新二は孫との会話の中で詩についての話題を出すことはなかったが、気が向くと、表紙に「贈呈」の印を押して『観光福島』や『エリア』をくれることがあった。宏幸が中学生の時、いつもは何も言わずに手渡す『観光福島』を、「宏幸のことを書いた」と言って渡してくれたことがあった。

昭和四十七年十月の『観光福島』である。

月冠花床（十）

～いわき田人・戸草川谷にて

一人っ子はどんなに佗しいだろう
山ぶちの　あの花一輪のように
声高く騒ぎ　乱暴に動いたとて
相手は木の葉洩る光影だけ
人の見えない所から　人のいない所へと

断崖の横腹を通る谷の道
ひびきさえ　こもって　すぐ消え
ささやいてかすか　谷のことば
こころ待つ人の気配はなく
一人っ子はどんなに侘しいだろう

大概の家の子供には兄弟がおり一人っ子は珍しい時代であったが、宏幸は病弱な照子が子供と自分の命とを秤にかけるようにして産んだ子であり、二人目の子供を望むことはできない状況であった。宏幸自身は兄弟がいないことに特に寂しさを覚えることはなかったが、新二は一人っ子であることの侘しさを山奥の森閑とした情景に重ね合わせるように、気に掛けていたようであった。

◇　◇　◇　◇　◇　◇　◇　◇　◇　◇　◇　◇　◇　◇　◇　◇　◇

新二の三女吟子が結婚して青木姓となったのは昭和三十七年のことであり、昭和四十年には孫の敏邦が誕生する。

敏邦が幼稚園に入った頃には、上三人の孫達は既に幼少期を過ぎて新二と一緒に過ごす時間も少なくなっていたため、新二はこの敏邦をことのほか可愛がった。

相模原へ旅立つ敏邦一家を福島駅で見送る親戚や知人達。敏邦を挟んで、右に立つのが吟子、左が照子と吟子の夫の青木敏哉

三女吟子と孫の敏邦

吟子の夫は農林省の福島統計情報事務所に勤務していたが、昭和四十六年に、その年の七月に発足した環境庁への転勤が決まり、吟子一家は福島から引っ越すことになる。移転先の新しい住所は神奈川県相模原市であった。東北新幹線の大宮―盛岡間が開業するのはこれから十年後の昭和五十七年のことであり、この当時は特急列車を利用しての上京であった。吟子一家は親族達に見送られ、福島駅のホームから旅立った。

幼稚園生で一番可愛い盛りの敏邦との別れに、新二は身を裂かれるような哀しみを覚えた。新二の憔悴ぶりは見ていても哀れな程であった。若い頃には色々な恋愛事件も起こしてきた新二だったが、月日が流れ新二もいつの間にかただの「おじいちゃん」になっていた。

敏邦との別れを止めることはできないが、新二は孫と一緒に過ごした輝くような日々を、せめて何らかの形で留めておきたいと考えるようになっていた。もう自分が詩集を出すことはないと思っていたが、新二が残すことのできるのは詩以外にはなかった。

昭和四十七年七月、新二は第四詩集となる『小さい別れの手』

第四詩集『小さい別れの手』

をエリアから私家版として刊行する。

『小さい別れの手』は葉書大の詩集で、表紙には「はがきメモ詩集」と題し、随所にイラストとして敏邦の描いた動物などの絵を配した。「小記」で新二は、「それまでにも、孫から、たくさんはがき信《たより》など貰《もら》っていたものですから、その思《おも》い出《で》にと も、形《かたち》もはがき大《だい》にし、名《な》もはがきメモ詩集《ししゅう》としたわけです」と書いている。

詩集の冒頭には次のように書かれている。

> あの頃は若かった自由詩人たちも、いつの間にか、自由詩人最初のおじいちゃん代《だい》となり、孫を歌う時となりました。
> しかし、この詩集は、孫の育《そだち》を対象としたものではありません。孫が私から遠く離れてしまった時、こころ慰めるものとてなく、孫と私のために、書きとめたメモ作品の群《むれ》なのです。

詩集の中身は、第一部「孫は去く」、第二部「私も発っていく」、第三部「孫よ相模原よさようなら」、第四部「汽車は早くまたおそく」、第五部「そして」の五部構成となっている。第一部が福島での思い出を綴ったもので、第二部以降は新二が相模原へ孫を訪ねていった時の出来事が中心となっている。

文章もこれまでの作品とは異なり、子供でも読めるような簡易な文体で書かれ、殆どの漢字にルビが振られている。

第一部の中から、いくつかの詩を拾ってみる。

私《わたし》も悲《かな》しいと思《おも》う時《とき》
孫《まご》はいつでも　泣《な》いてくれた。
孫《まご》だけが　私《わたし》の人《ひと》のようです。

＊

孫《まご》よ　別《わか》れに
お前《まえ》は泣《な》いてくれたっけ。
孫《まご》よ　おじいちゃんが死《し》んでいく時《とき》
今度《こんど》はお前《まえ》のために
おじいちゃんの流《なが》す涙《なみだ》が涸《か》れねばよいが……

＊

孫《まご》と遊《あそ》んだ夏《なつ》の日《ひ》に
孫《まご》が残《のこ》していったのなら
蟬《せみ》の死骸《しにがら》さえ　蔵《しま》い込《こ》む。
孫《まご》がまだ此処《ここ》にいるような気《き》になりながら。
いつかまたくる孫《まご》のために……。

＊

秋《あき》は祭《まつり》を運《はこ》んで来《き》たが
孫《まご》を連《つ》れては来《こ》なかった。

孫《まご》が間違《まちが》いて触《さわ》り　ビックリした。
今年《ことし》は　ひとり私《わたし》が　わざと触《さわ》ってみる
祭《まつり》　露店《ろてん》の　熱《あつ》い裸電球《はだかでんきゅう》。

＊

賑《にぎや》かに松飾市《まつかざりいち》が立《た》ったばかりなのに
お終《しまい》になったような空《うつろ》さ……
いつもの孫《まご》の正月《しょうがつ》とならないのだから……
社《やしろ》の　後《うしろ》に　樹木《じゅもく》が一本《いっぽん》
年暮烏《としくれからす》を　一羽《いっぱ》　とめていた。

＊

孫《まご》と別《わか》れては
寂寥《せきりょう》のガラス壺《つぼ》の内《なか》の暮《くらし》です。

親《した》しい方《かた》や住《す》み慣《な》れたこの土地《とち》を捨《す》て
孫《まご》のところへ　行《い》ってしまわうか。
けれど　やがて　私《わたし》は死《し》ぬだろう。
そして　孫《まご》と本当《ほんとう》の最後《さいご》となるだろう。
孫《まご》とは別《べつ》な　私《わたし》の生《う》まれふるさとがあるのだから……。

だから　あまり　可愛《かわい》がってはならない。
やがて　いつか　さびしい時《とき》を
孫《まご》にも迎《むか》えてやるようなものだから……。

『小さい別れの手』の「後詩」には、これまでの詩集に添えられた「その一　山の山……」、「その二　無数の星屑を眺めて……」に、「その三」が加えられた。この詩は昭和四十六年十二月の『真珠母』に笑嘲詩として発表した詩であり、日夏耿之介の訃報を受けて書かれたものであった。

後詩　その三

日夏耿之介《ひなつこうのすけ》先生《せんせい》逝《な》くなられた時《とき》

緑《みどり》と花多《はなおお》く
水《みず》　隠《かく》れたり。

雲忘《くもぼう》じ
ひとり　魚泣《うおな》く。

新二も自分の孫馬鹿さについての自覚はあった。しかし、別れを悲しむことができたこと、そしてその気持ちを詩集という形に定着できたことは、自分にとって幸せだったとも感じていた。

新二は、「親《おや》ごころ　育《そだ》ごころ　老《おい》ごころ……そうした心《こころ》を知《し》る方々《かたがた》」にこの詩集を差し上げると言い、敏邦には次のようにメッセージを書いた。

何《なに》か送《おく》ってやると
開《あ》けるのが惜《お》しいと言《い》って
包《つつみ》のまま　幾時間《いくじかん》も　孫《まご》はさわっているそうナ。
これから　小《しょう》↓中《ちゅう》↓高校《こうこう》と育《そだ》っていく間《あいだ》
このはがき、メモ詩集《ししゅう》にも
孫《まご》よ　ゆっくり　さわって　みてくれ！

『小さい別れの手』が刊行された年、敏邦は小学校に入学し、同じ年の五月に敏邦には妹の香織が生まれる。

◇　◇　◇　◇　◇　◇　◇　◇　◇　◇　◇　◇

敏邦と妹香織

新二は堀口大學にも『小さい別れの手』を贈呈した。

堀口からはその返礼として、堀口の訳した『アポリネール遺稿詩篇』が送られてくる。

本の見返しには若い女性を描いたマリー・ローランサンの絵があしらわれており、扉には新二に宛てた私信が書かれていた。文章は次のようなものである。

高橋新二様
はがきメモ詩集「小さい別れの手」拝受
僕も相当な孫馬鹿ですが、あなたに較べたらものの数にも入りません。シャッポを脱いで敬意を表します。敏邦君の健康を祝してアポリネールがローランサンの娘たちを連れて参上いたします。ご引見下さい。
48年3月19日
大學老詩生

新二は堀口とは、前年の昭和四十七年十月六日に、白石市在住の詩人鈴木梅子宅で面談する機会を得ていた。若い時からずっと敬愛してきた先輩詩人との、この時が最初で最後となる出会いであった。

鈴木梅子（本名ムメ）は明治三十一年に信夫郡鳥川村（現福島市）の豪農矢吹家に生を受ける。十七歳

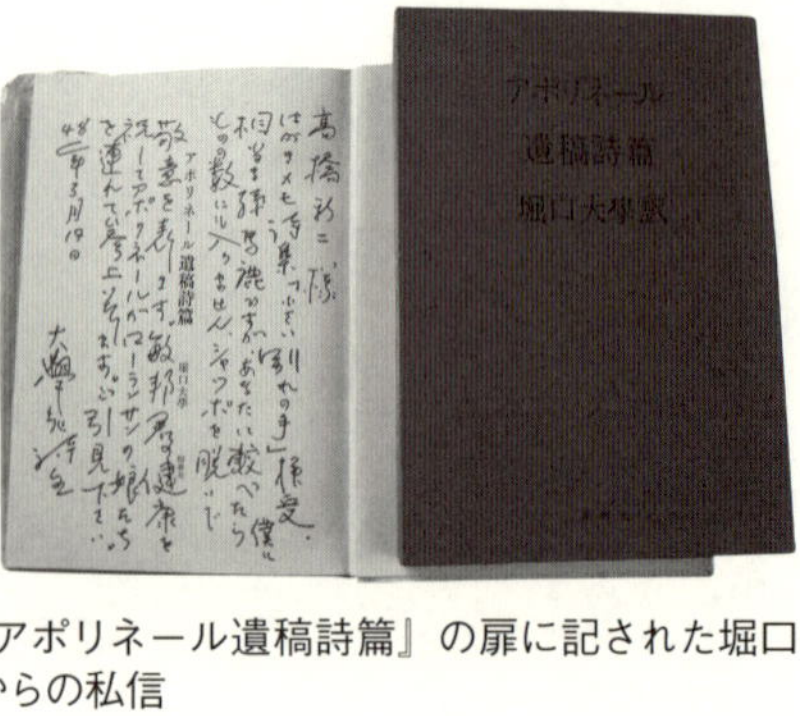

『アポリネール遺稿詩篇』の扉に記された堀口からの私信

の時白石の大豪商鈴木家に嫁ぐが、封建社会の縮図のような大家族の中で苦労に満ちた生活を送る。しかし、少女時代からの文学に対する愛情はやみ難く、堀口大學に弟子入りし生涯詩作を続けていく。

梅子は、昭和四十一年に詩集『つづれさせ』を刊行し、この詩集を新二に贈呈していた。『つづれさせ』を読んで感銘を受けた新二は、その年吉野いさ緒、大津弘子の二人を同行し白石の梅子宅を訪問する。この時の訪問の様子は、昭和四十一年発行の『エリア』に「鈴木梅子さんを訪ねる」として掲載されている。

昭和四十七年、八十歳になっていた堀口が梅子宅を訪れたのは、堀口が作った「こけし」の詩碑がこの年の五月に白石市内に建立されたが、除幕式に堀口が出席できなかったことから、改めて詩碑を見に訪れたものであった。「こけし」は、堀口が梅子の苦難の生涯を思って作った詩であると言われている。

こけし

堀口　大學

こけしはなんで
かわいいか
おもうおもいを
いわぬから

梅子から堀口が来訪するとの連絡を受けた新二は、その当日喜び勇んで梅子宅に駆け付けた。二人は初

文洋社のあった建物

鈴木梅子宅で堀口大學と歓談する新二

対面であったが、堀口のおおらかな性格もあって旧知の間柄のように話は弾み、なごやかに歓談の時間は過ぎていった。『月下の一群』を座右の書として常に手元に置き、私淑してきた堀口との出会いは、新二にとって感激以外の何物でもなく、この日は記念すべき一日となった。

この時の歓談の様子を新二はテープに録音していた模様である。昭和四十七年十一月に開催した「詩人まつり」において、新二は「堀口大學さんの御声」という演題で、テープで再生した堀口の声を披露し、会談の内容に解説を加えている。録音は新二が断わりなしに行ったものであるのか、「詩人まつり」のプログラムには「かくし取り」と記載されている。

◇　◇　◇　◇　◇　◇　◇　◇　◇

この頃の新二の周辺の出来事をもう少し付け加えておきたい。

昭和四十六年に新二は文洋社を建て替えている。

もともと文洋社は十坪程の敷地に建てられた狭隘な建物であったが、長男重義の結婚が決まり、重義夫婦と同居をするのには狭すぎることから、三階建の建物に建て直したものであった。建築工事中は、済生会福島病院が福島競馬場の隣接地に移転し空き地になっていた隣の土地を借り、プレハブ小屋で古書店の営業を続けた。

新しい建物の店舗部分には、道路に面した位置にショーウィンドウが設けられた。商売上の必要性というよりも、多分に新二の嗜好が反映されたものであった。建物には屋上も造り、屋上に設置した物置には新二の蔵書を収納した。

重義の結婚は、新しい建物が完成して間もない昭和四十六年十一月のことである。

◇　◇　◇　◇　◇　◇　◇　◇　◇　◇　◇　◇　◇　◇　◇　◇　◇

これから二十年近く後の出来事になる。

新二には、もう一つの孫との悲しい別れがあった。

平成元年、ヤス子の長男英則が三十五歳の若さで死去する。

英則は東京理科大学の物理学科を卒業、修士課程修了後そのまま東京に残り、昭和五十二年に駒場東邦中学校の理科の教師になっていた。学内ではバスケット部の顧問なども務め、温厚な性格で生徒からも慕われていた。

年号が平成に変わり、松の内が明けて間もない一月十五日、英則は日中家族と楽しく遊び、夕方自宅に帰ってきた後に急死する。全く予兆がなく、妻と幼い二人の子供を残した突然の死であった。

この時、新二は既に八十二歳になっていたが、孫を失った悲しみは深く、四女マリ子が死去した時と同じく、英則を供養する短歌を作っている。「英則の霊よ安らかに」と題された二十九首の短歌から何首かを拾ってみる。

新年の急死悲《きゅうし》しや　一《ひ》と言《こと》の名残《なご》りもなしに空《うつ》ろな別《わか》れ

わが鉢《はち》の青き実一《みひと》つ落《お》ち転《ころ》ぶ　熟《じゅく》さず終《おわ》りし不愍《ふびん》な運命《さだめ》

言葉《ことば》なし聞《き》くこともなし見《み》ることもなし　愛《いと》し孫逝《ゆ》けば大地《だいち》もあるなし

微笑《ほほえ》んで口数《くちかず》惜《お》しむ孫《まご》なれば　仏心《ぶっしん》しのばす横顔《よこがお》なりき

一日一日《ひとひひとひ》悲しみ忘《わす》れ生《い》きゆけと　遺影《いえい》の眉目《びもく》はげますごとし

あどけなき大介《だいすけ》　優介《ゆうすけ》　亡骸《なきがら》へ死出《しで》の旅銭入《たびぜにい》れる小《ち》さき手《て》

英則が死去した時、英則の母ヤス子は心臓の手術で県立医大附属病院に入院中であった。ヤス子の家は福島市の蓬莱町にあった。

春来《はるく》れば春めくもののあるものに　蓬莱の庭冬《にわふゆ》のままなる

同じ年の六月に、英則の教え子であった駒場東邦高校の三十三回生による追悼文集が編まれた。小柴淳という生徒の方が書いた追悼文が目に止まったので引用させていただく。

思い出の授業　～原発

小柴　淳

僕の三年間の中で一番思い出に残っている授業は、三年一学期の最後の授業である。この授業では、原発に関するビデオを見ていた。その時に、クラスの友達に似た人がでてきて爆笑が起こった。すると茂木先生はビデオを消して、「お前らは何を考えてんだ！　ん、現実に起こっているんだぞ。お前らは、将来日本をしょっていくんだぞ、まじめに考えろ。」と、おっしゃった。僕は、このように言われた時、「茂木先生は単に理科の先生であるだけでなく、現実に起こっているさまざまな問題に目を向けているのだなあ。いつか偉い学者にでもなって反原発を訴えるのではないか。」と思った。結局この日の授業は、ビデオを全部見ないうちに終ってしまった。原発に関心を持ち始めた今になって考え直すと、もったいないことをしたなあと思う。僕に、原発のこわさを教えてくださった先生は、まだ原子力発電の行われているこの世を去ってしまった。

この時からさらに二十二年後となる平成二十三年三月、福島県において東京電力福島第一原子力発電所の事故が起きる。福島県民はこの事故により大きな被害を受けることになった。
英則がこの故郷の原発事故を見ずに済んだことは、せめてもの救いであったろうか。

第二十六章　詩碑建立

茶臼山からは掛田の小さな街並みが見下ろせた。石川善助が「北斎風」と評した、町を取り囲むように連なる丘陵は、時が止まっているかのように昔と何も変わらない風景だった。昭和四十八年、新二は茶臼山の中腹に立っていた。

子供の頃、新二はこの山で日が暮れるまで遊び過ごした。石川善助と一緒にこの山に登ったこともあった。新二の脳裏には、郷里にまつわる様々な記憶が浮かび上がっていた。

この思い出の地に自分の詩碑が立つ。

そして、自分がこの世から消えた後もずっと町を見守り、人々の目に触れ続けていく。

これまで生きてきた長い年月を思い、新二は感無量であった。

この日新二は掛田までバスに乗ってきた。

これまで墓参りなどで掛田を訪れる際には、路面電車を利用するのが常だったが、路面電車は昭和四十六年に廃止となっていた。

昭和三十七年に福島電気鉄道株式会社から社名を変更した福島交通株式会社により運行されていた路面電車は、住民から「チンチン電車」の愛称で親しまれていた。街中や田園地帯を走行する路面電車ののど

路面電車が廃止になる際に運行された花電車。左手奥に中合のミサイルタワーが見える（『写真でつづる福島交通七十年の歩み』より）

路面電車時代の俤を残す旧掛田駅舎

かな姿は、昭和の福島を代表する風景の一つでもあったが、モータリゼーションの進行により路線バスへの転換を余儀なくされることとなった。

四月二日から廃止前日の四月十一日までは、車体に「さようなら」、「ながい間ありがとう」などと書かれ、花で飾られた花電車が運行し、廃止を惜しむ多くの市民が路面電車に別れを告げに集まった。

路面電車の掛田駅舎は現在でもバスの案内所として利用されており、当時のままの姿を残している。

◇　◇　◇　◇　◇　◇　◇　◇　◇　◇　◇　◇　◇　◇　◇　◇

茶臼山には二つの歌碑が立っていた。

山頂の掛田城本丸跡には、明治三十二年に建てられた菅野平右衛門の歌碑がある。歌碑には満開の桜を愛でて菅野が詠んだ和歌が刻まれている。

幾千代もちがいひさしき君が世に
いろ香いやませ山ざくら花

菅野平右衛門は天保五年生まれで、後の掛田町長菅野平右衛門（同名）の祖父に当たる。慈善家であり、また掛田養蚕所を開設するなど養蚕業の功労者でもあった。和歌を詠む時には「陣平」と号した。菅野が茶臼山を広く町民に開放した功績にちなみ、茶臼山の公園は陣平公園と名付けられている。

茶臼山の中腹には、昭和三十年に建立された佐藤嘲花の歌碑がある。歌碑には次の短歌が刻まれている。

遠山の雪もはだらに春日さす
この街道はゆけど飽かずも

佐藤嘲花（本名章）は明治二十年宮城県白石生まれ。四歳の頃掛田に移り住み、医者であった父のもとで裕福な幼少期を過ごす。福島中学校、東北学院、早稲田大学と進学するが、早稲田大学在学中に肺結核にかかり、福島に帰省後は職を転々とし闘病生活を送りながら歌作を続ける。大正十一年、貧窮した生活の中三十五歳で病没する。歌碑の文字を書いたのは、嘲花の最期を看取った医師で、アララギ派の歌人でもあった池田龍一である。

歌碑の後ろには、根元近くから幹が二股に分かれた松の巨木が立っており、「嘲花の松」と呼ばれている。

新二の詩碑建設を中心となって進めたのは、『丘陵詩人』時代からの盟友であった長谷川金次郎と大河原直衛であった。二人とも掛田を離れることなく暮らし、町議会議員なども務めるなどして、町の名士になっていた。

◇　◇　◇　◇　◇　◇　◇　◇　◇　◇　◇　◇　◇　◇　◇　◇　◇

二人は新二のこれまでの功績を趣意書にまとめ、詩碑の建設を町に陳情した。

詩碑建設の動きに、新二と子供の頃の遊び友達であった菅野平右衛門や佐藤一郎なども積極的に協力した。菅野は過去二期に亘り町長を務めたことがあり、また佐藤はこの当時の町の教育長であった。長谷川達の陳情は昭和四十八年三月の町議会において全会一致で採択された。

町からの補助金以外にも、詩碑建設のために県内の詩人、知友、さらには新二が校歌を作詞した学校など多くの人達からの寄附が寄せられた。

昭和四十九年五月、佐藤嘲花の歌碑のある広場から一段下がった広場に新二の詩碑が完成する。

詩碑は、アフリカ産の黒みかげ石の碑石を、白みかげ石の二つの台座が挟むようにして建てられ、碑文の文字は新二が自ら書いた。碑に刻まれた詩は、新二の第二詩集『鬱悒の山を行く』の後詩の一連目から採られた。

詩集においては「うみ（湖）ありき」としていたところ、詩碑では「うみありと」と改作している。

山の山
山のかなた
山こえて
山のはてに
うみありと

新二が生涯愛してやまなかった霊山と、東に連なる山々の彼方に望む海の情景を歌った詩である。

碑石の裏面には、詩碑建設の経緯が刻まれた。

昭和四十八年三月　霊山町議会は高橋新二詩碑建設助成のための　長谷川金治郎・大河原直衛の陳情を採択した。委員会三十六名を作り、菅野平右衛門・佐藤一郎の四名実行委員となり、霊山町及び詩を愛する人々・友人・学校・文友・親戚の協力に依り四十九年五月二十六日、之を建てる。

◇　◇　◇　◇　◇　◇　◇　◇　◇　◇　◇　◇　◇　◇　◇　◇　◇　◇　◇

昭和四十九年六月三十日、茶臼山陣平公園において詩碑の除幕祭が執り行われる。晴れわたった日となり、茶臼山は青葉に包まれ緑一色であった。

除幕祭には町内外から百名近い人が出席した。

高橋新二詩碑

謝辞を述べる新二とキミ

除幕を行う四人の孫達

除幕祭の司会を務めたのは、鈴木久延、太田隆夫の両名。鈴木俊弘が開会の言葉を述べ、実行委員長を務めた菅野平右衛門の挨拶の後に、長谷川金次郎から経過報告、佐藤一郎からは会計報告がなされた。

詩碑を製作した菅野石材工業に感謝状が贈呈され、その後に除幕が行われた。

除幕は新二の四人の孫が行った。宏幸、則子のほかに、東京から敏邦、香織の兄妹も参加した。

渡辺正雄霊山町長、高野広威福島県議会議員、鈴木源太郎霊山町議会議長がそれぞれ祝辞を述べ、記念撮影を挟んで、新二が校歌を作詞した上小国小学校、下小国小学校の生徒達による校歌合唱、清野市次による平和太郎の腹話術、斎藤俊雄の尺八演奏などのアトラクションが式に花を添えた。

新二が謝辞を述べ、詩の朗読を行った。その間、キミは新二の脇にずっと寄り添っていた。

続いて、七人の合唱グループが「山の山……」の歌を歌った。新二の詩に伊東英直が曲を付けたものである。

合唱が終わると、詩人グループを代表して岡村史夫からスピーチがあり、その後大河原直衛が閉会の言葉を述べ、最後に今井豊蔵の音頭による万歳三唱で散会となった。

出席者に記念品として配られた色紙には、新二が「山の山……」の詩を書き、背景に宗像喜代次が墨絵で霊山を描いた。

式典は鐘の音を合図に午前十時に始まり、鐘の音と共に午前十一時半に終了した。

式典が終わると参加者は山を下り、詩人達は第十二回「青葉の集い」の会場となる掛田公民館に向かった。

この日は、新二にとって生涯の晴れ舞台となった。

除幕祭には、これまで詩を通じて新二と親交のあった仲間達が、皆何らかの形で協力してくれていた。東京からは大学時代からの親友である関川左木夫も駆け付け、多くの人々に囲まれ祝福される新二は幸せであった。

キミもこの頃はまだ元気で、茶臼山の中腹まで自分の足で登ってきていた。新二へのわだかまりを心の奥に抱え続けてきたキミも、さすがにこの日ばかりは誇らしい思いで、思わず胸が一杯になるのを覚えていた。

◇　◇　◇　◇　◇　◇　◇　◇　◇　◇　◇　◇　◇　◇　◇

この年の秋に新二は、三乗院にある高橋家の墓所に新しい墓を建てる。

高橋家の墓所には、既に名前も判らなくなっているような先祖の苔むした墓石が、十いくつも立ち並んでいた。

本堂の裏手の小高い墓所からは、本堂の屋根越しに茶臼山が見えた。

あの山に自分の詩碑が立っている。いつの日にか自分がここに葬られた時にも、いつも茶臼山を感じていることができる。そう思うと、新二は何がしか心が安らぐのを覚えるのだった。

新二は、詩碑を製作した菅野石材工業に墓石を注文した。詩碑の台座と同じ白みかげ石で横長の墓碑を造り、二つの台座の上に据えた。墓碑の裏面には「昭和四十九年茶臼山に詩碑建ちし年の秋　高橋新二妻キミ」と刻んだ。

この墓には、新二を高橋家の第三代として、三代以降を葬ることとした。最初に墓誌に名前が刻まれ、改葬されたのは、戦時中に死去した四女マリ子であった。

◇　◇　◇　◇　◇　◇　◇　◇　◇　◇　◇　◇　◇

昭和五十一年、新二は一人の歌人についての随筆を執筆する。

この作品は、三月九日、十日の『福島民友』に掲載された。随筆の題名は「人に語らで埋もれにけり〜幻の歌人高橋銀歌追記」と言った。


新二には、昔からその人の人生を辿ってみたいと考えていた人物が二人いた。一人は横光利一であり、もう一人が高橋銀歌であった。全国的に著名な横光利一については関連する資料も多く、過去に「揺籃と懐郷」というテーマで一連の評論を取りまとめていた。しかし一方の高橋銀歌については、若くしてこの世を去り無名に近い人物であったため、その足跡を辿ることは極めて困難であった。

それがこの時期に至って、偶然に銀歌の消息を知る人物との出会いがあったのである。新二は福島市在住の文筆家大内貞一と、たまたま知人を介して知り合い、話をしている中で、大内が若い頃銀歌とは同人誌の仲間であり、銀歌の最期を看取ったのも大内であることが判ったのである。新二は大内から銀歌についての様々な話を聞き、また福島市余目にある銀歌の実家を訪ねたりして、ようやく銀歌の足取りを辿ることができたのであった。

高橋銀歌（本名等）は、信夫郡余目村（現福島市）生まれ。瀬上尋常小学校を卒業後、福島、川俣、伊達、本宮、飯坂、山形県南置賜郡などを仕事で転々とする。山形県在住時に山形で発行されていた文芸誌『雪線』の同人となり、同誌に短歌を発表していく。また東京で発行されていた『新樹』にも短歌を発表している。しかし肺結核に侵され、余目の実家で母親の看護を受けながら、大正十四年三月六日二十六歳の若さで病没する。

新二が銀歌の名前と作品を知ったのは、大正十四年に新二自身もこの『雪線』に詩を寄稿したことがきっかけである。大友文樹が『雪線』の同人であったことから、新二も大友から紹介されたのではないかと推測される。新二の寄稿した詩は、「雪笹」、「北国の朝」、「梅林」の三編であるが、これは『丘陵詩人』発刊の八か月前のことであり、判っている限りでは、文芸誌に発表した新二の詩としては最も古い作品になる。

「人に語らで埋もれにけり～幻の歌人高橋銀歌追記」で引用している銀歌の短歌を二、三拾ってみる。

むらさきのあやめの色をみておれば
愛しきいのち花はもちたり

わが多き願いの中の一つ叶い
　相馬の海を賞ずる朝かな

新二はこの随筆の中で、銀歌の短歌について次のように書いている。

　彼の作歌年期は数年に過ぎず、従って歌友も数名を出ません。彼にとってはただ悲しかった若い宿命を心のままに歌ったということですから、別段の歌風があったとか、またそれによって一時代を画したという筋のものではありません。うろ覚えにはじめた短歌の伝統に沿って素直に歌い上げただけでしたが、それが、かえって人の心に受ける作品を生んだのです。（後略）

新二は銀歌の短歌を愛し、とりわけ次の一首は銀歌が没して五十年が経っても新二の愛誦歌となっていた。随筆のタイトルもこの歌から採っている。

わが若き日の果ての夢空しくて
　人に語らで埋もれにけり

夢すらも語ることなく夭折した歌人高橋銀歌。
同じ結核により二十代で死去した作家には、佐藤嘲花、祓川光義らがいた。石川善助も早逝だった。

新二は自分の人生にこれらの文学者の生涯を重ね合わせた。

新二も若い時に結核に罹患したが、幸いにも死に至ることなく生き延び、詩碑が建立される幸運にも浴した。しかしほんの少し運命が変われば、新二とこれらの人達の立場は逆になっていたかもしれない。新二は人生の不思議さを思った。

新二の心の中には、現在の自分の幸運を喜ぶ気持ちとは裏腹に、これらの文学者達の侘しい生き様に惹かれ、羨むような気持ちが存在していることを否定できなかった。

◇　◇　◇　◇　◇　◇　◇　◇　◇　◇　◇　◇　◇　◇　◇

新二は詩集、詩誌などの蔵書を文洋社屋上の物置に収蔵していた。新二が所蔵する図書は県内の詩人達から贈呈されたものも多く、全部で三千冊近くになっていた。

新二の蔵書の中には、『丘陵詩人』創刊号や『北方詩人』を始め、祓川光義の『暮春賦』、会田毅の『手をもがれてゐる塑像』など、今では容易に手に入れることのできない貴重な書物も多数含まれていた。

昭和五十三年、新二はこれらの図書や文献を福島県立図書館に寄贈する。

次々と増えていく図書の収納スペースが飽和状態になりつつあるという事情もあったが、自分の年齢を考えた時、新二はこれらの書物や資料を後世に引き継いでいく必要があると考えるようになっていた。平成八年三月に、『福島民報』のインタビューに答えて、新二は次のように語っている。

古い物が消えてしまっては困る、と考えた。自由詩れい明のころの作品を若い人たちにも味わってほしい。

蔵書の寄贈はこれ以降も五回に亘って行われ、新二の蔵書の大半、おおよそ二千五百冊の書物や資料が県立図書館に寄贈された。

寄贈を受けた県立図書館においては、その整理、分類には多大な作業を要した。当時県立図書館の司書を務めていた菅野俊之氏が中心となって整理に当たり、平成八年三月に全八十二ページからなる目録が取りまとめられる。目録の整備により一般県民も閲覧が可能となり、新二の寄贈した図書は新二により「福島県詩人文庫」と命名された。

新二が没するのは、「福島県詩人文庫」が開設した翌年のことになる。「福島県詩人文庫」の開設に、新二は何とか存命中に立ち会うことができた。

第二十七章　日　月　～Let it be

重義の妻アサ子と孫の彩子、義之

昭和五十一年、新二は古希を迎えていた。

重義には昭和四十九年に長女彩子が生まれており、これまで外孫しかいなかった新二は、初めての内孫との暮らしを楽しんでいた。新二にとって最後の孫となる、重義の長男義之が誕生するのは、さらに三年後の昭和五十四年になる。

新二は福島の街中を散歩するのを日課としていた。行き付けの喫茶店が何軒かあり、毎日そこでコーヒーを飲み、また天気の良い日には近くの新浜公園などを散策する姿も見られた。昭和四十六年に、当時県内で最も高い建築物となる十二階建の県庁西庁舎が完成すると、屋上に設置された喫茶スペースも新二の気に入りの場所となった。西庁舎の最上階からは、眼下に阿武隈川や福島の街並みが見下ろせ、西には吾妻連峰、東には阿武隈山地を見晴らすことができた。

新二は喫茶店でコーヒーを飲みながら、また時には公園のベンチに腰を掛けて詩想を巡らせた。新二は散歩の際にも常に手帳を持ち歩き、詩の断片が頭に浮かぶと、すぐにそれを手帳に書き込んでいった。

新二はスタイリストで、高齢になってからも、いつも身だしなみには気を配っていた。着流し姿の時もあったが、洋服を着る際には家で店番などをする時でも必ずネクタイをきちんと締めるのが常であった。

新二は自由な中にも規則正しい毎日を送っていた。

◇　◇　◇　◇　◇　◇　◇　◇　◇　◇　◇　◇　◇　◇　◇　◇

キミに病気が発症したのは、新二の詩碑が建立された翌年の昭和五十年のことである。

この年一月の未明、就眠していたキミを突然の激しい嘔吐と頭痛が襲う。あまりの苦しさに、一時はキミも死を覚悟する程であった。医師の診断は動脈硬化症であったが、その後も何度か発作が起こり、県立医大附属病院に入院する事態にもなった。退院してからも数か月間は寝たり起きたりの生活で、病状が軽快した後も時々軽い発作が起きていたため、それから五年間程は鍼、灸、マッサージなどの治療を受けながら自宅で静養する日々が続いていた。

キミの病に直面して、新二は動揺した。

今まではキミは空気のような存在で、側にいるのが当たり前だと思っていた。キミがいなくなるなどということは考えたこともなかったが､新二はこの時妻の死というものを初めて現実のものとして実感した。

新二の肩揉みの日課が始まったのはこの頃からである。新二は時間を定めて、毎日キミの肩を揉んだ。肩揉みは三百六十五日、一日も欠かさず行われた。時には来客があっても、定刻になるとキミの肩を揉み始めるため、あまりの融通の利かなさに周囲の者はあきれて見ていることもあった。

飯坂温泉でくつろぐ新二とキミ

新二はキミを失うことを恐れた。今となっては、新二にはキミしかいなかった。長い年月苦労をかけて一家を支えてくれたことに対して感謝や詫びる気持ちもあった。もちろん、そのような気持ちを口に出すような新二ではなかった。ただ黙々と、新二はキミの肩を揉んだ。

キミは肩を揉んでもらいながらも、新二の杓子定規なやり方に、時には半ば迷惑そうな顔をする時もあった。肩揉み位で、これまでの新二の身勝手な行動が帳消しになる訳ではないとも思っていた。しかし、色々な過去のわだかまりがあっても、人生の大半を一緒に暮らしてきたという長い年月には、二人で積み重ねてきたそれなりの歴史があった。

昭和五十二年には二人は金婚式を迎え、子供や孫達にも祝ってもらっていた。新二と結婚してもう五十年も経つのかと改めて感慨を覚えた。キミは新二の一揉み一揉みに、ほんの僅かではあるが気持ちがほぐれていくのを感じていた。

◇　◇　◇　◇　◇　◇　◇　◇　◇　◇　◇　◇　◇　◇

キミは病気の静養中に短歌を詠んでいた。

キミは『丘陵詩人』にいくつかの作品を発表した以降は文学活動に関わったことはない。そもそも日々の生活に追われ、それどころではなかった。しかし読書は好きで、小説、随筆など数多くの本を読んでいたため、文学的素養はあった。古書店での店番は手の届く所に様々な本があり、また時間にも余裕があるという点で、読書には最適の環境であった。

キミが静養中に作った短歌は百首を超え、昭和五十六年七月に新二はこれらの短歌を、歌集『朱竹の暖簾』として取りまとめる。

新二の『小さい別れの手』は葉書大の詩集であったが、これに対し『朱竹の暖簾』は便箋を模した歌集とし、用紙も便箋と同様のものを用いた。

キミは、「一言」と題したあとがきに記している。

> このような数ケ年は、わたしにとりましては千万無量、忘れ得ないもの―それだけに、その間、折にふれ、ひとりでに短歌らしいものが生れましたので―恥じ入る作ですが―心の記念にとまとめましたから、ここに贈り申し上げ、御礼に代えます。御笑覧下さいますよう……。

歌集の本文は、「歌はじめ」、「季節そぞろに」、「ふるさと影」、「内外曽孫《うちそとひこまご》、虹のよう」、「あれこれ　身近《みぢか》に」、「朱竹の暖簾《のれん》」の六部構成になっており、それぞれ季節のこと、郷里のこと、家族のことなどを詠んでいる。

子供を始め静養中世話になった人達に、幸福を呼ぶ朱竹の暖

キミの歌集『朱竹の暖簾』

簾を贈るという意味を込めて、歌集の題は『朱竹の暖簾』とした。
歌集から何首か作品を拾ってみる。

（「歌はじめ」から）

わが病めば苦しみ多き来し方を歌とも言えぬ文字に綴れり

振りかえり振りかえりつつ険し道古希金婚へ辿りつきたり

（「季節そぞろに」から）

落葉松《からまつ》の若芽萌えたる公園に集うわれらは日々に老いいく

夕ごとにわれら足とめ待ちわびし梔子《くちなし》の花ついに咲きたり

（「ふるさと影」から）

ひ弱なるわれを憂いつ育ぐみし亡き祖母の齢はるかにわれ越ゆ

ふるさとの薮の小川にしだれつつ実りし苺今も残るや
（「内外曽孫《うちそとひこまご》、虹のよう」から）

わが部屋へ孫の来るらし階段に可愛し足音踏むが聞ゆる
ささやかな老いの願いぞ孫たちと残りの生命睦みてゆかん
（「あれこれ　身近《みぢか》に」から）

朝々に祈り願うはひたすらにわが娘《こ》の命永かれとのみ
娘《こ》の病むにわれも患う身にしあればただ嘆くのみ訪ね得ずして
（「朱竹の暖簾《のれん》」から）

絵本だにろくに与えず育てしに娘《こ》らそれぞれによき家持ちぬ
老いたれば永わずらいを怖れしに夫のいたわり昼夜わかたず

わが里の柴山上《しばやまうえ》の月愛《め》でて詩《うた》いし頃の夫若かりし

キミは田舎育ちのためか、迷信深いところがあった。また学歴がなかったため、いわゆる教育一家であった高橋家に嫁いでも、肩身の狭い思いをしたこともあった。

しかしキミは、いつも自分のことは二の次で、ひたすらに子供や孫のことばかり気に掛けているような優しい人であった。「あれこれ　身近に」から引用した短歌は、自分も病の床にありながら、病弱な二女照子を心配して詠んだ歌である。

県文化振興基金の顕彰を受ける新二
（昭和60年２月14日付『福島民友』夕刊より）

最後に引用した歌は、第六章でも触れた「暮月愛憐之詩」の「Ⅱ芝山下」を想起しての歌である。新二と出会って間もない頃の、情熱的だった恋愛時代は、キミにとっても懐かしく夢のような思い出だった。

◇◇◇◇◇◇◇◇◇◇◇

警察庁広域重要指定一一四号事件、いわゆるグリコ森永事件が世間を震撼させていた昭和六十年、七十九歳の誕生日を目前に控えた新二は福島県文化振興基金の顕彰を受ける。

県文化振興基金は、福島県の文化の向上に貢献した者を讃えることを目的として創設され、第六回目となるこの年の顕彰者は新二を含む七名であった。

新二の功績は、「現代詩の指導者として中堅作家の育成に尽力。小中学校の校歌を数多く作詩。所蔵する詩集を県に寄贈した」こととされている。

二月十三日、福島駅前のホテル辰巳屋で表彰式が執り行われ、松平知事から顕彰状と賞賜金十万円が顕彰者一人一人に手渡された。

◇　◇　◇　◇　◇　◇　◇　◇　◇　◇　◇　◇　◇　◇　◇　◇　◇　◇

新二はこの年齢に至っても、毎月『観光福島』に掲載する詩を書き継いでいた。

新二は音楽を愛し、日課の散歩から戻ると、家では座卓で書き物をしながらよくレコードを聴いていた。若い時はクラシックのレコードを買い集めたこともあったが、今ではそれらのレコードは全て散逸してしまっていた。重義が映画好きで映画音楽のレコード全集を持っていたため、この頃の新二は映画音楽を聴くことが多かった。これらの曲の中で新二が特に気に入って繰り返し聴いていたのが、映画のサウンドトラックでもあったビートルズの「Ｌｅｔ ｉｔ ｂｅ」である。

名前位は知っていたかもしれないが、新二がビートルズに詳しかったとは思えない。おそらく新二は歌詞の意味もよく分からずに、メロディの美しさだけに惹かれて聴いていたのだろうと思う。

「Ｌｅｔ ｉｔ ｂｅ」は日本語に翻訳すれば「あるがままに」とでもいった意味になろうか。新二自身は意識していなかったであろうが、生涯自由を愛し自由に生きた新二に、この曲は相応しかった。

◇　◇　◇　◇　◇　◇　◇　◇　◇　◇　◇　◇　◇　◇　◇　◇　◇　◇

大病の後は小康を保っていたキミであったが、平成八年九月に自宅で転倒し頭を打つ。頭部からの出血もあったことから、救急車で市内の大原綜合病院に入院となった。頭部の怪我は大したことはなかったが、入院中に体に黄疸が出て、検査の結果胆管癌であることが判明する。その後胆管癌の手術も受けるが病状が好転することはなく、平成九年二月二十六日に帰らぬ人となった。

キミは昔の女性の美徳ともいえる忍耐強い性格であり、入院中も苦しくても何一つ文句や泣き言を言わなかった。

文洋社の隣接地の済生会福島病院があった土地には、結婚式場の平安閣が立っており、その東側には平安閣に繋がった葬祭場の平安殿が建てられていた。キミの葬儀はこの平安殿で執り行われた。平安閣の社歌も昭和四十九年に新二が作詞したものである。

キミの入院中、新二にも一つの災難が降り掛かる。

キミを見舞うために新二が大原綜合病院に向かって歩いている途中、ひったくりに遭うのである。現場は平和通りの地下歩道であった。地下歩道を抜けた場所にはすぐ福島警察署が立っており、大胆な犯行であった。

盗まれたバッグに金品は入っていなかったものの、突き飛ばされた新二は腕に擦り傷を負い血だらけとなった。しかし大事に至る程の怪我ではなかったことが、不幸中の幸いであった。

◇ ◇ ◇ ◇ ◇ ◇ ◇ ◇ ◇ ◇ ◇ ◇ ◇ ◇ ◇ ◇ ◇ ◇

新二はキミがいなくなってからも、それまでと変わらぬように毎日を過ごしていたが、心の中は気が抜けたようであった。
新二はキミが死去する三日前に、九十二歳の誕生日を迎えていた。
新二の古くからの知人や詩の仲間は、既に殆どが鬼籍に入っていた。

東野邊　薫　　昭和三十七年七月　没
大谷　忠一郎　昭和三十八年四月　没
冬村　春踏　　昭和三十九年十二月　没
大友　文樹　　昭和四十九年五月　没
佐久間　利秋　昭和五十一年五月　没
渡辺　三樹男　昭和五十四年一月　没
宗像　喜代次　昭和六十年二月　没
清野　市次　　昭和六十年二月　没
大河原　直衛　昭和六十一年十月　没
会田　毅　　　平成二年九月　没
長谷部　俊一郎　平成八年三月　没

『丘陵詩人』の仲間であった河内勝次郎や長谷川金次郎達も、大河原直衛を最後の一人として既にこの世になく、早稲田大学時代からの親友関川左木夫も数年前に亡くなっていた。
中央詩壇においては、田中冬二が昭和五十五年四月、堀口大學が昭和五十六年三月に没している。

自分も随分長く生きた、と新二は思った。やれるだけのことはやってきたような気もしたし、まだまだやり残したことがあるような気もしていた。これまでの長い人生がまるで夢のように思えていた。

新二がキミと同じく大原綜合病院に入院したのは、平成九年九月のことである。

その日風呂から上がった新二は、急に意識を失くして倒れ心肺停止状態に陥る。同居していた孫の彩子が看護師になっていたため、必死に人工呼吸を施し何とか蘇生はしたものの、そのまま救急車で大原綜合病院に搬送される事態となった。入院後一週間位は意識も回復し会話もできたが、その後肺炎を併発し危篤状態に陥る。

◇　◇　◇　◇　◇　◇　◇　◇　◇　◇　◇　◇　◇　◇　◇　◇　◇

新二は夢を見ていた。

夢の中で新二は一陣の風になっていた。霊山の峰を吹き抜ける風だった。岩場の間を自由に飛び回っていると、遠くにかすかに光るものが見えた。新二は光に向かって飛んでいった。

それは、朝日の昇るどこかの海だった。相馬の海のようでもあり、北茨城の海のような気もした。

波打ち際に一人の女性が立っていた。女性は昇りつつある太陽できらめく水平線を見ていた。新二からは逆光になり、女性の姿は影になって見えた。

あれは誰だろう。見覚えのある懐かしい後ろ姿のような気がした。

その時、女性が振り返り、微笑む顔が眩しい光に溶けた。

「ああ」と思った時、新二の意識は暗転した。

平成九年九月二十七日午後四時三分、高橋新二はその波乱に満ちた生涯を終える。

享年九十二歳。キミの死去から七か月後のことであった。

紆余曲折の中にあっても、人生を自由に謳歌し、詩に生涯を捧げた一生であった。

新二の遺骨は、両親や兄弟、そしてマリ子が眠る掛田の三乗院の墓地に埋葬された。

墓碑は昭和四十九年に、生前の新二が建てたものである。

墓碑の文字も新二が自ら筆を執った。

墓碑の中央に刻まれた文字は、「日　月」。

◇ ◇ ◇ ◇ ◇ ◇ ◇ ◇ ◇ ◇ ◇ ◇ ◇ ◇ ◇ ◇ ◇

月　日

堀口大学氏へ。「月下の一群」その他　数多の名訳詩集をもつて　フランス詩の
神音《しんおん》と秘業《ひめわざ》を　わが貧しい魂と拙ない作品へ生命ずけられた。

高橋家の墓碑

木立の残葉《のこりば》を枝は春になつて落す。
恋の死を人は後《のち》になつて悲しむ。
一日一日《ひとひひとひ》が　私の身近《みぢか》にあるのに　いつか今日が昔となる。
昔の今日へ時を探しに帰つた私だが
明日は判《わか》るだろう、月日の経《た》つたのを！

瑠璃鳥の優影《やさかげ》が飛んで消えたのは　古くなつたこの障子だつたか、
花色だつた青春を翳し合つたのは　茨《いばら》の茂るこの窓だつたか、
一日一日《ひとひひとひ》が　私に添つて離れないのに　やがて今日が昔となる。
昔の今日へ罪を戻しに来た私だが
月日の経つたのを明日は判るだろう。

あんなに豊だつた秋のいろんな実《つぶら》が見えないが　心鏡《こころかがみ》は皆写して彩《いろど》る。
ああした愛の證《あかし》は失せて跡もないが　情《なさけ》の渚はしきりに潮立《しおだ》つ。
一日一日《ひとひひとひ》が　私の側《そば》で息づくのに　ひとりでに今日が昔となる。
昔の今日へわが身を埋めに来た私だが、
月日の経つたのを明日は判るだろう。

偉《おお》いなる「月下の一群」を今日抱いて溺愛《おぼれいとし》むのは由《よし》ないが
フランス詩の神音《しんおん》と秘業《ひめわざ》からなる珠金頁《たまがねページ》が　今かえって胸に鏤《ちら》ばる。
一日一日《ひとひひとひ》が　別れを惜しんでいるのに　ついに今日が昔となる。
昔の今日へ時を忘れに来た私だが、
月日の経つたのを明日は判るだろう。

恋は死に　一日《ひとひ》が過ぎて　俤はなおも去らない。
今となつて　むしろ悲しみが生姿《いきすがた》を寄せて来る。
一日《ひとひ》よ　私を捨てないで呉れ　昔となつては何《なに》も彼《か》も切《せつ》ないから……。
昔の今日よ　昔のままになりたい私だが
明日は判るだろう、月日の経つたのを！

（昭和三十二年『北陽芸術』に掲載。同年『氷河を横ぎる蟬』に収録）

高橋新二　略年譜

明治三十九年　二月二十三日、伊達郡掛田町で出生。父高橋新之助、母カク
大正二年　掛田尋常・高等小学校に入学
　十二年　福島県師範学校に入学
　十三年　この頃、個人誌『地に涙して』を発刊
　十四年　第一詩集『桑の實』を刊行
　十五年　『丘陵詩人』を発刊
　　　　　『日本詩人』に「病む」が掲載される
　　　　　森キミと婚姻
昭和二年　茂庭尋常・高等小学校に勤務
　　　　　『日本詩選集』に「火山」、「なづな」が採録される
　三年　上京し、早稲田高等学院に入学
　　　　長女ヤス子誕生
　四年　第二詩集『鬱悒の山を行く』を刊行
　五年　早稲田大学法学部に入学

昭和七年　二女照子誕生
八年　「新検改租」で早稲田大学記念論文賞を受賞
九年　早稲田大学を卒業し、川俣尋常・高等小学校に勤務
十年　三女吟子誕生
十一年　歌集『悲歌』を刊行
十三年　「教育経営」で福島県教育論文特選賞を受賞
十四年　四女マリ子誕生
「太陽学校」で映画原作賞を受賞
十五年　郡山商業学校に転任
十六年　特別高等警察による家宅捜索を受ける
十八年　四女マリ子死去
十九年　長男重義誕生
二十一年　郡山市教員組合結成大会で議長を務める
『福島県新教育』の編集主任となる
福島女子商業学校に転任
二十二年　福島県社会教育課に転任
二十三年　「日本の信奉者～横光利一の一断面」で『群像』の新人評論候補
二十四年　福島県教員組合の専従職員となる
二十六年　『日本現代詩大系』に「或る繪に寄する」が採録される

昭和二十八年	福島県を退職し、株式会社文洋社の専務となる
三十年	『現代福島県の文化事典』を刊行
三十二年	『福島県萬葉集』を刊行
	第三詩集『氷河を横ぎる蟬』を刊行
	渡辺到源と『北陽芸術』発刊
三十三年	『氷河を横ぎる蟬』で福島県文学賞を受賞
三十四年	大谷忠一郎と『福島県詩人協会報』を発刊
三十五年	『観光福島』に観光詩の連載開始
三十七年	母カク死去
三十八年	随筆『母の土』を刊行
	毎日新聞福島支局の主催による辺地の学校に校歌を贈る運動開始
	第一回「青葉の集い」を開催
四十年	詩誌『エリア』を発刊
四十一年	詩の部を宗像喜代次と共同執筆した『福島県史第二十巻　文化1』刊行
四十五年	福島県自由詩人賞を創設
四十六年	自由詩人賞設定五周年・福島県詩誌連盟記念集会を開催
四十七年	詩壇の部を執筆した『福島県史第五巻　通史編近代2』刊行
	第四詩集『小さい別れの手』を刊行
	白石の鈴木梅子宅で堀口大學と歓談

昭和四十九年　「青葉の集い」発足十周年記念集会を開催
五十三年　掛田茶臼山に詩碑が建立される
五十六年　福島県現代詩人会名誉会員に推挙される
妻キミの歌集『朱竹の暖簾』を刊行
六十年　福島県文化振興基金の顕彰を受ける
平成四年　文化の部を執筆した『霊山町史第一巻　通史』刊行
八年　福島県立図書館内に福島県詩人文庫が開設される
二月二十六日、妻キミ死去
九年　九月二十七日、新二死去。享年九十二歳

あとがき

1

本書執筆のきっかけは、十年以上前に遡る。

平成十八年頃であったと記憶しているが、インターネットで古書を検索していた際に、祖父新二の『鬱悒の山を行く』が出品されているのを見付け、運良く入手することができた。また、たまたま同じ時期に、幻の詩集と言われていた『桑の實』を叔母の青木吟子が保管していることが判り、借りて読むことができた。

それまで私は新二の作品を本格的に読んだこともなく、さほど興味を持っていた訳でもなかった。そもそも新二の作品自体が、簡単に読むことのできるような状況にはなかった。私の家には新二の著作物はほんの二、三冊しかなく、新二の蔵書はその大半を県立図書館に寄贈していたため、叔父の高橋重義のもとにも原稿などを除いては、著作物は殆ど残っていなかった。新二の著書が古書店に出品されることも稀になっており、新二の作品を読もうとすれば、図書館を探し歩くしかなかった。

しかし、前記の二冊の詩集を読んだことが契機となり、私は新二の全作品を読んでみたいと思うようになった。それからは、福島県立図書館を始め、国立国会図書館、日本近代文学館、全国の地方図書館などの蔵書目録を検索し新二の作品を探し求める日々が続いた。『観光福島』の古いバックナンバーについては新聞社の社主であった佐藤和子氏よりお借りした。また校歌については、直接学校や教育委員会などに照会させていただいたこともあった。

　当初は新二の作品を読むことが一番の目的で、集めた資料をもとに新二の著作リストだけは作ろうと考えていた。しかし、現在新二の作品を手に取ることも困難な状況の中で、何らかの形で作品を取りまとめ残しておくことが必要でないかと、次第に考えるようになっていったのである。

　こうして作品集の制作に取り掛かることとしたが、集めた作品を電子データに入力していく作業は多大な時間と労力を要した。しかし、データを打ち込む作業を通じて新二の作品を丹念に味読することができたことは大きな収穫ともなった。この作業がなければ、本書は生まれていなかったであろう。

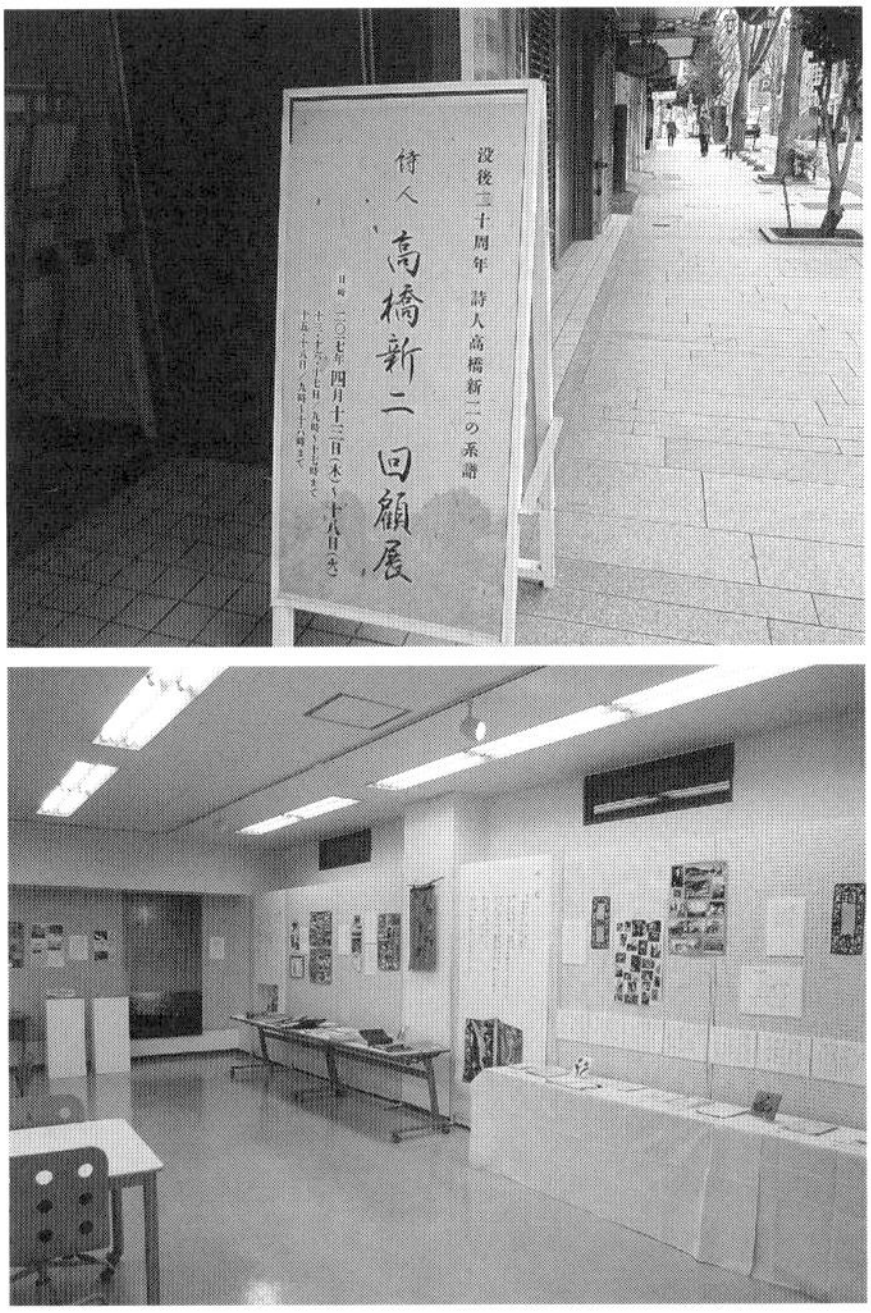

詩人高橋新二回顧展

　調べられる資料は調べ尽くし、不完全ながらもパソコンでプリントアウトした作品集が一応の形として取りまとまったのが平成二十八年のことになる。まだまだ抜け落ちている作品や見付からない作品も多いため「暫定版」としたが、それでもＡ４のコピー用紙で二千ページ程のボリュームとなった。

この『高橋新二作品集（暫定版）』を重義叔父に届けた際に、叔父から一つの提案があった。それは翌平成二十九年が新二の没後二十年に当たることから、作品集の披露目を兼ねて新二の回顧展を開催しようというものであった。それからは、従妹の引地則子も加えて、毎月叔父の家で回顧展に向けた打合せを重ねた。

「詩人高橋新二回顧展」は、平成二十九年の四月十三日から十八日までの期間、福島市パセオ通りの「ふくしんギャラリー」において開催された。回顧展では新二の著作や写真などを中心に展示した。会場においては新二が作詞した福島西女子高等学校（現福島西高等学校）の校歌を流した。この校歌は詩も曲も美しく、重義叔父がとりわけ好んで聴いていた校歌だった。本文では採り上げることができなかったので、ここで紹介しておきたい。

福島県立福島西女子高等学校校歌
～石楠花の母校歌～

一　吾妻嶺は　父なる山
　おごそかに　光よせて
　るり色の　窓ちかく
　花咲かせ　緑しげらす
　母校よ　母校　福島西女子高
　常葉濃い　石楠花を　いつも讃える

二　阿武隈は　母なる川
風雪を　こえてながれ
須川路の　若人に
胸ふかく　希望ささやく
母校よ　母校　福島西女子高
耐えて咲く　石楠花を　今日も愛しむ

三　信夫野は　こころの郷
虹かかる　校舎たのし
この軒に　あの庭に
ひろげゆく　夢とよろこび
母校よ　母校　福島西女子高
花清い　石楠花を　永遠にわすれず

この回顧展で、私は『「桑の實」と新二の初恋』、「空まで響けぼくらの校歌」という二種類のパンフレットを作成し来場した方に配布させていただいたところ、何人かの方から好意的な感想をいただいたこともあり、新二の全人生の記録を書いてみようと決心したものである。この時のパンフレットが本書の第二章及び第二十二章のもとになっている。

2

本書は基本的には新二の評伝として書き進めたものであるが、新二の内面を描く場面などでは小説風になっている箇所もある。また新二の作品を紹介したいという思いもあり、新二の詩や散文も数多く挿入した。さらには、新二と同じ時代に活躍した魅力ある詩人達や、新二の生きた大正・昭和を中心とする時代の空気も描いてみたいと考えた。こうしたことから、本作は評伝とも小説とも随筆ともつかない作品になっており、作者の意図が成功したかについては甚だ自信のないところである。

新二の足跡についても、殆どが新二自身の著作や叔父、叔母らからの聞き取りによるものである。私自身は子供の頃から何年も新二と過ごす機会がありながら、新二の過去の事績を新二に尋ねたこともなく、また新二も自ら語ることはなかった。存命中にもっと色々聞いておけば良かったと思うものの、今となっては後の祭りである。

このため新二の足跡で不明な部分はまだいくつか残っている。とりわけ、新二と「竹夫人」の関係や朝鮮旅行の経緯などについては、資料も少なく消化不良の感が否めない。もっとも過去の恋愛体験については、新二が存命であったとしても、孫の立場からは恥ずかしい気持もあって聞くことができたか否かは疑問であるが、聞けば案外新二はあっけらかんと話してくれたような気もしている。

各章はそれぞれのテーマを中心に記述した。章立ては、その核となる出来事のあった時期を中心に概ね年代順に並べてある。ただしテーマ別の構成であるため、書かれている出来事の時系列が前後する部分があることは御了解願いたい。

新二の著作以外にも多くの方の著作から引用をさせていただいた。引用した文献の出典については、基本的に本文に記載してある。著者の方々にはこの場をお借りして御礼を申し上げたい。

また表紙には、齋藤勝正氏の日本画を使用させていただいた。齋藤氏は院展に三十三回入選の実績を持ち、現在福島県美術家連盟の会長を務めておられる方である。今回絵の使用を快く承諾いただいたことに、深く感謝を申し上げる。

作中の人名については原則として敬称は略させていただいた。こちらについても御了承をお願いしたい。

3

第十七章の「文洋社の時代」を執筆している時、叔父の高橋重義が急逝した。「詩人高橋新二回顧展」を開催してから一年も経たない、平成三十年二月十六日のことであった。

それまでも重義叔父からはしばしば祖父の話を聞かせてもらい、また原稿を書き上げる都度読んでもらっていた。筆が進まない時などの励ましは大きな力ともなった。叔父・甥の関係とは言いながら、比較的年齢の近かった私には兄のように接してくれた重義叔父であり、叔父を失った喪失感は大きいものがあった。誰よりも本書の完成を楽しみにしてくれていた叔父にこの書を届けられなかったことが、何よりも無念でならない。

重義叔父は生前、「本来ならば自分が新二の伝記を書くべきだと思っている」と言っていたことがある。しかし、新二に対する負の感情が今になっても完全には拭いきれずにいるようであり、「だが、自分は新二の伝記は書かない」とも言っていた。

そうは言いながらも、叔父は本書の執筆や作品集の制作には喜んで協力してくれた。死の前年には新二の回顧展の開催も自ら企画した。和解という言い方は大げさになるが、新二の足跡を振り返るこの数年の作業を通して、少しでも新二へのわだかまりが解けたのであったならば嬉しい。

重義叔父も新二と同じく掛田の土に還った。今、茶臼山を望む三乗院の墓地には、マリ子を筆頭にキミ、新二、重義叔父の四人が眠っている。

4

新二は推敲に推敲を重ねる詩人だった。新二が残した新聞などの切り抜きを見ると、活字になった後でも文章を手直ししている跡が随所に見られる。

詩人は、身を削るように言葉を一つ一つ選び抜き、選んだ言葉を宝石のように徹底的に磨き上げていく。苦労の多い作業の割には、小説などと比べ読者層も薄く、報われることも少ない。詩だけで食べていける人は、現在に至るまで殆ど皆無に近いであろう。

しかしそれでもなお、詩に生涯を懸ける人達がいる。

新二は決して聖人君子ではなかった。実生活においては様々な問題も引き起こした。しかし、詩に懸ける情熱だけは誰にも負けなかった。

現在、新二の名前も多くの人からは忘れ去られつつあるが、自由詩の黎明期を切り拓き、生涯詩作に生きた詩人高橋新二の名前を、少しでも記憶に留めていただければ本望である。

平成三十年十二月

著 者 紹 介

関 根 宏 幸（せきね・ひろゆき）

昭和32年　福島市生まれ
昭和55年　東京大学経済学部卒業
同年福島県に入庁し、平成28年に退職
現在、福島市内の社会福祉法人に勤務

表 紙 絵

齋 藤 勝 正

表「花筏」　（平成17年制作）
「蛍」　（平成26年制作）
「初時雨」（平成26年制作）
「白い朝」（平成18年制作）
裏「破船のある海辺（いわき）」
（平成23年制作　第66回春の院展　奨励賞）

日《にち》　月《げつ》
～詩人高橋新二とその時代～

2018年12月25日　初版発行

著　者　関 根　宏 幸

発行者　阿 部　隆 一

発行所　歴史春秋出版株式会社
〒965-0842　福島県会津若松市門田町中野大道東8-1
電話　0242-26-6567

印　刷　北日本印刷株式会社

製　本　株式会社創本社